# 魚里高校ダンジョン部！

## 藻女神様と行く迷宮甲子園

安歩みつる

イラスト／冬空 実

# プロローグ

## 現代の冒険者達

*Uosato High School Dungeon Club*

「カヤは奥だ！　イクアラは前の二を頼む！」

言葉などそれで事足りる。赤、黄、黒、為(な)すべきことを見定めた三つの色が一度に散った。

「シイッ！」

仄暗(ほのぐら)い迷宮に、少女の赤髪(あかがみ)が炎のように翻(ひるがえ)る。石斧(いしおの)を持つ二体のゴブリンの間を潜(くぐ)るように抜き去ると、少女は最奥の魔物へと突貫する。金切り声で詠唱(えいしょう)するゴブリンメイジの尖(とが)った顎(あご)が、赤い棍(こん)の刺突でグシャリと潰れた。

「フンッ！」

赤髪の少女に続くのは、黄鱗巨軀(おうりんきょく)のリザードマン。巨大なバスタードソードの強振(フルスイング)に、先の少女に気を取られていたゴブリン達が、二体まとめて吹き飛ばされた。

「おぉあッ！」

最後にリザードマンの背中から、黒髪の少年が独楽(こま)のように飛び出した。黒い双眼が睨(にら)むのは魔物達の群れの中央。錆(さ)びた長剣を振り上げたゴブリンが、少年を真っ向から迎え討つ。

人の剣と魔物の剣。十字に重なる二つの刃。しかし拮抗したのは一瞬だった。

少年が剣先を僅かに逸らすと、バランスを失った魔物がぐらりと前へ揺れ動く。瞬間、さらけ出された首筋を、人の剣が走り抜ける。

小鬼の節くれだった喉笛が、ぱっくりと割れて、鳴る。

――ヒュウッ――

観客の一人の、口笛だった。

「オイオイ！　今年の一年は随分と威勢がいいじゃねえかよ！」

先ほど下手な口笛を吹いた男は、今度は大きな声で愉しそうに笑う。耳近くまで開かれた口と、剝き出しになった歯茎と牙は、まるで肉食獣のソレである。

「こりゃあ一軍どころかいきなりレギュラーになるヤツも出てくんじゃねえかあ、なあウィリス？」

男は長椅子のベンチにふんぞり返ったまま、粗野な声を前に向かって放り投げた。獰猛な大口のすぐ前には、女の細いうなじがあった。

真っ白で柔らかそうな首筋から、薄蒼色の髪の毛の枝が伸びている。雪原に佇む樹氷のように、静かで美しい、後ろ姿だ。

「……そうかもね」

女は振り向かず、素っ気ない返答を返すと、人と魔物の闘いを無言で観戦し続ける。

男には目線すら寄越さなかった。

「ちっ、相変わらずのだんまりかよ。……おう九児、おめえは何人が一軍に来ると思う？」

野獣は素っ気ない女に早々に見切りをつけると、隣の誰かに獲物を移した。

方向転換は正解だった。会話が弾み、話は膨らむ。角や耳をにょっきりと生やした色とりどりの頭達が、賑やかな声と共に集まり始める。自分達の時はどうだった、ああだったと、昔話に花が咲く。


外は花咲く桜の季節。ここはヒロシマ市の郊外にある、とある初級者用ダンジョンである。この日はヒロシマ市内のダンジョン競技の名門校、魚里高校ダンジョン部の新入生を対象に、一軍・二軍のセレクションが執り行われていた。

ダンジョンとは、世界各地に存在するこの世の異界のことだ。

罠が溢れ、魔物が潜み、複雑な迷路で人を惑わせる危険な空間。

富を湛え、知識を隠し、勇気ある者に誉れを与える奇跡の空間。

いつ、どうやって、何の為に生まれたのかも分からない。人が文字を残すようになった時代には、既に無数に存在していた世界の異物、それがダンジョンである。

もはや中世は終わり、産業革命を通り越し、現代という時代を迎えた今においても、ダンジョンは古代の形のままに、この世界に居座っている。

「カヤ！　イクアラ！　残り五分だ！　ラストスパートいくぞ！」

ただ一つ変わったものはダンジョンに挑む人々のカタチであろう。

中世の昔に、冒険者と呼ばれていた無謀で勇敢な挑戦者は、今、現代という時代においては、スポーツ選手にその姿を変えていたのだ。

管理された迷宮の中で、ハーフエルフが、ドワーフが、獣人が、妖怪の末裔達が、魔物を相手に互いの技や魔術を競い合う。それが現代の、冒険者のあり方なのだ。

彼らが求めるものは富でも名誉でもない。勝利と、その向こうにあるはずの夢である。

「了解！」

「応ッ！」

明らかに人のものではない俊足が、魔物の群れを駆け抜けると、蜥蜴男の巨剣が小鬼達を薙ぎ払う。人種も、性別も、種族さえも異なるが、彼らは皆、同じ方角を向いている。

「絶対に行くんだ！」

ゴブリンの群れを束ねるゴブリンリーダーを前に、黒髪の少年が気を吐いた。

黒髪黒目は純血のヒト族の証。獣人には身体能力で劣り、エルフのように魔法も使えぬヒト族の少年も、皆と同じ夢を見ている。

人を迷わせる迷宮の中、自分の向かう道が、そこへ繋がっていると信じている。

「甲子園へ！」

少年の短剣がゴブリンリーダーの心臓を真っ直ぐに貫く。魔物の肉体が幻のように薄らぐと、そこには一個の小さな魔石だけが残された。

戦いをベンチから見つめ続けていた一人の女が薄く笑う。氷が僅かに溶けたような、幻のような微笑（ほほえ）みだった。

# 第一章　そして少年は運命と出会う

Uosato High School Dungeon Club

（一）

『続きまして全国の天気です。梅雨前線の南下に伴いまして、中国地方から近畿地方にかけて、広い範囲で雨が降っています。気象庁の発表によりますと……』

「……二十二、二十三、二十四、二十五」

ラジオから響く単調なニュースをＢＧＭに、同じリズムで数え続ける。黒髪から流れ落ちる汗が、灰色のリノリウムにぽつぽつと水玉模様を描き出している。

『……明日も全域的に曇りか雨で、あいにくの空模様となるでしょう』

「……四十七、四十八、四十九、五十」

狭い室内に窮屈に並べられたマシンの中で、動いているものはただ一つ。ラットマシンの金棒で、少年は一人、黙々と体を痛め続ける。

『……続きまして、全国のニュースをお知らせします。ダンジョン一体化型動物園として知られるアサヒカワ動物迷園で、昨日未明、Ｄランクモンスターの雪うさぎが……』

「……七十一、七十二、七十三、七十四」

悲鳴を上げる筋肉にも、少年は耳を傾けない。陸上競技のインターハイ、県の地区予選は間近に迫っているのだから。

『……迷宮の管理体制に問題がなかったか、事故の原因の究明が急がれています』

「……九十七、九十八、九十九、ヒャクゥッ！」

最後の数字を吼える様に唱えた後、少年はマシンの座席に体を投げ出した。脱ぎ捨てられた洗濯物のようにだらりと四肢を広げると、床上のラジオをカチリと消した。

休憩はほんの僅かな間だった。少年は荒い息のまま、ぐいっと上半身を持ち上げると再びラットマシンへ手を伸ばす。

「オーバーワークは体に毒よ。タツマ君」

名を呼ばれて、ビクリと体を竦めた。声の方を振り向けば、室内練習場の入り口で、一人の女性がドア枠にもたれかかりながらこちらを見ていた。

「痛めつけるだけだと体は応えてくれないわよ。ダンジョン競技でも、陸上でもね」

女性は少年の方にゆっくりと歩いてくる。歳の頃は二十代中頃であろうか。神社の朱塗りのような鮮やかな色の眼鏡が印象的な女性である。眼鏡越しの切れ長の瞳は鋭くも優しく、艶のある長い黒髪が肩から背中へと流れている。タイトなグレーのスーツ姿が、凛とした彼女によく似合っていた。

「厳島コ……先生」

「コーチって呼んでくれて構わないのよ。調子はどう？　タツマ君」

厳島ミヤジ。魚里(うおさと)高校で日本史の教鞭(きょうべん)をとる人物であり、ダンジョン部のコーチも務めている。少年はマシンから立ち上がると、厳島から視線を微(かす)かに逸(そ)らせた。

「でも、その……、陸上部の俺がコーチって呼ぶのも……」

「……そうよね、あんな目に合わせておいて今更コーチと呼べなんて、図々しい話よね」

「あっ、いえ、そういう意味じゃないですよ！　厳島コーチがいなければ俺、セレクションも受けさせてもらえなかったでしょうから」

もう二か月近く前の話ではあるが、少年はダンジョン部に所属していたことがある。

『須田(すだ)タツマ　ヒト族　希望ポジション・遊撃手』

入学式の日、少年が、須田タツマが突き出した空白だらけの入部届を、笑顔で受け取ってくれたのが、目の前の厳島ミヤジだった。

「コーチには感謝してるんですよ。最後にみんなと同じ舞台(ぶたい)に立てて、踏ん切りもつきましたから」

セレクション当日までの、たった数日の付き合いでしかなかったが。

◇　　◇　　◇

「……ゼッケン19番風坊(ふぼう)カヤ、20番イクアラ・スウェート、以上五名が一軍だ」

明暗はいつだってあっさりと分かれる。

歓声をあげる数名の生徒達と、茫然とするその他大勢。「聞き間違いではないだろうか、自分の名前を読み忘れてはいないだろうか？」名を呼ばれないことで二軍宣告を受けた選手達は、皆がそんなことを考えていた。その中には、瞬きの仕方を忘れたかのように、黒い目を見開いたままの少年、須田タツマも含まれていた。

「タツマ……」

タツマを置いて一軍へと上がった友人の苦しげな声と揺れる瞳が心をぎりりと締め付ける。大切な友人にこんな顔をさせてしまう自分がふがいなくて、情けなくて、だから、思い切り笑った。

「カヤ、イクアラ、おめでとう！　先に一軍で待っててくれ、俺も後から必ず追いつくから！」

「タツマ、……うん、うんっ！」

「早く追いついてくるのだぞ。夏はすぐにやってくるのだからな」

「ああ、ようやく始まったんだ。地区予選までには絶対に這い上がって見せるさ」

友人の発破には拳を合わせることで答えた。挫折も苦悩も、タツマは今まで何度も味わってきた。今回もこの程度の逆境は乗り越えてみせると、そう、心に誓った。

「あー、それとゼッケン18番はどこにいる？」

「は、はいっ！」

自分の番号を呼ばれて、飛びつくように返事した。ひょっとして、自分も一軍に上がれるのだろうか？　そんな期待を抱いた。

「おまえ、明日から来なくていいぞ」

「は……、はい？」

「退部だよ、退部。才能のない奴はウチにはいらん。たとえ二軍でもな」

浴びせかけられた言葉の意味を、タツマは理解できなかった。呆けた顔で、声の元を見上げた。

五井力。魚里高校の監督であり、熊族の大男である。身長二メートルを超す五井は、冷ややかな目でタツマを見下ろしている。タツマの脳が言葉の意味を理解し、何かしらの言葉を紡ぐ前に、彼の両隣から別の声があがった。

「なんでッ！　なんでタツマが退部なの？　どういうことですか、監督！」

「監督！　ここにいる須田タツマは一軍に呼ばれた選手達と遜色ない働きをしていたはずです。なぜ彼が退部なのか、納得のいく理由を教えていただきたい！」

友人達がタツマの代わりに五井に噛みついていた。二人に詰め寄られた五井は、面倒くさそうにファイルに挟んであったタツマの入部届を取り出した。

「理由ならここにあるだろうが。純血のヒト族で守護神もおらんからアビリティーの一つも書かれとらん。たまたま今日だけまぐれで活躍したかもしれんが、ワシの目は誤魔化せんぞ。コイツに才能はない。ヒト族が冒険者をやれるのは中学までだ」

そう言ってタツマの入部届をひらひらと振った。そこには、名前と種族、そして希望ポジション『遊撃手』としか書かれていなかった。

「……まったく、厳島の奴め、なんでヒト族の入部希望者なんぞが魚里のセレクションに紛れ込んでおるんだ、余計な手間をかけさせおって」

そう言うと、五井は入部届を側にあったクズカゴに放り捨てた。紙のこすれる軽い音が、僅かに聞こえた。

「なんてことを……ッ!!」

「監督！　全ての種族には等しい権利が認められているはずです！　種族を理由に入部を制限できるなど、そんな不条理が罷り通るとでもおっしゃるのですか！」

「あぁん？　何だ貴様ら？　監督に向かってその態度は！　気に食わなければ貴様らも退部でいいんだぞ！　代わりなんぞいくらでもおるんだ！」

「上等だわ、こんなところ、こっちから願いさ……」

怒りのままに罵倒を吐きかけた少女の口がぐっと何かによって塞がれた。小さく震えるタコまみれの手が、少女の口にしっかりと蓋をしていた。

「カヤ、イクアラ、そこまでだ。頼むから……」

震える懇願が、二人の背中越しに小さく響く。

「……一緒に行けなくてすまない。二人とも、絶対に行ってくれよな。コウシ……へ」

最後の単語は、掠れて言葉にはならなかった。

「……すみません！　先に上がります！　お邪魔しました！」

タツマはぐっと礼をすると、頭を下げたまま後ろを向いた。

虚勢を張り続けるのは限界だった。タツマは突然火がついたように、喚きながらダンジョンを走り去っていった。家までの二十キロの道のりを、何度も反吐を吐きながら、転がるように駆け続けた。

それが少年の、夢の終わり方だった。甲子園という夢は、求めることすら許されなかった。

「……あの時はごめんなさい。私がその場にいれば、絶対に監督を止めて見せたのに」

「だからあれは厳島コーチのせいじゃないですから、気にしないでくださいよ」

タツマが退部宣告を受けた時、厳島はダンジョンの別階で実習を始めた上級生達の監視をしていた。もっとも、仮に厳島があの場にいたとしても、結果が変わったとはタツマには思えない。

「結局は俺に、冒険者としての才能がなかっただけなんですよ」

『才能がない』与えられた退部の理由を、タツマは諦めの笑顔で繰り返した。監督である五井の見立ては、統計的にも的を射ていた。

現在、タツマのような純血のヒト族は地球の人口のおよそ三割ほどを占めており、もっとも割合の多い種族ではある。しかし、ヒト族の活躍の舞台は科学や研究、文学などの分野に限られている。スポーツの世界においては、ヒトという種族は不遇なのだ。

　例えば様々な獣の特徴をその身に宿す獣人達と比べるならば、体格、身体能力、反射神経、およそスポーツに必要なほとんどの要素においてヒト族は劣ってしまっている。

　また、エルフ種や魔族達のように魔法が使えるわけでもない。魔力を一切持たない純血のヒト族では、マッチ代わりの火の魔法すらも覚えることはできないのだ。

　人間がスポーツの世界で、ましてや冒険者として大成するなど、極々僅かな例外を除いて存在しない。そしてその僅かな例外には、タツマはなることができなかった。

　ダンジョン部を退部させられたタツマは陸上部へと入部した。個人種目である陸上は種族別に記録が残される。才能がないタツマでも、全国を狙うことが可能な競技である。

「足りないのはタツマ君の才能じゃなくて、あの監督の見る目よ。セレクションではあなたは最高のパフォーマンスを見せてくれたわ。的確な判断力と、慎重で大胆な行動力。ヒト族の中では類まれな身体能力。ウチのバカ監督が亜人優位主義者でなければ、間違いなく一軍に合格していたはずよ」

「褒めすぎですよ。……それにもう、全部終わった話ですから」

　厳島の賛辞をタツマは世辞として受け取った。乾いた笑顔を返すと、露骨に話題を逸らすことにした。

「ところで、どうかしたんですか厳島コーチ、今日、ダンジョン部は練習試合だって聞きましたけど？」

ダンジョン部は練習試合の為に、市の郊外のダンジョンへ実習に向かったはずだ。だからタツマはこうして室内練習場を占拠できているのだ。ダンジョン部のコーチである厳島が、チームに同行していないというのは奇妙な話であった。

「……少し問題があってね。私は今日、チームを離れて別行動なのよ」

「問題、ですか？」

「神妙君の名前は、知っているわよね？」

「もちろんですよ。俺だって一応ダンジョン部だったんですから。というか、この学校で神妙さんの名前を知らない人なんていないでしょう」

神妙九児。ダンジョン競技の名門、魚里高校の歴史の中でも最高の選手だと言われている。全国ナンバーワン遊撃手との呼び声も高く、プロのスカウト達の熱視線を集める超高校級の逸材である。

「妖狐の血を引く狐族で、一級神の狩猟女神様の守護持ち。本当に、ダンジョン競技をする為に生まれてきたような方ですよね」

タツマはほぅっと溜息を吐く。諦めたとはいえ、羨ましくないと言えば嘘になる。

神は存在する。そして不公平である。それは『守護』によって証明されている。

世界には、神の力の欠片をその身に宿して生まれてくる者達がいる。『守護持ち』と呼ばれる彼らに与えられた神の力は、固有能力という形で、その姿を現す。それは身体能力の向上であったり、武器を自在に操る能力であったり、未来の一端を垣間見る能力であったりと、欠片とはいえ神の力、その能力は強力なものばかりだ。

　恵まれた血と、神による守護。そのどちらか、あるいは両方を併せ持つことが、冒険者の世界における『才能』だと言われているのだ。

「ダンジョン競技をする為に生まれた……ね。それが本当なら、なぜ運命の神様は今ごろになって神妙君を見放しちゃったのかしら……」

　神妙九児のことを語る二人の間に、正体のわからぬ温度差があった。

「これはまだ発表されていないのだけれど、神妙君は昨日の練習中にアキレス腱を断裂したの。少なくとも半年はリハビリが必要だという診断が下されたわ」

「神妙先輩が⁉」

　厳島の態度の理由が分かった。アキレス腱断裂。甲子園出場どころか、選手生命すら脅かしかねない怪我である。

「その……！　回復魔法では⁉」

「国内でも最高の回復魔法の使い手にあたってはみたのだけれど……」

　厳島は首を横に振った。回復魔法と高度な医療技術が併存するこの世界では、大概の怪我はどうにかなる。しかし、肉体の疲労と摩耗によって生まれる怪我ばかりは魔法ではどうにもならない。そんなことが可能であれば、その魔法はもはや若返りの域に達しているだろう。時間が作った傷は時間しか治療することはできない。長い地道なリハビリだけが、それを癒すことができるのだ。

神妙九児は今年で三年。彼にとっての最後の夏は始まる前に終わってしまった。

「神妙君が抜けたことによるチームの動揺は隠せないわ。このままじゃ甲子園どころか、地区予選の決勝までいけるかどうかもわからないわね。うちのチームは神妙君がいることが前提のチームだったもの。だから彼も、アキレス腱の違和感をずっと黙っていたのでしょうけど……」

厳島の口調からは後悔と罪悪感がにじみ出ていた。神妙の怪我はコーチである自分の責任だと、そう思い詰めているに違いなかった。

「だったら、他の選手では？　魚里高校なら何人か遊撃手はいるでしょう。神妙さんほどではないにしても」

「神妙君は素晴らしい選手だったわ。いいえ、素晴らし過ぎたのよ。他の遊撃手達が早々に諦めて腐ってしまうぐらいにね……。だから私はあなたの獲得を監督に何度も押したの。神妙君のいるこの魚里高校で、入部届に堂々とした文字で希望ポジション・遊撃手と書いてきたあなたをね」

「その節は……、ありがとうございました。俺なんかを、評価してくれて」

頭を下げたタツマはそのまま俯いた。五井が鼻で笑った入部届を、厳島は笑顔で受け取ってくれた。同じ純血のヒト族のよしみだったのかもしれないが、その時の厳島の言葉と表情は、タツマの脳裏にもよく焼き付いている。

「神妙君の後の遊撃手、あなたに期待してもいいかしら？　タツマ君」

「へっ？」

それはいつか聞いた言葉と全く同じ文言だった。驚いて顔を上げれば、あの時と同じ真剣な眼差しで厳島はタツマを見つめていた。

「神妙君を継げるのはあなたしかいない。私は今でもそう思っているわ」

厳島の黒い瞳が一瞬海のような青に煌めいたのを見た気がした。しばし見つめ合った後、ようやくタツマは動き出した。

「いやいやいや、何を言ってるんですか⁉　俺、セレクションに落ちて退部させられたじゃないですか！　今の俺は陸上部ですよ！」

タツマの反論に、厳島はふっと表情を崩すと、惚けた風にこう言った。

「あら？　タツマ君は退部なんてしてないわよ。うちのバカ監督は確かにタツマ君に退部勧告をつきつけたけど、私はあなたから退部届を受け取っていないもの」

「へっ……？　退部勧告って強制退部のことじゃなかったんですか？」

「ええそうよ。タツマ君が勘違いしていたみたいだったから黙っておいたの。勧告は勧告、相手が受け入れて初めて成立するものよ。今、タツマ君は陸上部とダンジョン部の掛け持ち扱いね。校則もダンジョン競技も、規則はちゃんと確認しなきゃだめよ」

黒髪黒目の厳島は、どう見てもタツマと同じ純血のヒト族ではあるのだが、眼鏡越しのしてやったりの表情は、まるで悪魔族の末裔か何かのようにタツマには見えた。

「本当はこの夏が終わってから声をかけるつもりだったの。あの無能監督を追い出した後にね。その為の根回しも着々と進めてはいたんだけど……」

『根回し』が何を意味するのかは分からないが、ネイルの先を噛みながら、軽い口調でそんなことを言う厳島は、もはや悪魔族そのものにしかタツマには見えなかった。

「それでどう？　これはあなたの意志次第。もう一度甲子園、目指す気はある？」

甲子園。その言葉にタツマの心臓がトクンと波打つ。諦めていたはずの夢に、もはや届くことがないと思っていたあの場所へと、突然道が伸ばされた気がした。

タツマは下唇をぎゅっと噛む。その道は偽物だ。あさましい心が見せた幻覚に過ぎないと。

「……厳島コーチ、俺なんかを評価してくれるのは嬉しいですけど、俺じゃあ、神妙さんの代わりなんて務まりませんし、誰も認めてはくれませんよ」

結局のところ、どんなに厳島がタツマを評価したところで、タツマに才能がないという事実には変わりはないのだから。

「ヒト族で、守護もない俺じゃあ無理ですよ、甲子園は……」

それは何度自分に言い聞かせたか分からない言葉だ。自分には無理だ。そう思い込むことで、タツマは叶わぬ夢から目を背けてきたのだから。

そんなタツマに向けて、厳島は耳と正気を疑うような言葉を放ったのだ。

「ええ、だから明日にでも守護を貰ってらっしゃい。神様に直接会いに行ってね」

## （二）

「こんな所に本当に神様なんているのかあ……？」

次の日の土曜、タツマは一人で山道を登っていた。雨こそ降ってはいないものの、灰色の雲が空を覆い隠す初夏の朝である。

タツマが手に持つのは古ぼけた地図のコピー。ヒロシマを流れる一級河川であるオオタ川。その源流にほど近い場所に赤く丸がつけられていた。ヒロシマ市内から電車とバスで二時間。最寄りのバス停からは徒歩三十分。そこでタツマは、神に出会えるという。

こんな所に神様なんているのだろうか。仮にいたとしても、本当に、会うことなんてできるのだろうか。厳島が自分に嘘をついているとも思えないが、昨日彼女がタツマに語った言葉は、あまりにも世の常識からかけ離れていた。

「……いや、会いに行けって。会えるわけないじゃないですか。だって神様ですよ」

「世界中の神々はラグナロクを最後に皆天界に昇った。そう伝えられているわよね？」

厳島は授業と同じ語り口で世界の理を説き始めた。神はいる。しかし、彼らが住むのはこの世界ではない。ある時を境に全ての神々は下界に別れを告げ、いずこかへと旅だってしまったという。小学校の歴史の教科書にも記されてある史実である。もちろん、日本史の教師である厳島が、それを知らぬわけもない。

「でもねタツマ君、物事には何事も例外というものがあるのよ。天界に昇ることを拒絶して、人間界に居残った神というのも少ないながら存在したの」

「例外、ですか？」

「そう。それらの神々の一柱にね、絶望の淵に沈み、自らを岩の中に封印した河の女神がいたという言い伝えがあるの。世界との全ての関わりを断つ為にね」

「それって……、そんな神様に、俺なんかが会いに行って大丈夫なんですか？」

世界に絶望し、自らを封印したという女神。仮にその話が本当ならば、祟り神か、荒神か、どう考えても話が通じるような相手ではない。

しかし厳島は真っ直ぐにタツマを指差すと、凛とした声音でこう告げた。

「河の流れの生まれる場所、女神の涙が枯れた場所に向かいなさい。二人の仲間達と共に。そこであなたは、運命に出会うわ」

朱塗りの眼鏡の向こう。タツマを見つめていた厳島の黒い双眼が海のような青に輝き、世界を満たした気がした。神々しいまでの一瞬だった。

『神託』。それは生徒達の間の噂話である。純血のヒト族でありながら、厳島はある土地神の守護を受けていると。彼女が得た神の力の欠片は、神託と呼ばれる能力であると。

神を垣間見たのはほんの僅かな時間だった。厳島の瞳は、まるで潮が引くように再び黒いものへと変わっていた。

「ま、どうせ駄目元、イケれば儲けもの。その気があれば会いに行ってみなさい。本当は諦めきれていないんでしょう？　甲子園。だってあなたのトレーニングの仕方、陸上選手のものじゃないもの」

厳島の指摘は正しい。本当に陸上選手を目指しているのなら、剣を振るう為の筋肉まで鍛える意味はない。ロードワークのコースに、わざわざ足場の悪い場所を選ぶ必要などない。

諦めたはずの夢、それを諦めきれていないのは、本当はタツマとて気付いていたはずなのだ。ただ、蓋をして見えないようにしていただけだったのだから。

「心は決まったかしら？　いい？　相手は封印された神様よ。何が起こるかは分からないから絶対に一人で行かないで。カヤさんとかイクアラ君なら、事情を話せば喜んで力を貸してくれるはずだから」

別れ際に、厳島は何度も念を押すように一人では行くなと忠告していた。

しかしタツマは、その言葉を聞き入れることはなかった。

厳島の言葉通り、同じ中学のダンジョン部であった二人ならば、タツマが頼めば一も二もなく付いてきてくれただろう。それでもタツマは、二人に連絡を取ることはしなかった。

タツマが走り去ったあの日、一軍を摑みとっていたはずの二人は監督の五井に猛反発した為に、二軍へと落とされてしまったらしい。その時のことが申し訳なくて、何と謝るべきか分からなくて、タツマはあの日以来、二人と碌に会話もしていないのだから。

胸に何かがつかえたような息苦しさを感じ、タツマは大きく息を吐きだした。日こそ射さぬものの、高い湿度と気温が体力をじわじわと奪っていく。

そろそろ一休みするかと、リュックから携帯食と水筒を取り出そうとした時、視界がにわかに開けた。そこには夏草に覆われた古ぼけた祠と、そのすぐ背後に、縦に鋭く裂けた大きな岩が聳え立っていた。

「本当に……、あった」

祠は粗末で小さなものだった。大きさは一斗缶程度であろうか。風雨にさらされ続けた二寸角の柱は、今にも崩れ落ちそうなほどに腐食している。誰が置いたのか、ワンカップの日本酒が封を開けた状態で放置され、雨水がたまり緑の藻が中に生していた。

何か手がかりはないかとタツマは祠を調べてみたが、木の札になにやら読めない文字が記されていた他は何も見つけることができなかった。

続いて祠の奥の岩山を観察する。これが女神が自らを封印したという岩だろうか。岩の裂け目からは透明な湧き水がちょろちょろと流れ出している。

タツマは岩肌に近付いて、その寸前で、ハッと足を止めた。

「この霊気……⁉　まさかここって、ダンジョンなのか⁉」

迷宮はこの世の異界である。世界の理とは全く異なった法則によって支配されている。

岩の裂け目からは魔素と呼ばれる、ダンジョン特有の霊気が染み出していた。そこが入り口となり、洞窟はずっと奥へと続いているようだ。

「しかもどう見てもコレ、未管理のダンジョンだよな。何でこんなモノが……？」

本来ならば、ダンジョンは国や地方自治体、あるいは企業によって厳しく管理されている。一般人が迷い込む事故を防ぐためだ。

厳島がどうやって未管理のダンジョンの存在を知ったのか。なぜそれを誰にも告げることなく秘匿していたのか。謎は深まるばかりではあるが、未管理のダンジョンの中ならば、女神が存在するという与太話にも納得はできるというものだ。

「とりあえず、潜ってみるしかないよな……」

タツマはリュックを下ろし、中から冒険者服を取り出す。曰くつきの女神に会うのだ。一通りの装備は揃えてある。タツマの装備は衝撃吸収に重きをおいたゴム製のジャケットとズボンに、関節を守るプロテクター。現代の冒険者の標準軽装備だ。

着替えを終え、一度だけ大きく深呼吸をするとゆっくりと洞窟へと潜っていく。中から吹き抜ける魔素の混じった妖しい空気が、タツマを奥へと誘っていった。

狭い裂け目を壁を這うように進んでいくと、不意に広い空間へと躍り出た。

ヘッドライトで確認すると、そこは想像以上に広かった。地面には小さな石がタイルのように敷き詰められており、足場もよい。壁面は青く暗く、ひんやりとした冷気に包まれている。近くに生き物の気配はなく、まるで湖の底のように静まり返っていた。

「ここがこのダンジョンのセーフティーゾーンか……」

セーフティーゾーンというものがダンジョンにはある。セーフティーゾーンはダンジョンの入口に存在し、そこには魔物はなぜか一匹も入ってこられない。故に魔物がダンジョンから逃げ出すこともない。この世と異界を繋ぐ、緩衝地帯である。

甲子園のセーフティーゾーンなどは数ヘクタールの広さを誇り、そこが客席となり、巨大モニターで冒険者達の闘いが中継される。スタンドを埋め尽くす何万人という観客が、贔屓のチームを応援する為に大合唱をあげるのだ。

しかしここは無名で無管理のダンジョン。魔物はいないが、人気もない。

セーフティーゾーンからは二本の道が伸びている。一つは今入ってきた細い裂け目。もう一つはダンジョンの奥へと続く、直径がおよそ三メートルほどのトンネルである。

取るべき道は一つしかない。タツマはもう一度ゆっくりと深呼吸をして、体と心を落ち着かせると、さらにダンジョンの奥へと進んでいった。

襲撃は突然だった。

セーフティーゾーンからトンネルを三十メートルほど進んだところで、ダンジョンはタツマに牙を剝いた。上空からの不意打ちを、タツマは前に転がることで何とか逃れた。

完全な死角からの攻撃を躱すことができたのはただの幸運だった。細い道から広間へと出るその場所で、まるでタツマを待ち構えていたように、何物かが降ってきたのだ。

タツマは転がりながら立ち上がると、すぐにライトでその姿を捕捉する。

それはイソギンチャクに牙のようなものが生えた、見たこともない魔物だった。体高は七十センチほど、赤い口をゆらしながら、「グェッ、グェッ」と笑うように鳴いている。

タツマはそちらに警戒しながらも、すかさず辺りを見渡していく。ざっと見ただけでも同じ生き物が六体はいた。

（数が多すぎる……、一旦退くか⁉）

冷たい汗を背中に感じたが、イソギンチャクの魔物達がタツマに襲いかかってくる様子はない。いや、ジリジリとタツマに向かって近づいてはいるようだが、ほとんど動いていないのだ。

（こいつら、移動が得意じゃない、待受型のモンスターなのか？）

その推測を肯定するように、魔物は根元の吸盤をのんびりと動かしてにじり寄ってくるだけだ。腕も脚もない魔物は、不意打ちが唯一の攻撃手段なのだろう。易い獲物に見えた。数こそ多いがこれほど動きが鈍ければ囲まれる心配もない。

タツマは短剣を手に反転する。狙うは最初にタツマへと降ってきた一匹だ。入り口の地面に陣取る魔物に対し、体を屈め、下から腕をすくい上げるように一撃を放つ。

「ギィエエゥエゥエーッ‼」

それは魔物の断末魔、ではなかった。

タツマの刃が届く寸前に、魔物は突然、耳を突き破るほどの悲鳴を上げたのだった。

鹿の鳴き声を何十倍にも大きくしたような魔物の咆哮が、タツマに正面から炸裂する。脳の真ん中を直接ハンマーで打たれたような衝撃だった。

魔物を切り裂くはずの刃が、ふらふらと何もない空を泳ぐ。骨が抜かれたように下半身がぐにゃぐにゃと歪む。体中の毛穴から、何かが急速に漏れ出していく。

タツマは両手で頭を抱えながら、倒すべき魔物の側を通り抜け、背を向けた。

敗走だ。揺れる視界の中、乱れる心と体をどうにか抑えつけながらセーフティーゾーンを目指して走る。三十メートルが恐ろしく長く、長く感じた。

ようやく広間へと辿り着くと、着いたと同時に、地に伏した。

「……ハァッ、……ハァッ、……グェッ、ゲホッ」

呼吸は荒く、口元から涎の筋が伸びていく。心臓は太鼓のように激しく鳴り続ける。安全地帯へと戻ってきたというのに、過呼吸と動悸が収まらない。

「……ゴホッ、グッ。やっぱり無理だ……、俺には……」

探索を開始して僅か三十メートル。それが自分の限界なのだ。思い知る。あの程度の魔物も倒せない自分が、甲子園に行きたいなど無理に決まっていると。

一人でも行けると思っていた。戦えると思っていた。そんなものはただの思いあがりだった。何の能力も持たぬヒト族の、身の程知らずの勘違いでしかなかったのだ。

魔物の咆哮に込められていた『恐慌』のステータス異常の効果と魔力が、タツマの心を恐怖と弱気で塗り潰し、支配していた。

うつ伏せになり、地面に額をこすりつける。顔を上げることができなかった。

無様な敗北者に向けて、頭上から聞き覚えのある声が投げつけられるまでは。

「おかえり、タツマ」

「シュルルッ、我々を置いて行くからそうなるのだよ」

タツマが見上げたその先には、中学の時のチームメート、風坊カヤと、イクアラ・スウェートの二人がいた。

（三）

「おかえり、タツマ」

少女の顔は、言葉とは裏腹に憮然としていた。おかえりの言葉も皮肉であろう。

タツマをじろりと見下ろす目は、深い森のような濃い緑色をしており、柔らかな癖のある赤髪は、タツマのヘッドライトの光を浴びて燃える松葉のように輝いている。

風坊カヤ、タツマの中学時代のチームメートである。タツマにとって、もはや見慣れたものである彼女の冒険者装束は、ニッポン古来の山伏のような恰好をしている。

風坊カヤは天狗の血を引く一族だと言われている。守護神は韋駄天。天狗の血による風を操る魔法に加え、韋駄天の加護を受けた俊足を持ち、タツマの中学では無敵のリードオフマンとして君臨していた。タツマにとっては、血筋と守護神を併せ持つ者の強さと不平等さを、最初に教えてくれた人物でもある。

「シュルルッ、我々を置いて行くからそうなるのだよ」

もう一人、長い舌を巻きながらタツマに非難を浴びせたのがイクアラ・スウェート。全身が硬く黄色い鱗に覆われ、三角に尖った顎に、ワニのような鋭い歯がずらりと並ぶリザードマンという種族である。

彼の祖先は元々はアラビア方面で放牧を中心に生活していた一部族であったそうだが、もう三十年以上前に、両親が戦乱を避けてニッポンに定住したらしい。

親譲りの大きな体に纏っているのは、カーボン製のハーフプレート。内臓などの重要な器官だけを守ってしまえば、後はリザードマンの硬い鱗が攻撃を難なく弾いてくれる。

砂漠の民に祀られている戦神の守護を、弱めのものではあるが受けており、リザードマンの卓越した膂力も相まって、強力なアタッカーとして中学時代は活躍していた。

「カヤ……？　それにイクアラも……、一体どうして？」

タツマは地面に転がったまま、尋ねた。

なぜ二人がここにいるのだろうか。どうやってこの場所を知ったのだろうか。なぜ俺なんかを助けにきたのだろうか。短い言葉には色々な意味が込められていた。

「厳島コーチが教えてくれたのよ。もしタツマからヘルプの要請がなかったら、タツマを助ける為にここに行ってくれって、地図も貰ったわ」

「シュルルッ、厳島コーチはお前の考えることなど全てお見通しだったぞ。タツマは私達にいらぬ引け目を感じているだろうから、たぶん一人で行くのではないかと、そう言っていた」

　タツマは久しぶりに、ダンジョン部を去って以来二か月ぶりに、二人としっかりと目を合わせた。自分を見下ろす四つの目は、タツマのよく知る強く優しい目だった。

　二人は中学の頃から何一つ変わっていなかった。変わっていたのは自分だけだった。一人で、臆病になっていただけだ。

「ごめ……カヤ、イクアラ、俺のせいでお前達が二軍に。……ゴメン、一緒にダンジョン部に残れなくて……、俺……、力が……足りなくて……、ゴメン」

　言葉と共に目からボロボロと涙がこぼれ始める。まだ咆哮の効果が残っているのか、あるいは二人の存在で気が緩んだせいなのか、タツマが心に溜めていた澱が、涙と共に溢れ出てくる。

「それこそ気にする必要はないことだ。あれは我らの意思でやったこと、あの監督の下で甲子園に行っても何も嬉しくはないからな。それにタツマはまだダンジョン部だそうじゃないか。さすがは厳島コーチ、面白いことをやってくれる」

　そう言ってイクアラは、もう一度シュルルッと笑った。爬虫類特有の三日月のような瞳孔が、楽しそうに揺れている。

　カヤはタツマの顔のすぐ側にしゃがむと、まるで母親が熱を出した子供にするように、タツマの額に手を押し当てる。そして先ほどの言葉を、今度は柔らかな微笑みを浮かべながら、繰り返した。

「おかえり、タツマ」

◇　◇　◇

「……イソギンチャクの化け物か。咆哮付きとなると厄介だな」

「多分だけど、恐慌のステータス異常付きだ。鼓膜が破れなかったのが不思議だぜ」

「耳栓をすれば威力は抑えられるけど、聴覚が不自由になるのは痛いわね。ステータス異常までは防げないし、魔物がそのイソギンチャクだけとも限らない」

ひとしきり泣いた後、タツマは二人と作戦会議を開いていた。先ほど遭遇したイソギンチャクの魔物についてカヤ達と情報を共有する為だ。こうして三人でダンジョン攻略についてあれこれ話し合うのは、タツマには随分と懐かしい気がした。

「ふむ……、その化け物はどうやってタツマが近付いてくるのを判断したのか……」

「視覚じゃあないだろうな。光のないこのダンジョンでは視覚は退化しているはずだ。それに最初に襲ってきた位置は向こうからも死角だった」

「だとすれば聴覚か触覚だけど、聴覚は考えづらいわね。そんな咆哮を出せる生き物が聴覚を発達させていると自爆攻撃になるもの」

　三人寄れば文殊の知恵とはこのことであろう。タツマ達は少ない情報を元に、魔物の特性を推測していく。限られた情報を吟味しながら未知の魔物の対策を練る。中世の時代から、冒険者達が培ってきた手法である。

「……試してみるか。二人共、念の為に耳を塞いでおいてくれ」

　タツマは河原のような地面から手頃な大きさの石を二、三拾い上げると、広間への通路を睨んだ。そしてゆっくりと振りかぶると、小石を前に向かって投げつけた。

　魔物がいた広間までの通路は距離にしておよそ三十メートル、間口は三メートルほど。円筒型の空間を、子供の拳ほどの大きさの石が真っ直ぐに広間に向かって飛んで行く。ほどなくして、石がダンジョンの壁にぶつかり転がり落ちる音が僅かに聞こえた。その後二秒ほど遅れて、魔物達の咆哮が通路越しに轟いた。トンネル状の通路に反響した轟音は、セーフティーゾーンのタツマ達にも十分な威力で届いていた。

「これはこれは……、聞くと体験するでは大違いだな」

「洞窟が崩落しないのが不思議だわ。ここがダンジョンじゃなきゃとっくに生き埋めね。あの生き物ごと」

「ああ、でもこれで判ったな。あいつら触覚で獲物の位置判断しているんだ。獲物が歩く振動か何かでだ。あとは……」

　そう言うとタツマは、再び石を広間へと向かって投げた。やはり、通路の向こうから魔物の咆哮が響く。そして咆哮が鳴り止んだすぐ後で、再び同じように石を投げる。

しかし、今度はなぜか咆哮は起きなかった。タツマは時計に目を落とすと、また石を投げる。その後さらに二度石を投げたところで、再び轟音がダンジョンに響き渡った。

「シュルルルッ、なるほど。連発はできないと」

「最初の咆哮から次の咆哮までの間隔は、およそ二十秒といったところね」

「イソギンチャクはざっと見ただけでも七体はいた。もっと多いかもしれない。最初の咆哮が止んでから十五秒。その間に一人頭ノルマは一匹、できるなら二匹。その後五秒で再びここまで退避する！　ヒット＆アウェイだ！」

タツマの言葉に二人が頷く。作戦は決まった。

セーフティーゾーンに、タツマ達が横一列に並んでいる。

「せーのっ！」

三人は同時に振りかぶると、通路に向かって一斉に石を投げつける。三つの石は真っ直ぐに飛んで行き、ほとんど同時に広間の壁へとぶつかった。

その数秒後、昏い通路の向こうから、まるで巨人が悲鳴を上げたかのような凄まじい咆哮がダンジョンに轟と響き渡った。

三人は耳を塞ぎながら咆哮に耐える。ステータス異常の恐慌も、来るタイミングさえ分かれば凌ぎきることはできる。何より今は一人ではない。恐怖に心は支配されない。

そして魔物の咆哮が収まった時、タツマは反撃の、人の咆哮をあげるのだ。

「GO！」

三人は横一列に飛び出した。広間までの距離は約三十メートル。視界は悪いが足場はそれほど悪くない。この状態ならタツマは四秒もあれば駆け抜けられる。タツマより足の遅いイクアラで五秒。韋駄天の守護を受けているカヤは僅か二秒だ。

同時に走り出したかけっこは、赤髪の少女が一番乗りでゴールへと駆け込んだ。タツマが遅れて部屋に入った時には、すでにカヤは一体目のイソギンチャクを鉄製の六角棍で叩き潰していた。

タツマはカヤとは反対方向へと舵をとる。一番間近にいたイソギンチャクには手をつけず、さらに先へと進んで行く。捨て置いた魔物は、遅れてやってくるイクアラの獲物になるだろうから。

走りながらも素早く視線を動かして、魔物の姿を確認する。咆哮を放ち、弛緩しきった魔物達は、先ほどまで恐れていた自分が馬鹿馬鹿しくなるぐらい、弱々しい姿をしていた。

（二つ……、いや、三ついける‼）

この勝負は速さこそがモノを言う。イメージするのは最適の軌道。身体能力で劣るヒト族のタツマが、亜人達と渡り合う為に自然に身に付けた戦い方だ。

まずは一匹。ぐるりと大回りの進路をとると、壁に張り付いていた一体を、真横から薙ぐように切り落とした。魔物は不愉快な体液と悪臭を辺りに撒き散らしながら、べちゃりと音を立て、地に落ちた。

　横たわる魔物には目もくれず、タツマは壁を蹴って天へと跳んだ。黒い双眼が睨みつけるのは天井に張り付く二匹目の獲物。逆さにぶら下がる魔物に向けて、短剣を深々と突き刺した。

　タツマの剣はそのまま慣性の法則と引力に導かれ、弧を描く軌道のままに、魔物を縦に切り裂いていく。きれいに二つに分かれた魔物は、吸盤で天井に張り付いたまま、ブランと力なくその身を揺らした。

　大きな跳躍の後に待っているのは、硬い地面へのランディング。タツマは両足を折りたたみ、衝撃を吸収しながら着地すると、勢いは殺さずに前へとさらに数歩進む。

　目指す三匹目は地面の窪みに潜んでいた。再び咆哮を上げる準備をしているのだろう、魔物の体は既に膨らみ始めている。キノコのように地に根付く魔物を、片手で掬い上げるように切り裂いた。

「ゲゥエウッ」

　魔物の醜い叫び声は、咆哮ではなく断末魔。

　三匹の魔物を一度に骸に変えたタツマは、素早く仲間達を視界に納める。カヤは何体目かのイソギンチャクを葬り去った直後であり、イクアラは次なる獲物を探しているのだろう、首を左右に振っていた。

　液晶時計を確認する。十五秒までには後二秒。潮時だ。タツマはそう判断する。

「ＧＥＴ　ＯＵＴ！」

短い撤退の合図に、二人も即座に反応する。三人は再びセーフティーゾーンへと駆け戻る。速やかに安全圏へと帰還したタツマは、荒い息のまま仲間達に問いかける。

「何体やった⁉　俺は三だ！」

「……むっ、一だ」

「カヤは⁉」

最速の少女は、薄めの胸を張るとこう答えた。

「五よ」

咆哮はもう、起きなかった。

（四）

その後の攻略はあっけないほど順調だった。未知の魔物といえども、攻略法さえ確立してしまえば恐ろしい相手ではない。

進むべき進路に石を投げ、咆哮が返ってくれば、準備を整えて魔物を倒す。後はもう、単純作業の繰り返しだ。たまに蛭や蛙のような姿をした魔物に出くわすこともあったが、三人の脅威となる魔物は存在しなかった。

「タツマに会いにきてみれば思わぬ幸運を授かったな。これだけでも一財産だ」

イクアラがシュルルと笑いながらリュックを揺らす。タツマ達が背負うリュックの中には大量の魔石が詰め込まれている。ダンジョンの魔物は、死ねば魔石と呼ばれる物質に変わる。魔石は中世の時代から、冒険者達の報酬であった。今ではエネルギー源といえば電気やガスが主流となっているが、魔石の需要はいくらでもある。

「人の手が入っていないダンジョンだったもの。あの魔物達、あれでも相当に長く生きていたようね。魔素を十分に吸い込んで、分不相応に大きな魔石になっているわ」

魔石の大きさと価値は、通例は魔物の強さに比例するものではあるが、何十年、何百年と生きた魔物は、それだけで魔石は巨大化する。魔物が湧いた側から狩られていく管理されたダンジョンでは決して出会えぬ幸運である。

「それにしても、厳島コーチって何者なんだろうな。こんな場所にある未管理のダンジョンの存在を知っているなんて」

タツマの疑問に、カヤもイクアラも首をひねった。なぜ、どうやって、厳島はタツマ達をこの場所に導くことができたのか。答えは本人に聞いてみるしかないのだろう。教えてくれるかどうかは分からないが。

三人はゆっくりと、しかし着実にダンジョンの最奥へと向かって行く。

先頭を進んでいたタツマの足が不意に止まる。暗い通路の向こうから、薄い青色の仄かな光を認めたからだ。

「終点、か？」

　通路を抜けたその先には、体育館の広さほどの、大きな空間が広がっていた。どこに光源があるのか、広間全体がまるで満月の光を溜め込んだように、青く白く光っている。二メートルほどの幅の石畳が真っ直ぐ奥へと続いており、石畳の両側には、まるで神社の狛犬の如く、蛇をかたどった石像が二体ずつ互いに向き合う形で二列に並んでいた。

　石畳の最奥には、ガレージ程度の大きさの小さな神殿がある。その中央にはまるで生贄の祭壇のような二メートル四方ほどの大きな石が鎮座している。

　石の正面に、真っ黒な短剣が突き刺さっているのが遠目からでもはっきりと見えた。まるでそこだけ光が届いていないような、全てを飲み込む一点の闇だった。

「おそらくは、あれが女神の社であろうな。そしてあれが、封印の石か……」

「本当にあったのね。それにしても、神様の封印なんてどうやって解くのかしら？」

「みんな、慎重に進もう。ここだけ何か、空気が違う」

　三人はゆっくりと石畳を進む。ここはマップも情報も一切ない、未知のダンジョン。さらには岩の中に自らを封印したという女神の存在。警戒するに越したことはない。

　果たして、警戒は正解であり、無意味でもあった。

　石畳を中頃まで進んだ時、後方で大きな物音が響いた。振り返れば、どこから降って湧いてきたのだろうか、入口が巨大な岩によって塞がれていた。

「……えーと、これはつまり、閉じ込められたってことか？」

「さすがは人の手の入っていないダンジョンということか。なるほど、これが噂の……」

「ボス部屋って……、やつね」

　社へと続く石畳、並んでいた四体の蛇の石像が、とぐろを巻いて三人を威嚇していた。

「イクアラ！　カヤ！　手前の左だ！　まずは数を減らすぞ！」

　事態に呑まれてはならない。タツマは声を出すことで自分を鼓舞し、速やかにチームの行動を定めた。

「シィッ！」

　タツマの指示への応を、カヤは神速の突進で返す。冒険者としては非力ながら、他の追随を許さぬスピードでチームの切り込み隊長であった風坊カヤ。先制となる一撃は確かに蛇の眉間を捉えたはずだった。

「硬い⁉」

　棍から跳ね返る衝撃で手が痺れ、愛らしい顔が歪んだ。

「俺が行く！」

　退くカヤと前に出るタツマ、二人の位置がくるりと入れ替わると、タツマの短剣が蛇の首を真横から薙ぐ。

　首を刈り取るつもりで放った渾身の一撃。しかし、狩られたのは短剣だった。

タツマの持つ刃渡り四十センチほどのショートソード、その刀身が半ばから弾け飛んでいた。武器をなくしたタツマに向けて、蛇はギョロリと石の目を向けると、とぐろを巻いた状態から、バネのように前へと飛ぶ。蛇の巨大な口が縦に大きく開かれる。

「伏せろォッ！　タツマ！」

すかさずタツマの後ろから覆いかぶさるように、イクアラが大剣を上段から振り下ろす。三人の中で、最強の攻撃力を誇るイクアラの一撃が、カウンター気味に蛇の鼻頭を捉えた。鉄と石、二つの巨大な質量のぶつかり合いで、蛇の頭部に罅が入る。

それでも魔物は止まらない。石の牙で刃の横腹に食いつくと、怯むことなく鉄の剣を押し返し始める。

「風撃！」

そこにカヤの風魔法が叩きつけられた。これまでどんな攻撃にも怯むことのなかった蛇が、一瞬その身を縮ませた。

「離れよう！」

タツマの号令を合図に三人は蛇達から距離を取る。たった一瞬の攻防であったが、三人の体から大量の汗が吹き出していた。

「手応えはどうだ⁉　イクアラ」

「厳しいな、硬すぎる。アレを砕く前にこちらの剣が砕けるぞ」

刃毀れしたバスタードソードを撫でながら、イクアラが長い舌を巻いた。

「物理攻撃にはとんでもない耐久性を持つタイプね。魔法は効きそうだけど、私程度の風魔法じゃ足止めにもならないわ」

「くそッ、せめて付与魔法のかかった武器でもあれば……！」

タツマは折れた短剣を見て歯嚙みする。もっとも、付与魔法付きの武器など、タツマ達高校生が個人で買えるようなシロモノではない。イクアラの大剣が現状の最強武器だ。

振り向いて退路を確認する。巨体のイクアラのさらに三倍はある大きな岩。アレを動かすのは難しいだろう。テコを使えばあるいは……、といったレベルか。

もっとも、そんな悠長な遁走など、目の前の魔物が許しはしないだろう。四体の蛇がゆっくりと近づいてくる。囲まれているのが分かっても、タツマ達に打つ手はない。三人は今、正に蛇に睨まれた蛙であった。

タツマは一度大きく深呼吸をすると、覚悟を決めた。折れた短剣を握りしめながら、皆から一歩、前に出る。

「撤退だ。俺が奴らを引きつける。その間に、どうにかあの岩を動かして脱出してくれ。時間は必ず俺が稼ぐ！　信じてくれ！」

タツマの覚悟は死ぬ為のものではない、生かす為のものである。自分の大切な友人達に、生きてもらう為の覚悟だ。

「タツマ！　お前何を‼」

「巻き込んですまなかった！　お前達は俺が必ず逃がしててて、いってえぇぇっ⁉」

タツマの悲鳴の理由は、隣から千切れるほどに引っ張られている耳にあった。

「タツマ！　バカなことを言ってないで全員が生き残る方法を考える！　それに頼まれなくても私はいつだってタツマを信じてる！」

カヤは耳を引っ張っていた手を、そのままタツマの頬に当てると、両手でタツマの顔をぐりんと自分の方へと向けさせた。

真っ直ぐな目がタツマを見すえている。瞳から溢れる信頼に、タツマの弱気は強い風に吹かれたように、どこかへと消えていく。

「……ふむ、カヤが私の言いたいことを全て言ってくれたので、そのことはもういいだろう。ところでタツマ、アーサー王の伝説は知っているな？」

「いきなり何言ってんだよ？　イクアラ」

「あの抜いて下さいと言わんばかりに岩に突き刺さった黒い短剣。アレにかけてみないか？　湖の精も河の女神も似たようなものだろう？」

イクアラが親指で示す先、四体の蛇のさらに奥。神殿の中の巨石に刺さった短剣が、鈍く黒く光りながらその存在を主張していた。

「なっ？　サーガか映画じゃあるまいし、そんな都合のいい話があるわけねえだろ！」

「イクアラに賛成！　脳みそ沸いてるタツマの案よりよっぽど建設的ね」

「おい！　カヤまで何言ってんだ！」

「二対一だな。カヤ、そちらの二体は任せたぞ。こちらの二体は私が引き受けよう」

「ええ、私達が時間を稼いでいる間に、タツマが黒い短剣を抜いて大逆転。作戦はこんなところね」

「はぁ⁉　んなの作戦とは言わねえよ！」

三人パーティーの内、二人の賛成によって作戦は決定された。三人を囲む四匹の蛇は、弓を引き絞るように鎌首を反らし、今まさに、一斉に獲物へと飛びかかろうとしていた。

「いくぞカヤ！」

「ええ、イクアラ！　……タツマ、信じてるから！」

タツマの返事を待たずに、二人は左右に駆け出して行く。赤と黄の二つの色が伸ばした手から遠ざかっていく。現代的な作戦とはほど遠いメルヘンチックな特攻に、多数決の最後の一人が、ようやく同意を示した。

「ああ、畜生！　作戦はGO　FOR　BROKEだ！　ぶっ壊れても知らねえぞ！」

黒髪の少年が、奥の神殿に向かって真っ直ぐに走りだした。

（五）

左からタツマへと飛びかかった石蛇を、イクアラのショルダータックルが吹き飛ばす。

右手からタツマの首元を狙っていた蛇の顎門(あぎと)は、カヤの作り出した風の壁に阻まれた。

中央を行くタツマは振り向かず、石畳の道を強い蹴り上げで駆け抜ける。迷いはそれだけ無駄な時間を生む。今やるべきことは、一刻も早く神殿まで辿り着き、短剣を引き抜くことなのだから。

　陸上部として過ごした二か月は無駄ではなかった。正しいフォームが生む大きなストライドで、祭壇までの道のりを最速ラップで走り切る。そして神殿の入り口の五段の階段を、大きな跳躍で一気に飛び越した。

　着地の後、正面の大石にタックルすることで、タツマはどうにか自分の体を止めた。目の前に横たわる真四角の正六面体は、御影石（みかげいし）のように艶のある灰色の石だった。息をつく間もなく、タツマは石の正面に突き刺さっている黒い短剣の柄（つか）を両手で摑む。

（いけるか⁉）

　握りしめた瞬間に希望が見えた。剣はしっかりと突き刺さっているように見えて、実は幾分の遊びがある。グリグリと左右に柄を捻（ひね）りながら、短剣を石から引き抜いていく。

（……なっ⁉　急に固くなった⁉）

　しかし抜刀まであと一歩というところで、柄から伝わる負荷が一気に増した。それどころか、短剣は逆にタツマの手を引きずるように石の中へと戻っていく。

剣がひとりでに動きだすという不思議な現象。しかし、そんなことは今どうでもいい。一刻も早くそれを引き抜く。ただそれだけしか、今のタツマの頭にはないのだから。

　両手にさらに力を込めると、片足を軸にして、もう一本の足で石を垂直に踏み込む。

「ふんっ、ふんっ」と気合の息を吐きながら、タツマは短剣と綱引きを始める。

「ぐぐ……っ、このぉッ！　しぶとい……ッ！」

　タツマと剣の一進一退の攻防。それはまるで、ドアを無理矢理開けて中に入ろうとするセールスマンと、扉を必死で閉めようとする引きこもりの戦いのようにも見えたかもしれない。もっとも、滑稽な見た目とは違って、タツマは至って真剣である。

「……くッ」

「つぅっ」

　後方からカヤとイクアラの短い悲鳴が聞こえた。もはや一刻の猶予もない。二人が魔物を抑えていられるのも限界だ。しかし力を込めれば込めるほど、剣はいっそう固く締まり、焦れば焦るほど、滲んだ手汗がグリップを奪う。タツマの力ではその短剣は抜けないし、二人を助けることもできはしない。

　気が付けば、タツマは救いを求めていた。声の限り、心の限り。

「頼む！　女神様だろうが祟り神だろうがなんでもいい！　俺に力を貸してくれ！　俺にはあなたが必要なんだ！　お願いだ！　あなたしかいないんだ！」

　仲間のピンチを救えるのは、ここに封じられているという女神だけ。その気持ちを込めてタツマは叫んだ。あるいはその叫びは、聞くものが聞けば、情熱的なプロポーズの言葉のようにも聞こえたかもしれない。

　――ズルリ――

　唐突だった。先ほどまでの抵抗が嘘のように、あっさりと黒い短剣は抜けてしまった。

いや、短剣ではない。それは黒くて長い鞭だった。しかし今、剣が抜けたことに喜ぶ間も、その形状に驚く余裕もタツマにはない。

タツマの目は既にカヤを捉えていた。棍を手放したカヤが地に転がっている。武器を手放し、体勢を崩されたカヤに向けて、石蛇の大口が開く。

「カヤぁッ!!」

距離はおよそ二十メートル。どうあがいても間に合わない。それを理解してはいても、タツマはカヤへと手を伸ばさずにはいられなかった。

その右手には先ほどの短剣、いや、黒い鞭が握られている。カヤを助けたい。その思いは思わぬ形で具現化した。タツマの手にあった黒い鞭はカヤに襲いかかろうとする魔物に向けて、真っ直ぐに伸びて絡みついた。

タツマの目が、驚きでこぼれ落ちそうなほどに開かれる。タツマが手にした武器は、生き物のように勝手に動く伸縮自在の黒い鞭だった。

さらに驚くべきはその後に起こった現象である。蛇を絡めとった黒い鞭、その先端が青白い光に包まれると、暴れまわっていた蛇の魔物が、ただの物言わぬ石像に変わった。

「おまけに、付与魔法付きか⁉」

射程が異常に長い付与魔法攻撃の武器。どうやって発動したのか、どんな魔法が掛かっているのか想像もつかないが、それは今のタツマが望んでいた救いであった。

「今はなんでもいい！　お願いだ、みんなを助けてくれ！」

考えるのは後回しだ。タツマはただ、願いだけを込めて、再びその鞭を振るう。

タツマの意思を汲み取ったのだろうか。鞭は青白く輝きながら、一度目よりもさらに長く伸びていく。そしておよそ三十メートル先、イクアラと対峙していた石蛇の背を、青白く光る鞭が掠めると、それだけで魔物はただの石と変わった。

「タツマ！　そっちに行ったぞ！　気を付けろ！」

残る二匹の蛇はもっとも警戒すべき相手が誰なのかを悟ったのであろう。カヤとイクアラから目を離し、タツマのいる神殿へと凄まじい速度で這い寄ってくる。

タツマは神殿の階段を一気に飛び降りながら、二匹の蛇達に向かって、空から鞭を振り下ろす。相手は二匹。鞭は一振り。すると黒い鞭はまたもタツマの想像を上回る動きを見せた。

タツマの目の前で、一本だと思っていた鞭が二つに枝分かれした。二つの鞭の両端がやはり青白く光ると、それぞれ二匹の蛇の頭へと振り下ろされた。――パシン――と、乾いた軽い衝撃音が二つ同時に生まれる。頭を打たれた二体の蛇は、調伏された獣のように頭を深く地に垂れ、動きを止めた。

そして今、四匹の蛇は全てただの石塊に変わっていた。

呆気ないほどの逆転勝利に、勝ったという事実にもタツマは気が付かなかった。

「やったぞ！　タツマ！」

「タツマ！　信じてた！」

　友人達二人の声で、ようやくタツマは我に帰る。喜色を体全体で表すイクアラとカヤが、タツマの元へと駆け寄ってくる。遅れてタツマも、二人の元へと走り出す。

　三人は磁石に吸い寄せられるかのように、一箇所へと集まっていく。生き残った喜びを分かちあう為に、勝利の抱擁（ほうよう）を交わす為に。

「イクアラー！　カヤー！」

　タツマがイクアラとカヤの真ん中へ勢いよく飛び込もうとしたその瞬間、今度は磁石が反発し合うように、二人は横っ飛びでタツマの抱擁を回避（かいひ）した。

　目標を失ったタツマは、二、三歩たたらを踏んで、止まった。

「……っとっと、なんだよー、二人共」

　揃って自分を躱した友人達に、タツマは不満げに口を尖らせた。生死をくぐり抜けた戦いの後にこのイタズラはないだろうと。きっと今、二人はこちらを見て笑っているのだ。

　しかし振り返って見れば、二人は大げさに顔を引き攣（ひつ）らせながらタツマの右手の辺りを凝視していた。

「タ、タ、タ、タツマ！　その手に持っているものは何だ？　何なんだそれは!?」

「ち、ち、ち、近寄らないで！　いやっ！　タツマ！　それをこっちに向けないで！」

「なんだよ二人共、これは鞭だろう？　柄だけは短剣みたいな形してる、け……ど？」

鞭のような短剣を、二人によく見えるようにタツマは自分の正面へと掲げる。その時タツマは、初めてしっかりと自分が手に持っているモノの形を見た。

それは基本的には黒い短剣で、しかし、短剣の刃からごっそりと黒くて長い大量の髪の毛が生えていたナニカだった。

「いやぁあああああああッ！」

その悲鳴はカヤのものではあったが、タツマの意識の光はそれを最後にフッと消えた。

地に倒れ込む時に、タツマの胸のポケットからパーソナルカードと呼ばれる冒険者の身分証明書がポロリと落ちる。気を失ったタツマには知る由もないことだが、タツマのパーソナルカードは、このように更新されていた。

【名前】須田タツマ
【種族】ヒト族（純血）
【称号】藻女神オルタ・リーバと結婚を前提としたお付き合いを始めた人間　NEW！
【守護】藻女神の守護（極大）　NEW！
【アビリティー】褒めれば伸びる女神（髪）　NEW！
藻女神の水魔法（一部制限あり）　NEW！
ずーっと一緒（愛）　NEW！

# 第二章　女神の正体

Uosato High School Dungeon Club

（一）

「昔々あるところに、オルタ・リーバという名前の、とても美しい河の女神様がおったそうな。あまりにも美しいお姿じゃったからのぉ、たくさんの神様達がオルタ様を妻にと求めなさったそうじゃ。その数というたら、求婚の列の終わりが山向こうへと消えて見えぬほどじゃった。

しかしのう、オルタ様の体は一つじゃて。八百万（やおよろず）の神様から、たった一人をえらばねばならぬ。そこでオルタ様の父はあることを思いついたんじゃよ。

『三つの試練を見事果たした者に、オルタを妻として与えよう』

そう、求婚にいらした神様に告げなさったそうじゃ。三つの試練とはな、一つは蓬莱（ほうらい）山（さん）に住むという天龍の一咬（か）みでも砕けぬものを見つけ出すこと、二つ目は真夏でも決して溶けない氷を持ってくること、三つ目は空にもう一つの月を浮かべることじゃ。

どれも無理難題のように思えるじゃろ？　実はな、オルタ様の父上は謎掛（なぞか）けのつもりだったんじゃ。どの問題も、ほんのすこし考えればそんなにむずかしいことではないのじゃよ。たとえば、一つ目の試練などはの、なんにも持ってこないことが正解じゃ。いかな天龍の一咬みとはいえ、虚空だけは噛み砕くことができんからのう。

ずるいと思うか？　じゃがな、これも娘を思う親心。戦事が下手でもよい、優しく知恵のある者と結ばれて幸せに暮らしてほしいと、父上は願っておったんじゃ。

……しかしのう、神々はオルタ様の父上が思っとったよりもず――っと頭がわるくてのお。最初の難題で、これは天龍の一咬みを耐えるだけの男気を試されているのだと、だれかが言い出してしまったんじゃ。それで神々は、こぞって天龍に噛み付かれにいったそうじゃ。

天龍様もいい迷惑じゃったろうのう、ひっきりなしに訪れてくる神々を、噛んでは吐き捨て、噛んでは吐き捨て、それでも手加減は一切せんかった。

そういうわけでな、結局一つ目の試練で参加者のほとんどが落第してしまったんじゃ。体に大穴をあけながらもなんとか耐え切った神々も、何柱かはいらっしゃったそうじゃが、二つ目の溶けない氷の試練でみんな落第しおったそうな。

氷雪の迷宮や、えべれすとの山頂に無酸素無装備で挑む神々達に、『二つ目の試練の答えはところてんだ』などと、オルタ様の父はもはや言い出せなかったんじゃろうのう。

まあ、それで済めばまだよかったんじゃがな、落第した神々は腹いせにオルタ様の陰口をたたき始めたんじゃ。

『あの女、お高くとまってんじゃねえよ』『最初から結婚する気なんてなかったんじゃねえか？』『ハンッ、どうせどっかに男がいんだろ？』『俺達が傷付く姿を見て喜んでんだぜ。あのドS女神』などなど、根も葉もない噂が神々の間で広まってしもうてな。その噂話が元で、もはや誰も三つの試練に挑む者はいなくなってしまったんじゃ。

これはいかんと、オルタ様の父も三つの試練を取り下げたんじゃが、オルタ様に求婚していた神々は、みんな他の手頃な誰かを娶り、温かな家庭をきずいておったのじゃ。

もはや草履の神様にすら見向きもされなくなったオルタ様は、しばらくは泣きながら部屋にこもって暮らしておったんじゃが、そんなオルタ様に追い打ちをかけるように、周りから次々と結婚式の招待状が届いての、オルタ様の心はいたく傷ついてしまったのじゃ。

『もう結婚なんてできなくていいです！　私はずっとひとりで暮らしていきます！』

そう言って、ヒロシマにある小さな洞窟で、深い深い眠りについたそうじゃ。

こうして石の中にお隠れになったオルタ様ではあったがの、これではあんまりにも不憫じゃと、オルタ様の父上は結婚祝いに贈るつもりじゃった黒い短剣を、オルタ様の眠る石に深く深く突き刺したのじゃ。そして石を前に、こう予言したそうじゃ。

『いつか必ず、この短剣を引き抜く者が現れるであろう。たとえ肉体が滅び、髪の房だけが残っていたとしても、いつかお前を心から必要とし、愛してくれる者が現れるはずだ。その者こそ、憐れなお前が夢に見た、ただ一人の夫となるのだ。そのときが来るまで、眠れ、眠れ、我が悲しき娘よ。眠れ、眠れ、我が愛しき娘よ』
……以上、ヒロシマの説話集、藻女神オルタ・リーバの項より。柳田広男著でした」
「……ふむ、確かに絶望の淵に沈み、外界との関わりを断った女神、ではあるな」
「音読ありがとうカヤ。おいイクアラ、厳島コーチを呼び出してくれ。ブラックコーヒーでも飲みながらじっくりみっちり問い詰めてやる」

今、タツマ達三人がいるのはヒロシマ市立図書館の談話室。ヒロシマの説話を集めた本の中でも、特にマイナーな口伝の中に、藻女神こと、オルタ・リーバの伝承はあった。

時刻は既に夜七時を回っている。太陽は沈み、西の空に僅かな赤色が残っているのみ。古来から言われる逢魔が時というものだ。タツマ達が座るテーブルの上には、あのダンジョンで手に入れた黒い短剣が蛍光灯の光を浴びながら、鈍く黒く輝いている。

しかし今、短剣にはあの時タツマ達が見たはずの長い髪の毛はどこにもない。

「見た目は普通の短剣なんだけどなあ。ちょっと刃渡りが短すぎるけど」

「説話を信じるならば、父から贈られたというこの剣はあくまでオマケで、髪の毛の方が本体ということだろう」

「あの長い髪の毛が、本当にこの剣の中に全部入ったの？　イクアラ」

　イクアラが然りと頷いた。カヤとタツマが気を失った後の出来事は、イクアラだけが全てを見ていた証人なのだ。


「目が覚めたか？　タツマよ？」

　目を開けた時、蜥蜴色のポーカーフェイスがタツマを見下ろしていた。

　周囲には青い洞壁が広がっており、タツマの隣ではカヤが寄り添うように眠っていた。

　ぼうっとする頭を左右に揺すりながら、タツマは片手をついて上体を起こす。

　バサリと何かが体から滑り落ちた。タツマとカヤの体には、イクアラの大きな私服が毛布がわりにかけられていた。

「……イクアラ、か？　一体なにが……？」

「剣から生える髪の毛を見てタツマは気絶した。タツマが気絶したのを見てカヤも釣られて気絶した。リザードマンは心臓が強くてな、私だけは意識を保つことができたのだ」

「なるほど、ありがとう。全部思い出したぜ」

　タツマは立ち上がると時計を確認する。時間はそれほどたっていないようだ。タツマの動く気配を感じたのだろう、足元でカヤが「んんっ」と、悩ましい声をあげた。

　カヤの側にはあの黒い短剣が転がっている。しかし、あの時の黒髪はどこにも見あたらない。まるで全てが夢であったかのように、ただの短剣が残されていた。

「髪の毛ならば、あの後短剣の中に勝手にしまわれていったぞ。ずるっずるずるっと、まるで黒蕎麦でも呑むようにな」

　悪夢は今は見えていないだけで、終わってはいなかったらしい。

「つーかこれ、一体何なんだろうな」

　タツマは足元に転がる短剣をおそるおそる靴のつま先でつついてみたが、剣からは何の反応も返ってこない。武器としては小さすぎて実用的なものとも思えない。

「魔具（?）か、祭器（?）か、呪具（?）的な何かか？　今のところ見当もつかんな」

「イクアラでも分かんねえか……」

　二人は短剣を中央にし、差し向かいになって座る。柄のところによく解らぬ文字で銘らしきものが彫られている以外には、何の手がかりも見つけられなかった。

「そうだタツマ！　お前のパーソナルカードを見せてみろ、女神の守護が付いたなら何か情報が書かれているはずだ！」

「なるほど！　その手があったな！　さすがはイクアラだぜ！」

　パーソナルカードとは、冒険者の身分証明用のマジックアイテムである。真実の神の力を借りた高度な解析魔法により、持ち主の本名、称号、種族、守護神、アビリティーなどが、嘘偽りなく記される。また、持ち主が新たなる称号や、アビリティーを獲得した場合も即座に上書きされる仕組みとなっている。

　中世の時代では、冒険者ギルドが製法を秘匿し、本物の冒険者しか持つことが許されなかった貴重なアイテムではあったが、現代では製法も一般に公開され、タツマ達高校生でも簡単に手に入れられるようになっている。

　タツマはポケットに仕舞い込んであったパーソナルカードを取り出そうとして、いつの間にかそれが地面に落ちていたことに気が付いた。地面に落ちた銀色のカードを拾い上げると、名前と種族しか書かれていなかったはずのタツマのパーソナルカードにはずらりと項目が増え、アビリティーの新規獲得を示すマークが並んでいた。

【名前】須田タツマ
【種族】ヒト族（純血）
【称号】藻女神オルタ・リーバと結婚を前提としたお付き合いを始めた人間　NEW！
【守護】藻女神の守護（極大）　NEW！
【アビリティー】褒めれば伸びる女神（髪）　NEW！
　　　　　　　　藻女神の水魔法（一部制限あり）　NEW！
　　　　　　　　ずーっと一緒（愛）　NEW！

「……ふむ、タツマよ。お前いつの間に女神様を誑し込んだ？」

「知らねえよ！　このダンジョンに入るまで何も書かれちゃいなかったよ！　俺もびっくりだよ！　なんだよこの二度と取り返しのつかなそうな称号とアビリティーは！」

「……んんっ、タツマぁ？　どうかしたの？」

少し騒ぎ過ぎたようだ。カヤが眠たそうな目をこすりながらゆっくりと起き上がる。

少女は寝ぼけているのだろう、普段であれば絶対にしないようなことではあるが、座りながらカードを眺めていたタツマの背中に後ろからぽすんっとおぶさってきた。背中越しに、小さくも柔らかい感触と鼓動がタツマに伝わってくる。

「お、おい！　カヤ！　寝ぼけてんじゃねえよ！」

「おお、カヤには悪い報せになってしまうのか。実はな、タツマのパーソナルカードなのだが……」

カヤは、肩越しにタツマが手に持つパーソナルカードを覗き込んだ。そして、寝ぼけた半眼のままで、タツマの耳元で、囁いた。

「ねえ、このオルタ・リーバって女、だれ？」

それはまるで、夫の上着の中からホステス嬢の名刺を見つけたかのような、低く、重い声音であった。

「だれって……、いや、本当に誰だ？？」

「ふむ……、神話にはそれなりに明るいつもりだったが、聞いたこともない名前だな」

「ねえタツマ！　だれよ？　だれなのよ？　一体どこの女なのよ？　だれなのよぉっ！このオルタ・リーバって！」

「いやいや、知らない！　本当に知らないから！　身に覚えはないから！　だから胸ぐら掴んでガクガク揺するのはやめてくれー！」

その後、ようやく眠気を覚ましたカヤは、「二人とも、市立図書館に行くわよ。オルタ・リーバがどこの馬の骨なのか、きっちり調べてやろうじゃないの！」と言い出したのだ。

イクアラも、もちろんタツマも、その時のカヤに逆らう気など起きなかった。

荷物をたたんで、ダンジョンを出た三人は、家にも帰らずそのまま市立図書館へと直行した。そして、図書館の大量の蔵書の中からオルタ・リーバの伝承を見つけ出し、今に至るというわけだ。

「……それにしても、藻女神の守護……、ねえ」

タツマはパーソナルカードをもう一度確認する。藻女神という言葉は聞いたことがなかったが、言葉の響きと、説話集のエピソードからも、あまりいい予感はしない。神話といえば、救いがなく理不尽な内容のものが多いが、これほど憐れな物語もないだろう。

先ほどまではオルタの正体を暴いてやると息巻いていたカヤも、同じ女として思うところがあったのだろうか、今は黒い短剣に向けて同情の眼差しを送っていた。

「だがタツマよ。守護の強さが極大というのは破格だぞ」

「ええ、私も聞いたことがないわ。ひょっとしたら、タツマが世界でたった一人かも」

守護の強さは、まるで扇風機のボタンの如く、強・中・弱の三つに分かれている。例えば、カヤは韋駄天の守護の中、イクアラが戦神の守護の弱である。

守護とはそもそもが、神の力の欠片を借り受けるものである。そして守護の力の強弱とはそれぞれの守護神から与えられる力の欠片の大きさを示している。つまり、守護の強さが大きければ大きいほど、自分の守護神の力を最大限に発揮できるということだ。

とはいえ、強い守護を受ける者などまずいない。大体が弱か、恵まれた者でも中である。強の守護を持っている者は、数十万人に一人の割合とも言われており、それこそ神妙九児のような本物の才能しか持つことは許されない。

タツマの持つ守護の強さは極大。力の欠片どころか、その全てをゆだねられたと言ってもよいのかもしれない。

「まあ、そこは女神様に感謝だけどさ。贅沢を言えばもうちょっと戦闘に向いてそうな神様の守護が欲しかったかな。イクアラみたいにさ」

もっとも、守護の強弱がそのままダンジョン競技の強さに結びつくという単純な話でもない。そこには守護神自身の格や、向き不向きという問題もあるからだ。極端な話、便所の神の強い守護を持ったところで、冒険者としては何の役にも立たない。

――シクシクシクシクシクシクシク――

「それこそ贅沢な話だな。戦神の守護はたくさんの人間が分かちあっている為に一人ひとりの守護の力は弱くなってしまうのだ。タツマの極大は、世界でタツマ一人が守護対象であるからこそ得られた強さなのだろう。他の神の加護がよかったなどと、そんなことを聞けば女神様が悲しむぞ、ほら、こんなふう……に……？」

――シクシクシクシクシクシクシクシクシクシクシクシク――

　その声はいつから聞こえていたのだろうか、テーブルの上に置いていた短剣から、何者かのすすり泣きが聞こえていた。その哀しい泣き声は、タツマ達だけではなく談話室にいた他の利用客達にもしっかりと届いていた。

「……なあ、誰か泣いてないか？」

「ホントだわ、女の人の声よね？」

「うん、なんだかとっても哀しい泣き声ね」

「ああ。こう、胸にズキズキッと突き刺さってくる泣き声だよな」

「これはまるで、一生懸命作った料理を、夫にちゃぶ台ごと放り投げられて、泣きながら畳を拭いている妻の嗚咽そのものだぜ……」

「ごめんなさい女神様！　本当は俺、最っ高に嬉しいです！　女神様の守護をもらえて嬉しいなあ！　ありがとう！　女神様！」

　タツマがまるで子供をあやすように、短剣を両手に乗せて左右に揺すりながら慰めると、先ほどまでの泣き声は嘘のように収まった。

　タツマは短剣をゆっくりとテーブルの上に置くと、「集合！」と、他の二人に号令をかけた。三人はテーブルに背を向けて、短剣に聞こえないよう、小声で会議を始める。

「ふむ、やはりアレが女神の依代のようだな」

「どうやって泣いているのかは分からないけど、確実に中に、ナニカいるわね」

「こえーこと言うなよ。つーかこれ、守護っていうより呪いなんじゃねえのか？」

タツマの言葉に、二人は何も答えずにそっぽを向いた。

「おい！　なんかいってくれよ！　怖くなるんだからよ！」

これは守護ではなく呪いではないか。そんなことはイクアラもカヤも最初から思っていたことだ。それを決して口に出さなかったのは、初めて神の守護を受けて、甲子園への道が開けたと喜んでいたタツマには、口が裂けても言い出せなかったからだ。

「……と、とりあえず、アレが呪いの武器かどうかだけは判断することができるぞ」

「さすがだぜイクアラ！　どんな方法だ？」

「簡単なことだ、我々がこのままゆっくりとアレから離れてみるだけでいい」

「そういうことね！　呪いの武具なら一定以上の距離が離れると、持ち主であるタツマの手元に飛んでくるはず」

「逆に言えば飛んできたら呪い確定ってことか……、まあ、やってみるしかないよな」

ゴクリと唾を飲み込むと、タツマ達は短剣から、ゆっくりと後ずさっていく。三メートル、五メートル、そして十メートル離れても、短剣はピクリとも動く気配を見せなかった。その代わり……

――シクシクシクシクシクシクシクシクシクシクシクシクシクシク――

「なんだ⁉　またどこからともなく哀しい泣き声が聞こえてきたぞ！」

「さっきの人の声よね？　……ねえ、おかしいわよ。誰もいないわ」

「ちょっとー、冗談でも気味の悪いこと言わないでよー。……って、ひぃいいっ！　本当に声のする方には誰もいないじゃないのよ！」

「しかしこの泣き声、まるで迷子の子供のようで、胸が痛いぜ」

「いや、むしろ昭和のドラマで、夫にゴミクズのように捨てられた妻の泣き声に似てないか？」

「ごめんなさい！　ごめんなさい！　ごめんなさい！」

　図書館の他の利用客に謝りながら、タツマは急いで短剣の元へとかけ戻る。短剣をたかいたかーいして、機嫌をとると、暫くの間しゃくり上げるような嗚咽が聞こえた後に、ようやくその泣き声は収まった。

「呪いの武器……ではなかったな？」

「ええ……、呪い……、ではないわよね？」

「呪いの方がまだマシな気がするんだが」

　黒い短剣の呪いの武器疑惑は、アウトに限りなく近いセーフという結論に落ち着いた。

　それと同時に、タツマはこの黒い短剣を四六時中持ち歩かねばならないことも判明した。アパートの部屋に置き去りにしようものなら、不審な声が聴こえると警察に通報されてもおかしくはない。アビリティーの『ずーっと一緒（愛）』とはこういうことかと、タツマは身をもって理解した。

「ふむ……、では次の実験だ。カヤ、タツマに抱きついてみてくれないか？　恋人同士がするような熱烈なやつだ」

「ええ、わかったわ」

「は⁉　ちょっと待て、何言ってんだ？　って、カヤ！」

戸惑うタツマにカヤは頬を赤く染めながらもぎゅっと抱きつく。カヤの両手がタツマの腰の後ろにしっかりと回される。癖のある柔らかい髪が頬をくすぐる。鎖骨に口付けしそうなほどに、近付いている小さな唇。そこから吐かれた、熱く湿った吐息が、襟口から体へと侵入してくる。

鼻孔をくすぐるカヤの匂いに、女の子の匂いに、彼女が同い年の女性であるということを、タツマはこの時、初めて意識したのかもしれない。

――シクシクシクシクシクシクシクシクシクシクシクシクシクシクシクシクシクシクシクシクシクシクシクシクシクシクシクシクシクシクシクシクシクシク――

「うわっ、またあの泣き声が聞こえるぞ！」

「もう！　なんなのよ！　一体誰の仕業なのぉ⁉」

「でも、気持ちが悪いけど、なんだかちょっとシンパシー」

「ああ、身につまされるとはこういうことだな」

「これはまるで、夫の浮気現場を目撃した弱気な妻が、夫に詰め寄ることもできず、裸足で泣きながら一人で家路へとついている、そんな哀しい泣き声だ」

「うそだよー！　うそだよー！　ただの冗談だから！　ね！　ね！」

タツマは急いでカヤを振りほどき、短剣を手にとったが泣き声はやまなかった。その泣き声はカヤが自分にそうしたように、短剣をしっかりと胸に掻き抱くことで、ようやく収めることができたのだった。

「ふむ、なるほど。タツマに生身の人間の恋人ができた場合も泣く、と。特にこれといった害はなさそうだな。よかったなカヤ、ムードがないのが残念だが」

「ええ、かなり厳しいけど、まあギリギリ妥協点ね」

「何もよくねえよ！　泣いてるのがきっちり害じゃねえかよ！　つーか、カヤも何言ってんだ⁉」

「しかしタツマよ、泣けるということは会話もできるということではないか？」

「そうよね。詳しいことはこの剣に直接聞けばいいのよね」

「そうか！　そうだよな！　なああんた、ホントに女神様なのか？　女神様ならなんとか言ってくれよ！」

　タツマは剣を両手に持って話しかけるが、短剣は何も反応しない。なおも食い下がってお願いすると、短剣からするるっと黒い髪の毛が伸びてきた。

　再び見た悪夢のような光景に、思わず持っていた剣を投げ捨ててしまいそうになったが、その前に、黒い髪の毛が彼の手の小指にしっかりと絡みついた。まるで赤い糸のように指に絡みついた一房の髪の毛は、タツマの手を彼の意思に反して動かした。タツマの小指は『ヒロシマに伝わる伝説』のちょうど開いていたページへと導びかれる。小指は、一文字、一文字、ひらがなを順番に指し示していく。

は　ず　か　し　い

「……ふむ、恥ずかしくて声は出したくないと……。よかったなタツマ。こっくりさん方式なら コミュニケーションがとれることがわかったぞ」

「何もよくねえよ！　会話するのにいちいち時間がかかる上にこえーんだよ。こっちの心がもたねえよ！」

「だったら私にいい考えがあるわ！」

そう言うとカヤは、ノートに『はい』『どちらでもない』『いいえ』の三つの文字を書いて丸で囲んだ。

「質問方式を選択制にしてみたの。これで時間はかからないわ」

「俺が怖いのは全く解決していないんだが……」

かくして、こっくりさん方式での、『教えて！　藻女神様』のコーナーが始まった。


「あなたは女神オルタ・リーバですか？」

カヤの質問に、タツマの指はすっと「はい」の方へと迷わず進んだ。タツマの小指に絡まる毛剣が昔話の女神であることは間違いないらしい。神界一美しいと言われていた女神とは、随分と異なる姿ではあるが。

「あの昔話は実話ですか」

　タツマの小指はすこしだけ逡巡したあと、『はい』と『どちらでもない』の中間から、『はい』に近い辺りを指差した。

「ふむ、多少の脚色はあるが、ほとんど正しい。そんなところか？」

　タツマの指が今度は迷わず『はい』を示した。「あの話が実話なのか……」そう思うと、三人は自然と目頭を押さえていた。

「あなたは須田タツマを害することはありますか？」

　カヤの目が鋭く光る。皆が固唾を呑んで見守る中、タツマの指ははっきりと『いいえ』を差した。どうやら呪いの類ではないということに、一同はほっと胸をなでおろした。

「では、あなたは須田タツマのことが好きですか？」

「ぶっ⁉　何言ってんだ、カヤ！」

　タツマの指は、おそるおそると、しかし確実にそれと分かる位置で『はい』を指差した。アビリティーの『ずーっと一緒（愛）』から、予想できた答えではあったが、こうして目に見える形で示されると何かが胃にズンときた。

「では、あなたは須田タツマと結婚したいと考えていますか？」

「げぶっ」

タツマは口から胃液を吹きそうなほどにむせた。

タツマの小指はそろー、そろーと、『はい』の方へと移動し、紙に手が触れる寸前で、『やっぱり、恥ずかしい！』といった様子でその手を引っ込めた。

一部始終を見ていたタツマは、ぶくぶくと泡を吹いていた。「はい」とはっきり選ばれた方が、まだ、精神的ダメージは少なかったのではなかろうか。


こうして、イクアラとカヤは次々と質問をしていった。『はい』『いいえ』だけでは対応しきれない質問については、結局、カヤがつくった五十音順表で答えてもらうこととなった。もはやそれは、完膚なきまでにこっくりさんであった。タツマはその間、ぼーっと談話室の蛍光灯の辺りを見つめていた。たまにカヤが質問する声と、書記を務めるイクアラの鉛筆のカリカリという音だけが、無音を破っていた。

以降は、イクアラのノートに記された、女神への質問と回答を簡潔にまとめたものである。

Q　本体は髪の毛で短剣が依代ということでよいのですか？
A　はい
Q　髪の毛の最大の長さは？
A　三十メートルぐらいだと思います
Q　甲子園は知っていますか？

A　いいえ
Q　甲子園に行きたいですか
A　どちらでもない（タツマさんが行くところであれば、どこまでも付いていきます）
Q　戦いは得意ですか？
A　いいえ（あ、でも、それがタツマさんの為ならば、できる限り頑張（がんば）ります）
Q　魔法は使えますか？
A　水魔法であれば、少々
Q　なぜ、タツマを守護相手に選びましたか？
A　こんな私を必要だと、私しかいないと言ってくれて……（ぽっ）
〜〜カヤが質問の矛先をタツマに変えた為に十分間の中断〜〜
Q　男の人と付き合った経験はありますか？
A　いいえ（かなり恥ずかしそうに）
Q　年齢はお幾（いく）つですか？
A　回答なし（長い長い沈黙の後に、泣き出した）
Q　得意な料理は？
A　日本食ならば、ひと通り
Q　趣味はお有りですか？
A　生け花とお茶を、たしなむ程度に

Q　好きな食べ物は？
A　茶碗蒸しとか、モズクとか、お蕎麦とか、噛まなくてもつるっといけるものが
Q　タバコは吸いますか？
A　いいえ
Q　お酒は好きですか？
A　はい（かなりためらいがちに）
Q　家事は得意ですか？
A　はい
Q　これからどこに住むおつもりですか？
A　タツマさんの家にお邪魔させていただければ……、その……、台所の包丁立ての中などで十分ですから
Q　食事は必要ですか？
A　飢えて死ぬことはありませんが、できれば……
Q　どうやってその姿で食事をとるのですか？
A　ええっと、こうやって（タツマのコーヒーカップにぽちゃんと髪の毛を入れた後、ずるずるっと、ストローのように吸い上げた）
〜〜〜カヤの突然のお手洗い休憩につき、十分間の中断〜〜〜
Q　食費や家賃を収める気はありますか？

Ａ　そうしたいのはやまやまなのですが、お恥ずかしいことに、先立つものが……

Ｑ　デートをするならどこへ行きたいですか？

Ａ　公園とか、山とか、ゆっくりできて、お金のかからない場所ならどこでも。あっ、でもやっぱり部屋の中が一番好きです！

もはや、質問するべきことも尽き始めていた頃、図書館の談話室に『蛍の光』が響き始めた。時計を見れば、既に九時十分前である。市民からの要望で、とりわけ遅い時間まで開いている談話室も、さすがに閉室する時間だ。

気がつけば、タツマ達の他には人っ子一人いなかった。それは遅くなったから帰ったのか、髪の毛の巻き付いた手でこっくりさんをやっている三人に恐怖を抱いたせいなのかは、判断できぬことではあったが。

『蛍の光』のメロディーが三人に退館を促す。ようやく解放されたと立ち上がろうとしたタツマを、カヤの白い手が制した。

「タツマ、まだ一番大事なことを聞いていないわよ。これが最後の質問です。あなたは人化とかしますか？」

タツマの手は、迷わず『いいえ』を指した。

（二）

図書館の談話室から外へと出た三人を、一人の女性が車のフロント部分にもたれかかる形で待っていた。鮮やかな朱塗りの眼鏡が、夜の闇にも強く映えている。

「あれ？　厳島コーチ？　一体なんで？」

「なんで、とは随分じゃないかしら？　タツマ君。私はあなたに呼ばれたからここに来たのだけれど？」

「ああ、そういえば……って、そうだ、厳島コーチ！　あなたあそこにいる女神がオルタ・リーバ様だって知っていたでしょう！」

確かに、タツマは厳島ミヤジを呼び出していた。談話室でオルタ・リーバの伝承を見つけた時、どういうつもりだったのかを問いただしてやると、イクアラに電話をかけるように指示したことを思い出す。勢いから出た言葉ではあったのだが、それをきっちりと実行しているあたりがイクアラらしかった。

「ええ、知っていたわ。そしてそれを知っているということは、おめでとうと言っていいのかしら？　タツマ君」

笑顔で祝福の言葉を送った厳島ではあったが、タツマ達三人、特にタツマとカヤは微妙な表情と言葉を返した。

「おめでとうと言ってもらうべきなのかどうかは、俺には分かりませんよ……」

「厳島コーチ、タツマに守護神を付けてくれたことには感謝してますけど、本当に……、余計なマネを……」

「あ、あらぁ……？　何かワケあり？　……なのかしら？」

タツマは無言で自分のパーソナルカードを厳島に突きつけた。

「えーっと、……藻女神？　……極大？　……結婚を前提？　……髪？　……ずーっと一緒？　へ？　え？　何、コレ？」

厳島の顔が一気に青ざめた。


「……つまり、コーチは詳しいことなんて本当は何も知らなくて、ペラペラの文献と推測だけで、タツマに女神の存在を唆したと……」

「い、いやあねえ、カヤさん。人聞きが悪いわ。私だってちゃんと調べたのよ。でも、その、私が見つけたのは、もっとこう、広くて浅い感じの文献だったというか……」

タツマ達は詳しい事情を説明する為に、厳島の車でファミレスへと移動していた。もちろん、今回の出来事の恩人にして、張本人でもある厳島ミヤジの奢りである。

「それで、タツマが女神の封印を解けるという確信はあったのですか？」

「確信はなかったけど、なんとなくイケるかなーって。タツマ君が会いに行けば、何かしら運命が動き始めるってことだけは、私の『神託』で教えられていたから」

厳島のアビリティーである『神託（オラクル）』。レアアビリティーの一つではあるものの、本人が言うにはそれほど便利な能力でもないらしい。何かが起こるということだけは分かるが、吉と出るか凶と出るかは運まかせ。要するに御神籤（おみくじ）のようなものだ。

「それにしても、ダンジョンがあるならあるって最初に言っておいてくださいよ！　オルタ様がいなけりゃ俺達、危うく死ぬとこだったんですから！」

「ふぇっ？　ダンジョン？　なにそれ？　そんなものまであったの？」

パスタのフォークを咥（くわ）えながら、厳島は目を丸くしていた。三人はゆっくりと、頷き合った。

「すみませーん、このチョコレートパフェ・デラックス、後四つお願いしまーす」

「タツマよ。オルタ様のお神酒（みき）が切れているではないか。白ワインも追加だな」

「たーんと食べてくださいねー、オルタ様。厳島コーチの奢りですからねー、ここぞとばかりに食いだめしといていいですよー」

「お願いだからもうやめてー！　財布も痛いし、心も痛いの！　パフェやワインを髪の毛で次々と吸い込んでいくのはもうやめてー！」

長い一日は、まだ終わらない。

「……ま、まあ、色々と手違いはあったかもしれないけど、悪くない結果じゃあないの。ねえ、タツマ君？」

「厳島さん。まずは人の目を見て話しましょうよ」

食後のコーヒーを飲みながら、タツマ達四人は今後の方針について話し合っていた。

今回発見したダンジョンについては、既に厳島が警察に電話で通報を済ませてある。

「何よりアビリティーが凄(すご)いわよ！　時間制限付きの口寄せや神降ろしならないこともないけど、常時本物の女神様が降臨しているなんて、聞いたこともないわ！」

「その事なんですが、オルタ様は試合で認めてもらえるんでしょうか？　なんだか、選手が一人増えるみたいでずるい気がするんですが……」

「だいじょーぶ、だいじょーぶ。要するにインテリジェンスソードみたいなものでしょ？　生物を使役するならアウトだけど、基本的には剣（？）なわけだし。喋(しゃべ)る剣とか炎を吐く杖とかも甲子園では使用可能なんだから、泣きだしたり、髪の毛吐いたりするぐらい問題はないわよ。……まあ、他の人の見ているところで一人でに動いたり、ご飯食べたりするのはやめた方がいいと思うけどね」

「ギリッギリじゃないですか！　それ、擬態(ぎたい)っていうんですよ！」

「まあまあ、心配しなくても、ちゃんとタツマ君のカードに『ずーっと一緒（愛）』って書かれているんだから、それがタツマ君の能力(アビリティー)だと真実の神もきっちりと証明してくれているわ。パーソナルカードは絶対なのよ。……まあ、タツマ君とオルタ様が一心同体だと判断されている可能性もあるけどね」

「だから最後にボソッと本音をまぜないでくださいよ！　なんですか、その一心同体って⁉」

一心同体、その言葉が恥ずかしかったのだろうか。テーブルの上にちょこんと乗っていたオルタは、まるでタコがタコ壺に潜り込むように、ずるるっとワインの空瓶の中に姿を隠した。入口に入りきらなかった剣だけが、瓶の注ぎ口にカツンとひっかかった。

「それで厳島コーチ、結局のところ、タツマは部に戻ることができるのでしょうか？」

「ええ、タツマが守護を獲得したといっても、あの監督がタツマを再び受けいれるとは思えないわ。タツマが活躍すればするほど、タツマを退部にした自分の無能が証明されるだけだもの」

「そこなのよねー。一応、タツマ君が守護を獲得すれば部に復帰させるという言質はこっそりと録音してあるのだけど、タツマ君が部に復帰したところで、試合に出す出さないはアレが決めることなのよねえ……」

アレこと五井監督。結局のところ、問題はそこに集約するのだ。徹底した亜人優位主義者として有名な彼が、守護を手に入れたとはいえ、純血のヒト族であるタツマを試合で使うとは思えない。たとえ復部できたとしても、試合に出られなければ意味はない。

「全く、目の上のタンコブってこのこと……」

何かを言いかけていた厳島の目が、突然青く染まった。この世界にありながら、彼女の視界はこの世界に存在しない。先ほどまでの厳島とは別人のような、神を垣間見る一瞬に、初めてそれを見たイクアラとカヤは息を呑んだ。

「……神託（オラクル）、ですか？」

タツマの言葉に厳島は頷きだけを返すと、目を閉じて何かを考え込むように押し黙る。

しばらくして再び開いた厳島の目は、元の黒い瞳に戻っていた。

「なるほど……、ここは下克上（げこくじょう）のチャンスってことかしらね？　あなた達三人にオルタ様もいるんだから、きっとどうにかなるわよね？」

「へっ？　下克上って、どういうことですか？　厳島コーチ」

厳島はタツマの質問には答えず、ピッポッパと携帯電話（けいたいでんわ）を操作する。ほどなくして、短縮（たんしゅく）ダイヤルで『バカ』と書かれた番号に繋（つな）がった。

「こんばんは監督、夜分恐れいります。……ええ、おかげさまで、……実はですね、単刀直入に言えば、そろそろ白黒つけさせていただこうと、……あら、話が早いことで結構ですわ。……ええ、そちらが一軍、私が二軍、問題はありませんわ。……はい、そちらが勝ったら、愛人でも性奴隷（せいどれい）でも、私をどうとでもしていただいてかまいませんわよ。……ええ、もちろん二言はありませんから。その代わり、私の指揮（しき）する二軍が勝った場合には、五井監督にはきっちり引退してもらうということで……。……ええ、七日後の土曜日に、戦場はこちらで手配いたしますわ。……ええ、お休みなさいませ」

電話を切った厳島は、ペッとナプキンに唾（つば）を吐きつける。そして、きっちりそれを畳（たた）んだ後、タツマ達にこう、宣言した。

「……というわけで、いまから一週間後、一軍と二軍の練習試合を行うわ。私の貞操（ていそう）と、あなた達の一軍昇格がかかっている大事な試合だから、絶対に勝つわよ！」

「「「あんた、何言ってんだー!!」」」

神託（オラクル）。それは時に能力者本人の身すら滅ぼしかねぬ、忌（い）まわしき能力である。

（三）

ぼんやりとしていた。

その世界は感度を上げ過ぎたフィルムのように、ぼんやりとしていた。あるいは卑小な人の目では、眩（まぶ）しすぎて形をとらえることができないのだろうか。

「□□□よ、大きくなったな。そなたはきっとこれから益々美しくなることだろう」

まるで鐘の音のような、大きく力強い声が天上から降ってくる。見上げれば御簾（みす）の向こうに、大きな大きな影が立っていた。

「勿体（もったい）ないお言葉でございます。お父様」

目線を下げれば、後ろ姿の少女が板間の上に綺麗（きれい）な正座をしていた。美しい黒髪は腰元よりもなお長く、着物の裾（すそ）の上に扇のように広がっている。正座の少女は、大きな影に向かって深々とお辞儀（じぎ）する。長く美しい黒髪が空気を孕（はら）んで僅かに膨（ふく）らんだ。

「しかしな、たとえ姿が美しくとも、心が醜（みにく）ければ何にもならぬ。心を磨（みが）け。いつかそなたがその美しさを失おうとも、清らかな心さえ残っておれば、そなたは誰よりも幸せになれるであろう」

「肝に銘じます。お父様」

少女の声は川のせせらぎのように透き通った、コロコロと可愛らしく鳴る声だった。

少女の返事に満足したのか、御簾の向こうの大きな影が、ゆっくりと頷いた。

「幸せになりたいか？　清らかでありたいか？　ならばその箱を開けよ。□□□よ」

「かしこまりました、お父様」

少女は綺麗な正座のまま、頭部だけを僅かにかがめ、木箱の封をするりと解いていく。

木箱の中にあったのは、一本の小さな短剣だった。どこかで見たことがある気がするが、ぼんやりとする頭では、どこで見たのかは思い出せない。

「ありがとうございます！　お父様！」

ただ、少女がとても喜んでいることだけは分かった。

その喜ぶさまがあまりにも素直で、愛らしくて。その顔をどうしても見たくなった。

少女にそろりと近づいていく。美しく、長い黒髪に覆われたその顔を見るために……。


目に映ったのは、大小に白い輪っかの並ぶ、蛍光灯だった。

「夢……か」

すっきりとした目覚めではあったが、もう少しだけ寝ていたかった気がした。

時計の針は朝の七時を指している。真横に差し込む太陽が、朝の到来を告げている。

——トントントントントントントントントントン——

台所から、包丁がまな板を叩くリズミカルな音が聞こえる。タツマは音の方へ体をひねると音の主に向かって、呼びかけた。

「カヤー？」

合鍵を預けているはずの、親友の名だ。

タツマに両親はいない。中学二年の時に、二人共事故であっけなく他界してしまった。天涯孤独となったタツマを、何人かの親戚は引き取ってくれようとしたが、タツマは頑なにそれを断った。カヤやイクアラといった親友達の存在と、両親と暮らしていた場所から離れたくないという思いが、タツマをヒロシマに留まらせた。

父と母が残してくれたそこそこの貯金は、無駄遣いをしなければ、高校を卒業するまで一人でこのアパートに暮らすことができた。降って湧いてきた結構な額の生命保険には、タツマは一切手をつけていない。いつか何か起こった時のために残しているのが理由の一つであり、父と母の命と引き換えの金を使う気にはなれなかったというのが、もう一つの理由である。

——トントントントントントントントントントン——

そんなタツマの家に、タツマ以外の誰かの包丁の音が響いている。

心当たりは一人しかいない。中学時代、休日はしばしばタツマに料理を作りに来ていた風坊カヤだ。タツマがダンジョン部をやめてからは疎遠となり、カヤもタツマの部屋を訪れることはなくなったが、復帰したことで再びタツマのところに遊びに来るようになったのだと、そう考えた。

「カヤー？」

台所からの返事はない。タツマはパジャマのまま、キッチンへと向かう。

暖簾型の仕切りをくぐると、そこには全長百六十センチほどの髪がいた。髪は入ってきたタツマに気付いたのか、料理の手を止め、くるりとタツマの方を振り返る。

正面から見た髪も、ほとんど余すところなく髪であった。薄緑色のエプロンからにょろにょろと伸びる四肢も、やはり全て髪であった。シルエットだけならば、人のような形にも見えなくはない。

髪はオタマと味見用の小皿を手（？）に持ちながら、ペコリとお辞儀してきた。

タツマは無言でベッドへと戻り、速やかに二度寝した。

（人化はしないらしいけど、人型になれないとは言ってなかったよなあ……）

眠りに落ちる寸前に、気が付いた。

体がゆさゆさと揺さぶられる。心地よい回転運動にタツマは再び目を覚ましていく。

自分を起こす者の正体には、もはや疑問を持ったりはしない。

（髪だな、髪なんだろうな）

　恐る恐る目を開けると、そこには髪だけでなく、ちゃんと顔もあった。

「……あれ？　顔がついてるぞ？」

「寝ぼけてるの？　おはよう、タツマ」

　二度寝から覚めたタツマが見たのは、今度こそ見慣れた友人の顔だった。赤い朝日に照らされているカヤの頰。可愛いと評判の、タツマのよく知る顔である。

（やっぱり顔って大事なんだな）

　タツマは巷でよく言われる言葉を新解釈で理解した。

「おはようカヤ、どうしたんだ？　まだ余裕はあるだろ？」

　時計の針は、まだ七時半を少し回ったところだ。約束の時間にはまだ早い。

「タツマを迎えに来たのよ。そのついでにご飯でも作ろうと思ってたんだけど……」

　そう言うとカヤは、キッチンの方にチラリと一瞬視線を向けた。呆れと戸惑いと不満と、そして恐怖が入り乱れた複雑な表情に、「ああ、カヤもアレ見ちまったのか」と、タツマはすぐに理解した。

「わざわざ迎えに来なくてもサボったりしないって。ちゃんと行くって言っただろ？」

「分かってるけど……、少しだけ、不安になったのよ……」

　拗ねたような声音に、タツマは息苦しさを覚えた。

　二か月前、退部勧告をつきつけられたあの日を境に、タツマはできるだけカヤ達を避

ゴミ回収

けて生活していた。カヤが不安に思うのも無理はない。

タツマは布団から起き上がりながら、小さな声で「わりい」と言った。それは謝罪とも、感謝とも判別できない言葉だった。カヤも小さく、「うん」と頷いた。

タツマが立ち上がり着替えを始めると、カヤは当たり前のように後ろを向いて体育座りをする。わざわざ部屋を出るようなことはしない。ダンジョン部の男女の線引きなどこの程度のものである。傷の手当てや、魔物の返り血を拭き取るために、ダンジョン内で裸になることはよくあることだ。それはカヤとタツマの立場が逆であったとしても同じこと。タツマは気にしないし、カヤも気にしないはずである。

だから今、後ろを向いて俯いているカヤの顔が、天狗のように赤く染まっていることなど、タツマには想像もできないことだろう。

「今日の相手はなんて高校だっけ？」

「長州工業高校、去年のヤマグチのベスト4よ。親善試合だけど企業のスポンサーも入っているし、本番さながらの試合になるわ。神妙先輩が抜けた魚里の一軍がどこまでのものなのか、試金石になってくれるはずよ」

頬の赤みをごまかすように、カヤはいつもより幾分饒舌に、早口で答えた。

「なるほど、他県の高校なら地区予選前に互いの手の内晒しても大丈夫だしな。……うっし、着替え終わりっと」

日曜日の今日は、魚里高校ダンジョン部の練習試合が執り行われる事になっていた。

とは言っても、タツマやカヤ達二軍の選手が試合に出られるわけではない。

魚里高校ダンジョン部の部員数は七十名を超える。その内、一軍選手が三十名、公式戦のベンチ入り人数はたったの十八名、スターティングメンバーともなれば僅か九名だ。一度も試合に出ることなく、スタンドからの応援だけで高校生活を終える選手も少なくない。それが名門校における二軍選手の定めというものだ。

しかし、タツマ達は今日、応援に行くわけではない。建前上はチームメートの応援ではあるのだが、その内実は敵情視察である。一週間後の紅白戦で倒さねばならぬ相手である魚里高校の一軍。その実力を知る為にタツマ達は観戦に行くのだ。

「とはいえ、出かける前にやんなきゃいけないことがあるよな……」

「ええ、せいぜい頑張ってね、タツマ」

皮肉交じりのエールを受けたタツマは、キッチンへと目をやった。随分と早い時間から準備されていた女神様の心尽くしを、無視して家を出るわけにはいかないだろう。食べなければきっと泣く、間違いなく泣く、シクシクと泣く。

ちょうどその時、台所との敷居の向こうから、するするーっと髪の毛が伸びてきた。床を這いながら、まるで蛇のように近づいてくるそれに、二人は「ひっ」と短い悲鳴を上げて後ずさる。

髪の毛の先には二組の箸が握られていた。髪の毛は一組ずつ、タツマとカヤの手にその箸を握らせると、再び、するするーとキッチンへと引き返して行った。

「……えーっと、ひょっとして、ご飯ができたってことなのかな？」

「……えーっと、私もお呼ばれされちゃったってことなのかしら？」

二人は手に持った箸を見つめながら、呟いた。


「すごい！」

目の前に広がる光景に、タツマは驚きと賞賛の声を上げた。テーブルには、ご飯にお味噌汁、佃煮に玉子焼き、煮物に漬物という、純和風な料理の数々が、湯気を立てながら、彩り豊かに並んでいた。それを作ったはずのオルタは、いつの間にか髪の毛を三十センチほどに縮めて、ちょこんとテーブルの上に鎮座していた。

「確かに、日本食が得意とは言っていたけど……」

「そういや昨日そんなこと言っていたよな。……こっくりさんで」

しばらく惚けて立ち尽くしていた二人ではあったが、剣から触角のように伸びる二本の毛に『どうぞ』と促され、そろりと席についた。

まずは日本食の作法に則り汁物からだろう。タツマとカヤは目だけで打ち合わせると、恐る恐る、味噌汁を口に運んでいく。

「なっ……⁉　う、うまい‼」

「えっ……⁉　凄く、おいしい‼」

昆布出汁の深い味わいが口の中に広がる。ネギと豆腐だけのシンプルな味噌汁ではあったが、味の波が舌をしびれさせるほどに押し寄せてくる。味噌汁とは斯くも味わい深いものだったのかと、二人は十六年の人生で初めての発見に驚いた。

「で、でもっ、他の料理はどうなの⁉」

カヤは眉を釣り上げると、出汁巻き玉子に手を伸ばす。タツマもじゃがいもの煮物を口元へと運ぶ。

「これも……！　本当に、おいしい！　悔しいけど……」

「すごい！　すごいよオルタ様！　どれも最高においしいよ！」

二人の手放しの賛辞に、オルタは恥ずかしそうに髪をくるくると三つ編みにしていた。

「でも、何で？　何でこんなにおいしいの⁉」

「ああ、碌な材料がなかったはずなのに、なんでこんなにうまくなるんだ？　一体どんな魔法をつかったんだ？　オルタ様は！」

タツマの家には調味料も食材も最低限のものしかない。もちろん、髪の毛だけのオルタが買い物になど行けるわけもない。

二人の疑問に、オルタは慎ましやかに、しかし幾分得意気にある方向を指し示した。

そこには、コンロに載せられた大きな両手鍋があった。

「そうだわ！　出汁よ！　この料理は出汁が違うんだわ！　出汁は日本食の命だもの！　それにしても、こんなにおいしい昆布出汁は初めてだわ」

「なるほどなー、手間暇かけてんだな。道理でうまいわけだよ。………あれっ、ウチって昆布なんてあったっけ？」

タツマがふと放った言葉に、カヤの顔がピクリと引き攣った。カヤもタツマの台所事情は知っている。かつお節とか、昆布とか、そんなシャレたものはタツマの家にはなかったはずだ。では、一体何で出汁をとったというのだろうか。不安と、疑念と、恐怖が二人の心を捉え始めた。

タツマとカヤは顔を見合わせてゆっくりと頷くと、意を決して、コンロの方へ支え合うように歩いていく。カヤに目で促されたタツマが恐る恐る鍋を開けると、そこには美しく澄んだ黄金色の出し汁と、黒い髪の毛がごっそりと入っていた。

「…………ッ⁉」

カヤは口元を押さえながらトイレへと駆け込んだ。出遅れたタツマは、手元にあった空の鍋に犬のように顔を突っ込むと、人差し指を喉に引っ掛け、朝食の巻き戻しボタンを迷わず押した。鍋の中にびちゃびちゃと、朝食であったはずの何かが溜まっていく。

――シクシクシクシクシクシクシクシクシクシクシクシクシクシクシクシクシクシクシクシクシクシクシクシクシクシクシクシクシクシクシクシクシクシク――

女神の啜り泣きが朝のアパートに響く。タツマの持つパーソナルカードには、昨日に続き、新アビリティー獲得を示すマークが更新されていた。


【アビリティー】女神の出汁（昆布味）　効能／栄養◎　旨味◎　疲労回復◎　NEW！

（四）

「かっせかっせ、魚里！　かっせかっせ、魚里！　鯉のように跳ね上がれー！」

若きチアリーダー達は、ボンボンを両手に膝を折って高く跳ねる。白と赤の鮮やかなユニフォームに包まれた彼女達の姿は、まるで池に遊ぶ錦鯉のようだ。

「かっせかっせ、魚里！　かっせかっせ、魚里！　鯉のごとく飲み込めい！」

野太い声の男子応援団員達が、虚空に向けて正拳突きを繰り出した。黒い学生服に包まれた大柄な肉体の並びは、まるで巨大な真鯉の群れのようだ。

さらには吹奏楽部のトランペットに、生徒達数百人の合いの手も絡み、賑やかな合唱が始まる。彼らの声はスピーカーを通してダンジョン内に届けられる。応援は選手達の力となるのだ。

ここはヒロシマ県クレ市にあるニコウヤダンジョン、プロ冒険者リーグのオープン戦にも使われる本格派の中級者向けダンジョンである。全十五階層のダンジョンではあるが、高校生冒険者の利用は五階層までに限られている。そして今、ニコウヤダンジョンの三階層は、二つの高校生チームが競い合っていた。

両チームの戦いの様子は、巨大なメインスクリーンと、いくつかのサブスクリーンを通して、ダンジョン内のセーフティーゾーンに設けられたスタジアムへと中継されている。たかが練習試合にもかかわらず、スタジアムの右半分は、応援団を先頭に、魚里高校の学生達と、地元民達の熱気で大いに盛り上がっていた。

対して、対面のヤマグチ県の長州工業高校の応援スタンドは静かなものだ。アウェイということを差し引いても、彼らの様子に覇気はない。

「最強魚里！　最高魚里！　ダンジョンは我らの為にある！」

今、タツマとカヤは、魚里高校のスタンドの中でも最も活気のある場所へとコンクリート製の階段を降りていく。二人を見つけたイクアラが、ここだここだと手を振った。

「遅かったな、二人共」

「待たせて悪かったな、イクアラ。ちょっと色々とあってな」

「ええ、本当に色々あったのよ。色々……」

掃除をしたり、オルタを泣き止ませるのに必死になったり、泣き止ませるためにタツマが意を決してもう一度味噌汁を飲んだり……。というゴタゴタがあったために、タツマ達は試合開始から三十分も遅刻してしまっていた。

やつれきった二人の顔を見て、イクアラは遅刻の理由を問うことをやめた。

「で、試合はどうなんだ？　イクアラ」

「やはりさすがだよ、うちの一軍は。神妙先輩が抜けた穴も全く感じさせぬほどにな」

イクアラは中央の巨大スクリーンを指し示す。接戦を見込んでいたカヤの予想は外れていた。モニターに映る光景は、魚里高校の一方的な勝ち試合であった。

「おーらよぉおっ‼」

魚里高校の最強の物理アタッカー、燃える拳を持つ男こと、バーン・オー・ライクの右ストレートがオークの頭蓋を撃ちぬいた。腕にはめた手甲が魔物の返り血で赤く染まれば、ニヤリと笑った口元からは、狼のような鋭い犬歯が覗いている。

バーンの種族は人狼。俗にいう狼男だ。狼男といっても、顔の骨格は人間そのものであるために、牙の鋭い、毛深い人間といった印象を受けるであろう。もっと言えば、狼よりも猿に似ている。おまけに、冒険者装束に派手な朱色の中国系の道着を着込んでいるために、初めて見た人は西遊記のコスプレをする大猿の獣人にしか見えない。

バーンに守護神はいない。しかし、種族本来の強さと好戦的な性格は、アタッカーとして十分過ぎる資質を持っている。恵まれた巨軀と筋力で魔物を一撃で葬り去る、魚里高校随一のパワーヒッターであるバーン・オー・ライク。彼の拳を前にしては、中級ダンジョンの浅層程度の魔物達は、一撃の元に沈んでいくのだ。

今もまた、憐れなゴブリンが彼の前へと飛び出した。

「せいやぁあ！」

四トントラックもかくやという衝撃が、矮軀のゴブリンを吹き飛ばす。壁に激突したゴブリンは、まるでプレスされたママチャリのようにぐしゃりとへしゃげ、染みだけを残し、魔石へと変わった。

拳に残る会心の手応えにバーンは満足そうに頷くと、次なる獲物を求めて駆け出した。

「こらぁバーン！　ちゃんと魔石を拾わんかい！　きっちり最後まで拾わにゃあ得点には、ならんのじゃ！」

そう言ってバーンを叱責したのは、小柄で太めの狸族の獣人である。

彼は言葉とは裏腹に、バーンが倒した魔物の魔石をホクホク顔で拾い上げると、腰元の瓢箪型の魔石入れに放り込んでいく。ずんぐりとした小柄な背中は、歌舞伎の引幕のような派手な縦縞のマントにすっぽりと覆われており、頭に被っている菅笠とあいまって、まるで巨大な饅頭のようにも見える。

彼の名は多留簿金太。そののんびりとした見た目に騙されることなかれ、魔石とみるや恐ろしく早く、そして狡猾に動く。

狸族という獣人きってのクセモノ属性に加えて、旅人と商売、そして泥棒の神としても知られるヘルメスの守護を持つ金太は、スティールと呼ばれる技術に誰よりも長けている。相手チームが必死で弱らせた魔物の、トドメだけを盗んでポイントを奪う。それがダンジョン競技におけるスティールである。

ついた渾名は魔石の盗賊。多留簿金太に目を付けられた相手選手は、魔物相手に徒に体力を消耗し、目の前で魔石だけを奪われていく。魔石に目を取られすぎるあまり、たまにうっかりトラップにひっかかったり、魔物からの反撃を受けてしまうのが、玉に瑕な選手ではあるが。

そのうっかりが、今この場でも発動してしまう。魔石拾いに夢中になっていた金太に、背後からオークが棍棒を振り上げながら、襲いかかる。

「あ、やば……っ」

避けられぬと思った一撃は、しかし金太に届くことはなかった。振り下ろされたオークの棍棒は、巨大な手によって受け止められていたのだから。

プロテクターもつけていない、剝き出しの鉄色の手の平によって。

「おお！　助かったわい！　アイアン」

アイアンと呼ばれた男は、小さく頷くだけで金太に答えた。

アイアン・マン。鉱石族の大男であり、魚里高校の最強のブロッカーである。鉄の鉱石族であるアイアンは、体の表面が全て鉄に覆われており、その肉体は絶大な防御力を誇っている。鎧らしい鎧といえば簡素な胸当てただ一つ。後はレスリングウェアにシューズという軽装で、危険なダンジョンに挑むのだ。その自重故に素早い動きは苦手だが、彼の防御は誰にも破ることはできない。

アイアンの先祖はアイルランド辺りの鉱石の妖精の一族だったそうだが、戦国時代に鉄砲と共に、いつの間にかニッポンに渡って定住し始めたらしい。

見た目はニンゲンの体をそのままメタリック塗装したような身長二メートル五十センチの大男であり、一見、よくできたアイアンゴーレムにしか見えない。しかし、ゴーレムと違い心があるし、ちゃんと喋ることもできる。もっとも、寡黙な彼が喋る機会を見ることなどほとんどない。その僅かな例外といえば、授業中に教師に当てられた時ぐらいだという。

「どぉらぁあっ‼」

アイアンによって動きを完全に止められていたオーク、そのこめかみを遅れてフォローに入ってきたバーンの左フックが撃ち抜いた。魔物は血飛沫を上げながら大地に沈み、魔石へと変わった。

「アホかぁ金太！　魔石集めに夢中でやられてちゃあ意味ねえよ！」

「お前にゃあ迷惑かけとらんじゃろが、バーン！　大体あのオークはお前の担当範囲から湧いてきたんじゃ！　このサル頭が！」

「サルじゃねえ！　オオカミだっつってんだろうが‼」

そのまま試合中にもかかわらず、バーンと金太の言い争いが始まった。アイアンは我関せずと、他の仲間の援護に回る。

金太とバーン。二人の言い争う様はカメラに拾われ、モニター越しにスタジアムの観客にも余すところなく伝わっていた。

「……なんというか、随分と個性的なんだな。先輩達は……」

「狸と犬だもの、相性が最悪なのよ。神妙君がいなくなった今、あの二人を上手く収められる人材もいないのよねえ。……というわけで、頑張ってよね、タツマ君」

タツマがポツリと漏らした言葉を、いつの間にか側にいた厳島ミヤジが補足した。本来はここにいるはずのない人物の登場に、タツマは一瞬、呆気にとられた。

「……へっ？　厳島コーチ？　なんで一軍のベンチにいないんですか？」

　タツマ達を含め、二軍の選手はスタンドから応援することしか許されない。しかしコーチである厳島は、本来は第三階層の入り口のベンチで選手達に付き添っているはずだ。その為のコーチでもあるのだから。

「そのことなら大丈夫よ。今の私は二軍監督。五井監督にベンチに入るなと命じられたもの。今後一週間、一軍選手との接触も一切禁じられたわ。今度の試合のことで、選手達に余計なことを吹き込まれたくないのでしょうね」

「それはまた……、なんと言えばいいのか……」

　相槌も打てぬタツマに向けて、部の現状をよく知るカヤとイクアラが説明を加える。

「五井監督のことを快く思っていない選手も多いのよ。週末の紅白戦、監督交代がかかっていると知れば、わざと手を抜く選手が出てくるかもしれないわね」

「ふむ、人望がないことを理解している辺り、自己分析はできているのではないか？」

　イクアラの皮肉は痛烈ではあるが、事実でもある。五井という男は癖の強い男だ。体育会系特有の、大胆で力押しの性格が彼の持ち味ではあるのだが、それに付随すべき寛容や度量の大きさというものが欠けている。選手としてならそれでもよかったのかもしれないが、監督として上に立つ者となると、その性質は問題となる。

　対して、厳島ミヤジの人気は高い。純血のヒト族で、アビリティーも戦闘向けではない厳島は冒険者として前線に立った経験は皆無であるが、高校時代には魚里高校のマネージャーとして、ダンジョン競技に携わっていた。状況に応じた的確な判断力と、選手と同じ目線で接する彼女の人柄は、経験はともかく、監督としての資質は十分に満たしていると言えよう。厳島が監督になればいいのにと、選手達の間ではしばしば囁かれているという。

「まったく、生徒に根回しして八百長させるとか、そんなマネはしないわよ。勝負は勝負、陰謀は陰謀、勝負に陰謀を持ち込んだりはしないわ。……策略は持ち込むけどね」

　魔族さながらの笑みを浮かべる厳島に、タツマは思う。五井監督が警戒するのも、無理もない話だと。

　その時、にわかにスタジアムがざわめき始めた。スクリーンの映す先、魔物のリポップを現すピンク色のモヤの塊が大量に湧き始めたのだ。

　ダンジョンには事故がつきものである。予測できない事態も起こりかねない。今回のような魔物の大量ポップということも、稀にだが存在する。

　もちろん、そのような不測の事態への対応策も用意されている。それが審判の存在である。ダンジョン競技の審判達は、自身も歴戦の冒険者であることが義務付けられている。審判が危険だと判断した場合、試合は即中止され、彼らの指示の下にダンジョンから撤退することとなる。試合と選手、二つを守る審判という仕事は、並の冒険者には務まらない。

スクリーンの向こう側、審判達の顔が険しいものへと変わっていく。この先起こりうる事態の危険度を慎重に見極めているのだろう。

しかし厳島は、数十にも及ぶ魔物のリポップを見て、不敵に笑ってこう言ったのだ。

「よーく見てなさい、タツマ君。ここからが魚里の一軍の、真骨頂よ」

「真骨頂って、いくら魚里の一軍でも、あの数はさすがに危険じゃ……」

タツマの返答が終わる前に、メインスクリーンの画面が切り替わる。そこに映し出されたのは、冬の空のように透き通った青い髪に、雪のように白い肌。氷像のように整った、冷たくも美しい無表情。

スタジアムに歓声が沸く。ヒロシマでダンジョン競技に関わりある者ならば、彼女の名を知らぬ者などいないのだから。

「そうか！　ウィリスさんか！　魚里にはウィリス・野呂柿がいたんだ！」

なぜ、その存在を忘れていたのだろうか。魚里の一軍と戦うということは、彼女と戦うことに他ならないというのに。

「そう。神妙君が抜けた今、魚里の柱は全国クラスの魔法使い、ウィリス・野呂柿の存在なのよ」

ウィリス・野呂柿。通称氷のヴァルキューレ。ドイツの魔女の血を引き、水氷系の魔法に長けた本格派の魔法使いである。魔女でありながら、戦女神の二つ名を持つウィリス。その由来は、彼女がヴァルキューレの守護を受けているからとも、彼女自身の容姿に由来するとも言われている。

　ウィリスの冒険者装束は、およそ一般に想像する魔女の姿からはかけ離れている。白を基調にしたジャケットとズボン。膝まである革のシューズに、頭には黒と白のまだら模様のベレー帽。伝統よりも機能性を重視した彼女の装備はまるで軍服である。右手に青く輝く金属杖も、その姿と相まって、魔法使いの杖というよりも、軍隊の指揮杖にしか見えない。それでいて、身体にピッタリとフィットする着衣は、ウィリスの女らしい曲線もハッキリと主張させている。

「二年の差は大きいのよ」

　それは誰に向けて言った言葉なのか、カヤの憮然(ぶぜん)とした声がタツマの側から聞こえた。

『今のカヤは三年前のウィリスさんにも届いていないじゃないか』と言ってしまえるほど、タツマは阿呆ではない。

　タツマとウィリスは面識がある。とは言っても、タツマがウィリスのことを一方的に覚えているだけにすぎないが。

　三年前、まだタツマが中学一年生だった時に、秋の地区大会でタツマはウィリスと対戦したことがあった。当時のウィリスは中学三年。ヒロシマナンバーワン魔法使い(ピッチャー)として、すでに県下に名を轟(とどろ)かせていた。

「ウィリス・野呂柿を抑えないと、うちの勝ちは絶対にないぞ。胸を借りるつもりで全力で行ってこい、タツマ！」

当時のタツマ達の恩師がとった作戦は、エースへの徹底的なマンツーマン。その役目を与えられたのが、未熟ながらも持久力だけは飛び抜けていたタツマだった。

純血のヒト族で、剣の振り方も覚えたばかりのタツマにとって、その日は人生で初めての試合だった。抜擢に応えるべく、絶対にウィリス・野呂柿を倒すと、意気込んだ。

しかし結果は、タツマの惨敗だった。タツマの必死のマークなど何も通用しなかった。

ウィリスはまるで積木でも積み上げるかのように、淡々と、簡単に、得点を重ね続けた。

試合終了のサイレンが鳴った時、冗談のような点差と、何もできなかった空虚さで、タツマは地に膝をついた。自信があったはずの持久力もとっくに底をついていた。

経験と実力と才能の圧倒的な差異。勝負にすら、ならなかった。

「ナイスプレイ」

顔をあげれば、ウィリス・野呂柿が見下ろしていた。勝者の余裕か、それとも慰めの言葉なのか、氷のような無表情からは何も窺い知ることはできなかった。

ウィリスはくるりと背を向けると、ダンジョンの出口へと歩いて行った。ふわりと風に乗って運ばれてきた淡いレモンのような香りと、強烈な記憶だけをタツマに残して。

「氷錐！」

スピーカー越しに聞こえてきた詠唱の文言に、タツマはハッと我に返る。氷のように透き通った彼女の声は、三年前の、あの時のままだった。

「ウィリスさんの強さには三つの理由があるわ。まずは精密機械とも呼ばれている、その正確無比なコントロール」

厳島は三本の指を一つ一つ折っていく。指の向こうにあるメインスクリーンでは、心臓に青い氷柱を突き刺したゴブリンの姿が映し出されていた。

「そして詠唱の速さ」

「氷槍！」

先ほどの魔法からインターバルは僅か数秒。驚異的な詠唱速度だった。

「最後にタイミング」

「氷槌！」

迷宮に魔物が生み出されたその瞬間、氷のハンマーがオークの頭蓋を叩き潰す。

「コントロール、テンポ、タイミング。この三つがウィリスさんが魚里最強の魔法使いである理由なのよ。そしてね、こういう安定感のある魔法使いの存在っていうのは、チーム全体にリズムを生むの」

「ケッ！　一人で目立ってんじゃねえぞぉ！　ウィリスウゥッ！」

大量ポップした魔物の群れにも、バーンは怖気づくこともなく突撃する。狼男の強靭な肉体から生み出される回し蹴りが、ゴブリン達をまとめて吹き飛ばす。

「ほいよぉ！　お前らは全部ワシの魔石じゃあ！」

いつの間にか群れの後方へと回り込んでいた金太が、匕首で次々と魔物の首を飛ばしていく。

「遅れるな、続けー！」

さらに大型の獣人を中心とした魚里自慢の前衛陣が戦いの場へと加わる。一網打尽。大量ポップ地点への怒濤のような速攻は、相手チームに割って入る隙など与えなかった。

「試合開始からちょうど一時間、もう少し見たかったけど、残念ながらここまでね」

厳島はスコアブックを閉じると、スクリーンから目を離し、タツマの方へ振り向いた。

「ウィリス・野呂柿を抑えなければ、私達の勝ちは絶対にないわ。彼女を抑えて、全力で勝ちにいくわよ。タツマ君」

それはいつか聞いたセリフとよく似ていた。スタジアムに、魚里高校のコールド勝ちを告げるサイレンの音が鳴り響いた。

（五）

――キーンコーンカーンコーン　キーンコーンカーンコーン――

教室に、授業の終わりを告げるチャイムの音が響く。ソワソワとし始める生徒達を前に、初老の教師が早口で授業をまとめていく。

「……つまり西洋では、啓蒙思想の広がりと共に、異種族同士の融和と混血が進められていったのですが、そこに種族間の文化や風習の違いというものが、見えない壁として立ちはだかってくるのです。では、今日の授業はここまでです。皆さんお疲れ様でした」

のんびりと動く教師を置き去りに、数人の生徒が学食へと飛び出していく。ダンジョン部を始めとし、寮生が多い魚里高校。学生食堂の椅子取りゲームは過酷である。

本来ならば、タツマもそのレースに加わっているはずなのだが、今日に限ってはその必要はない。いや、あるいはこれからずっと、食堂の世話にはならないのかもしれない。

今日のタツマの机の中には、オルタ手製の弁当が入っている。昨日、泣き止まぬオルタをなだめる為についた嘘、「朝ごはん、本当はすっごく嬉しかったです！ 三食とも食べたいぐらいですよ！」タツマは今から、その償いをする。

「ねえ須田君、ちょっとだけ、いいかな？」

弁当箱を取り出した時に、管楽器のようによく通る声に呼び止められた。

「金敷か？ どうした？」

金敷絵笛。タツマの隣の席に座る羊族の獣人である。額の上から生える、二本の巻き角と、クリーム色のふわふわとした髪が印象的な少女だ。

「昨日の練習試合、カヤさん達や厳島コーチと一緒にいたでしょ？ ええっとね、それでちょっと……、聞きたいことがあって……」

そう金敷は言ったものの、なぜか言葉を言いよどみ、本題に入ることをしなかった。席に着いたまま、何かに迷うように、髪の毛を人差し指でくるくると回していた。

「なんで須田っちがノコノコ試合観に来てたん？」

「ハチネちゃん！」

その金敷の背中にひょいっと乗っかってタツマに話しかけてきたのはネコ科の獣人、杉田ハチネだった。ビー玉のような金色の目が、タツマを物珍しげに見つめており、ライトグレーのおかっぱ頭から覗く二つの耳が、ピクピクと小刻みに動いていた。

「ごめんね須田君！　気を悪くしないで、ハチネちゃんはちょっと言葉足らずで！」

頭にハチネを乗せた金敷が、ハチネごと頭を下げて謝ると、猫の少女は「代わりに言ってあげたのに」と不満げな表情でそっぽを向いた。

「あのねー、ハチネちゃん。そういうことは歯に衣着せなきゃだめなんだよー」

猫の少女のさらに上から、のんびりとしたハスキーボイスが降ってきた。見上げれば、胸の膨らみで大きく前に張り出された学生服が、タツマの視界にまず飛び込んだ。

「詩代、その無駄コブどけろー。重いし、キモイ」

「あー、ごめんねー。でもー、キモイはひどいよー」

少女はハチネの頭の上に乗せていた大きな胸を上半身と一緒に「よいしょっ」と起こした。三人目の訪問者の名は幾背詩代。ぬぼっとした背高からは、天然物のドレッドヘアと、冗談のような大きさの胸がぶら下がっている。

彼女も何かの獣人であることは間違いないのだが、何の獣人であるのかは、タツマは知らない。きっと牛科の獣人であろうとは、クラスの男子達の共通認識である。

「ええっと……、確かに試合は見に行ってたけど、それがどうかしたか？」

今、タツマの目の前には、獣人三人娘が重なったトーテムポールが出来上がっていた。

獣人は様々な種族が混じり合う現代においても、ヒト族の次に割合の多い種族である。生物学的にヒト族と子も成しやすく、生活圏も近い彼らは、遥か四大文明の時代からヒトと関わって生きてきた種族である。

しかしながら、彼らの全てがヒト族に友好的だったというわけでもない。例えば監督五井の出自であるヒグマ族などは、ヒト族主導で行われたホッカイドウの開拓事業と共に生活地を追われた歴史があり、今でもヒト族に反感を抱いている者が多いという。

一口に獣人といってもその中には数百種類の種族が存在している。一概にこうだと定義づけられない種族なのだ。

「ご、ごめんね須田君！　私達、昨日須田君をスタンドで見かけてちょっと気になっただけなの。須田君、陸上部に転部してたはずだし、どうしたのかなって？」

「ああ、そういや三人ともダンジョン部だったっけ？　俺、いろいろあって部に復帰することにしたんだよ」

タツマはようやく得心した。金敷が腫物を触るように尋ねてきた理由も理解できた。

セレクションでの顛末は、その場にいた一年生の選手達全員が目撃していたのだから。

ダンジョン部で、クラスメートでもある三人が、観客席にいたタツマのことを不思議に思ったのも頷ける。

「つーわけで、今日から俺も練習に参加するから、よろしく頼むな、金敷」

「そうだったんだ。ええっと、じゃあこちらこそよろしくね、須田君」

背中にハチネを背負いながらも、金敷はタツマの手をしっかりと握り返す。次にタツマはトーテムポールの二段目へと手を伸ばす。

「ハチネだったよな。今日からよろしくな！」

タツマの差し出した手の平は、猫の少女の手の甲によって払われていた。――パンッ――という、固く高い音が、教室に響いた。

「ハチネちゃん⁉」

「ハチネちゃーん、だめだよー、それはー」

力いっぱい跳ねのけられた手が赤く色づく。ガラス細工のようなハチネの目が、きっと吊り上がってタツマを睨む。

「肉球触られるの、めっちゃ嫌やん」

「そ、そりゃあ、悪かった……」

風習や肉体的差異に基づく種族間の不理解。それは現代においても大きな社会的問題となっている。

◇　◇　◇

「……というわけで、今日から紅白戦までの一週間、二軍監督を担当することになった厳島よ。みんな、改めてよろしくね」

　ジャージ姿の厳島に向けて、同じくジャージ姿の生徒達が「よろしくお願いします」と一斉に頭を下げる。校庭の中庭にミーティングの為に集まった生徒達、二軍のみとはいえ、その総数は四十名を超える。その中にはイクアラにカヤや金敷達、復部後初めての練習参加となるタツマの姿もあった。

「それじゃあ、紅白戦のスターティングメンバーを発表するわね。まずは一番攻撃手(リードオフマン)に風坊カヤさん」

「はい！」

「パワーアタッカーはイクアラ・スウェート君、ブロッカーは毛利(もうり)ミツヤ君と、幾背詩代さん」

　厳島がポジションと名前を次々と読み上げていく。ダンジョン競技において、スターティングメンバーの数は九名と定められている。ポジションは魔法使い(ピッチャー)、司令塔(キャッチャー)、アタッカー、ブロッカーなど様々なものが存在するが、ポジションごとの人数には制限はない。極端な話をすれば、九名全員が魔法使い(ピッチャー)などというチーム編成も可能である。ダンジョンは多様である。それぞれのダンジョンに対応する的確なメンバー選出も、監督の技量の一つなのだ。

「……サブアタッカーには金敷絵笛さんと、杉田ハチネさん。そして遊撃(ショート)には須田タツマ君、以上、九名が紅白戦のメンバーよ」

「はい！」

最後の名前が読み上げられた時、場がにわかにざわついた。タツマのことを初めて見る選手も多い。部に紛れ込む唯一の純血のヒト族に対し「誰だあいつ？」「新入のマネージャーじゃなかったのか？」と、小声の疑問が飛び交った。

「……何か、質問がある人はいるかしら？」

全員を見渡しながらそう言った厳島に対し、金敷が恐る恐ると、挙手をした。

「……あ、あの、今回の紅白戦は一軍との練習試合なのですよね？　だったらその……、一年の私とか……、ええっと……」

そういうと、ほんの一瞬だけタツマへ視線を走らせる。金敷の言いよどんだ言葉を繋いだのは、今度も気紛れな猫の獣人だった。

「なんでヒト族の須田っちがスタメンなん？」

「ハチネちゃん！」

金敷がたしなめるが、後の祭りだ。「どういう意味よ？」とカヤが小声で凄むと、ハチネはフッと歯の間から短い息を吐き、背を丸めて威嚇する。

「ばーか、地区予選前だからだよ。いわゆる接待試合ってやつだ」

一年生同士の間に生まれた不穏な空気を鎮めたのは、最上級生の男子生徒が発した太く低い、どこか冷めた声だった。

「接待試合って、なんですか？」

「一軍に思いっきり快勝してもらって、地区予選への弾みをつけてもらう為の試合ってことだ。五井監督が始めた、この時期の魚里(うち)の恒例行事さ。ちゃんとした紅白戦なら一軍同士で試合すりゃあいいんだからな。……まあ、そんな試合でも、俺らみたいな三年の二軍にとっちゃあ高校最後の試合になっちまうんだが……」

金敷の疑問に自嘲(じちょう)しながら答えたのは、紅白戦のスターティングメンバーにも選ばれていたドワーフ族の小柄な男だ。黒い毛だらけの髭面(ひげづら)は、とても高校生には見えないが、髭の間に覗くいくつかのニキビが彼の若さを主張していた。

「早とちりしないでもらえないかしら？　ミツヤ君。去年は去年、今年は今年。試合に手抜きは主義じゃないの。今年は全力で勝ちに行くつもりよ。というか、勝つわよ」

「……はぁ？」

相手が目上であることも忘れて、ミツヤは間抜けで、無礼な返答をしていた。

「その為にあなたをスターティングメンバーに選んだのだけど？　それとも、ミツヤ君は試合には勝ちたくないのかしら？」

真っ直ぐに見つめられて、ミツヤはぐっと言葉に詰まる。少なくとも、自分の言葉でそれを否定したくはなかった。できなかったから矛先(ほこさき)を変えた。

「勝とうとか、全力で行こうとか、建前なんか別にいらないっすよ！　それが本当なら、なんで見たこともないヒト族の一年がスターティングメンバーなんですか？　コイツ、これまで一度も練習に来てないし、おかしいでしょう⁉」

ミツヤはタツマの方を指差し捲し立てた。タツマ自身は反論することもできず、ただ黙すのみだ。ハチネやミツヤの反応は予想されていたものだ。タツマが練習に来ていなかったのは事実であるし、ただのヒト族であることもまた、覆せない事実なのだから。

「彼が部に参加していなかったのは、ちょっとした誤解と行き違いがあったからなのよ。でも、彼は戻ってきたわ。数日前、とある女神様の守護を受けてね」

「守護持ちだと⁉」

「須田君が……、うそっ⁉」

ミツヤや金敷達、二軍選手の視線が一斉にタツマに集まる。彼らの目の奥に宿る色は、嫉妬か、あるいは猜疑か。少なくとも、正の感情ではない。

名門魚里のダンジョン部といえども、守護を持つ者の数は少ない。二軍の選手の中ではカヤとイクアラの二人だけだ。その二人とて、生まれたと同時に守護を与えられていた先天性の守護持ちだ。後天的に守護を与えられるなど、奇跡のような幸運である。

「純血のヒト族が守護を手に入れるとか、信じられないっすよ！　なんで、なんで……」

なぜ、それが自分ではないのか。守護さえあれば一軍に行くことができただろうに。

天上の神々の守護とは慈悲深くもあり、残酷なものでもある。地上の生き物の生き方など、簡単に歪ませてしまうものだ。

「信じられない……、か。そうね、百聞は一見にしかずとも言うし。タツマ君、オルタ様をみんなに紹介してもらってもいいかしら？」

　厳島はミツヤから視線を切ると、タツマの方に向き直った。

「紹介って……、いいんですか？　本当に」

「いいの、いいの。こういうのは見てもらった方が話は早いんだから。ちょこっとだけ、十メートルぐらいでいいから」

「そういうことなら……、ええっとオルタ様、お願いしてもいいですか？　十メートルでいいですから」

「紹介？　十メートル？　あの、一体何の話を……」

　毛むくじゃらのドワーフ族の青年、毛利ミツヤ。彼の悲鳴は意外に高い裏声だった。

「キィエエエーッ！」
　バーンが奇声と共に放った飛び蹴りは、分厚いキックミットをつけた大柄の牛族の獣人を大きく吹き飛ばす。
　魚里高校の一軍選手達は広いグラウンドを占拠（せんきょ）し、モンスター達との戦いを想定した激しいスパーリングを行っていた。パワー&スピード。どんな魔物が相手でも速攻で潰していく。それが魚里の一軍というものだ。

「とっとと立てやコラァッ！　チンタラしてんじゃねえぞぉ！」

「す、すまんバーン。当たり所が悪かったようだ。ちょっと回復魔法かけてもらってきてもいいか？」

「……んだよ、ケガしたんかよ。オラッ、とっとと治療行ってこいや」

「すまない！　すぐに戻ってくる」

牛族の男はもう一度バーンに謝ると、初級の回復魔法の使い手であるユニコーン族のマネージャーの元へと走って行った。チームメートの後ろ姿を見送りながら、バーンはちっと舌打ちする。サンドバッグ役を失くし、シャドーでの練習へと切り替えたバーンの視界に、ふと奇妙なものが映った。

氷のヴァルキューレ、ウィリス・野呂柿。グラウンドの隅で淡々と反復練習を繰り返すのが日常の彼女が、棒立ちになってグラウンドの外を眺めていた。

「んだぁウィリス、サボってんのか？　それとも何か面白えもんでもあんのかよ？」

ウィリスの視線の先を追ったバーンではあるが、そこには学校の中庭から、ロードワークへと向かおうとする二軍選手達の姿しかない。

「……そうかもね」

ウィリスは校庭に背を向けると、再び反復練習へと戻っていった。いつものことだが、二人の会話は噛み合わなかった。

（六）

「やっぱり、特訓と言えば河原よねー」

厳島が天に大きく伸びをする。ここはヒロシマ県に流れる一級河川オオタ川。その堤防の上に二人の女性が立っていた。

「これぞ高校生冒険者って感じですよね！　ゴミ拾いはぶっち大変でしたけど」

厳島の傍(かたわ)らに立つ少女が額の汗をタオルで拭(ぬぐ)いながら言った。日焼けで茶色がかったポニーテールに、鮮やかな黄色いリボンが初夏の風に揺れている。明るく屈託(くったく)のない笑顔が印象的な少女である。

「広さは十分、見晴らしも良し。グラウンドの隅っこで練習するよりもずっといいわよ」

「あははっ、どのみち学校からは追い出されちゃいましたもんねー」

紅白戦まで後三日。二人の眼下に広がるのは延々と続く河原の風景。その一角で、魚里高校ダンジョン部の二軍選手達が声を上げながら練習をしていた。

週末の紅白戦をより本格的なものとするために、一軍と二軍を全く別行動にすべきだ、という五井の方針により、タツマ達二軍の選手達は校外に練習場所を求めていた。

建前はともかく、詰まるところは五井による嫌がらせである。練習場を借りるための部費も二軍には与えられていない。厳島の傍らに立つポニーテールの少女が昨日丸一日めぼしい場所を探し回って、ようやく見つけたのがこの河原だった。

「カリンさんが来てくれて本当によかったわ。私一人じゃ手が回らなくて」

「あははは、私も追い出されちゃったから、ちょうどよかったですよー」

カリンと呼ばれた少女は、軽い口調でそう言った。

多花木辺(たかきべ)カリン。魚里高校ダンジョン部のマネージャーの一人である。純血のヒト族であるが故に、選手として活躍することはないが、生来の社交的な性格と率先して働く姿は、チームに明るさとエネルギーをもたらしてくれる。魚里高校の元気印だ。

「……まったく、五井監督の亜人至上主義も困ったものね。マネージャー業務にヒト族も亜人もないでしょうに……。ごめんなさいね、カリンさん」

厳島が溜息交じりに謝罪した。厳島が二軍監督となったその次の日に、カリンも二軍付きのマネージャーとなることを五井に命じられていたのだ。週末の紅白戦を控(ひか)え、五井の横暴は日に日に強くなっていた。

「やだなー。厳島センセが謝ることじゃないですよ。私全然気にしてないですから」

カリンは「とんでもない」と、パタパタと両手を左右に振った。その言葉は建前や気遣いではないのだろう。カリンの笑顔に曇(くも)りは一片もない。

「それにほら、二軍(こっち)の方が面白そうだし！」

カリンの指差すその先では、３ＯＮ３(スリーオンスリー)と呼ばれる団体戦の模擬(もぎ)練習が行われていた。

「タツマ！　行け！」

タツマをマークする犬族の二年生の前に、黄鱗の大きな壁が現れる。イクアラの巧みな妨害により犬族の戦士は足を止めざるを得ない。

「くそっ、シフトチェンジだ」

タツマが抜け出たその先に、ドワーフ族のブロッカー、毛利ミツヤが走り込む。しかしその瞬間、タツマの真逆の方向から神速の少女が飛び込んだ。

「しまッ……！」

完全にフリーとなったカヤが、河原の中央に突き立った案山子の胴を棍で撃つ。パァンという小気味のよい音が、堤防の斜面に反響して響き渡る。文句なしのクリーンヒット。厳島の笛がピッと短く鳴った。

「そこまで！　攻守交替よ！」

攻める三人と守る三人がぐるりと入れ替わると、タツマ、カヤ、イクアラの三人が案山子を守るように三角形にフォーメーションを組んだ。上級生の三人が一回り大きな三角形に散らばると、再びの３ＯＮ３が始まった。

今、彼らが行っている３ＯＮ３とはダンジョン競技における一般的な練習方法の一つである。相手よりもより多くの魔物を倒すことが勝利に結びつくダンジョン競技においては、おおざっぱに分けると二つの戦い方があると言われている。

一つは速攻。奪い合いになる前に魔物を倒しきる戦法である。相手を寄せ付けないスピードと、速やかに魔物を倒す攻撃力、そしてそれを維持し続けるスタミナ。個々の選手の能力に大きく依存するスタイルではあるが、ハマれば相手チームに大差をつけて勝利することも可能である。魚里高校の一軍が最も得意とする戦い方でもある。

　そしてもう一つが、セットプレーと呼ばれている。相手チームの魔物への攻撃を封じ込めながら、味方の選手が魔物を倒す隙を作る戦い方だ。

　ダンジョン競技においては、相手選手への攻撃は違反となるが、自らの体を盾にし、相手の進路を塞ぐことは認められている。ディフェンスによって相手を抑え、チャンスを作って堅実に得点を上げていく。弱者が強者に喰らいつく為の戦法とも言えよう。

　今、タツマ達二軍が行っている3ON3は、後者を想定した練習方法である。攻める側、守る側に分かれ、魔物を模した案山子に三分以内に決定打を与えることができたならば攻め手側の勝利、三分間攻撃を防ぎ続けることができたならば守る側の勝ちとなる。

　河原のフィールドでは、攻めから守りへと転じたタツマ達三人が、上級生達の進行ルートを、体を張って塞ぎ続けていた。

「……そういえばタツマ君でしたっけ？　あの面白い守護は使ってないみたいですけど。どうかしたんですか？」

　面白い守護、カリンはオルタのことをそう称した。二日前、阿鼻叫喚の自己紹介の中、戸惑う選手達をよそに一人だけオルタの髪の毛と握手をして喜んでいたのが、彼女であった。「だって私、ホラー映画とか好きだし」とは、カリンの談である。

「オルタ様にはちょっと問題があったというか、早とちりしてた私達が悪かったのだけどね。……まあ、守護といってもいろんな形があるものなのよ」

　巌島は苦笑いを浮かべながら河原を見下ろす。女神オルタの依代である黒い短剣は、安物の合皮の鞘に納められ、タツマの腰にぶら下がったままだった。

「……すみません、お客様。ドリンクバーのみのご利用はお断りさせていただいているのですが……」

「あっ、そうですか。では、このフライドポテトも人数分……、いえ、五人分」

　時は二日前の月曜日まで遡る。復帰後初めての練習を終えたタツマ達は、いつかと同じファミレスへと移動していた。店員達が遠巻きに、ヒソヒソと何かを小声で話し合っていた。

「それで巌島コーチ。ウィリス先輩を抑える秘策というのは？」

　イクアラが本題を切り出す。今日の作戦会議は、一軍を、即ちウィリス・野呂柿を抑える手段を話し合う為のものなのだから。

「簡単なことよ。私達にはオルタ様がいるでしょう？」

　全員の視線が一箇所に集まる。テーブルの上では、オルタが短剣から三十センチほど髪を伸ばし、グラスのお冷をじゅるじゅると啜っていた。

「ウィリスさんの得意は水氷系。いくらウィリスさんの水魔法が優れているといっても、同じ水の魔法ならオルタ様の方が遥かに上手よ？　何たってこっちは正真正銘、本物の女神様なんだから！」

「そういうことか！　河の女神のオルタ様ならばそれこそ水魔法を手足のように扱うことができるはずだ！　ウィリス先輩の妨害も思うが儘だろう！」

「そうよね！　いくらウィリス先輩の詠唱が速いって言っても、女神様ならそれこそ無詠唱での魔法の行使も可能よね！」

我が意を得たりと、厳島はしっかりと頷いた。オルタの方はといえば、何を言おうとしているのか、髪の毛上に短剣を乗せた状態で、ふるふると短剣を左右に振った。

「どうかしたんですか？　オルタ様？」

タツマの問いにオルタは答えない。ただ、プルプルと短剣を何度も左右に振るだけだ。

「お待たせしましたー。フライドポテトです」

その時、ウェイトレスがフライドポテトの皿を運んでくる。五人分のケチャップソースとマヨネーズが添えられたお皿にむけて、オルタの髪がしゅるると伸びる。オルタの髪がびちゃりとケチャップの塊に浸かると、テーブルの側の窓ガラスへと伸びる。

む　り　で　す

窓ガラスに大きく、ケチャップの血文字が描かれた。

「…………では、ここで一度要点をまとめましょうか」

こっくりさんセットを鞄にしまいながら、カヤが厳かに言い放つ。『教えて！　藻女神様』第二回は食事時のファミレスの店内にて開催されていた。

「ふむ、ではまず最初に、オルタ様が使える水魔法は、掃除、炊事、生け花、お茶に纏わる水魔法と、回復魔法のみ。という認識でよろしいのですね？」

イクアラの質問に、オルタが短剣を縦に揺らす。

「『女たるもの、戦場に出るものではない。家を守り、夫に尽くすのが妻のあり方というものだ』というお父上の方針で、それ以外の魔法はお父様に封印をかけられていると。というか、攻撃魔法なんて封印がなくとも使える気がしないと」

カヤの問いに、オルタは短剣を縦に揺らす。

「あの時、俺達を襲った石蛇をやっつけてくれた付与魔法攻撃も、実は付与していたのは回復魔法だったんですね。あの石蛇はオルタ様の父上の作ったもので、オルタ様の回復魔法に反応して動きを止めるようになっていたと」

タツマの問いに、オルタは短剣を縦に揺らす。

「つまりは、オルタ様の水魔法でウィリスさんに張り合うのは『無理です』……と」

最後に、厳島の言葉にオルタは短剣をしっかりと縦に揺らした。

全てを見届けた厳島はふーっと長い息を吐き出すと、……乱れた。

「ど、ど、ど、どうしよう、タツマ君！　私、あんな賭しちゃったじゃないのよ！　オルタ様の水魔法があれば、負けるだなんてこれっぽっちも思ってなかったんですもの！」

「どれだけ行き当たりばったりなんですか、あなたはー！」

「期待させるだけ期待させておいて！　今更無理だなんてどういうことなの⁉　返してよ！　ねえ、返してよっ！　私の初めてを返してよぉおっ！」

「厳島コーチ！　落ち着いて！　他のお客さんがヒソヒソ話しながらこっち見てます！　というか、ついでに余計なカミングアウトまでしないでくださいー！」

「……えぇーっと、どんな問題があったのかは知りませんけど、それで大丈夫なんですか？　紅白戦」
目じりに涙をきらめかせる厳島を見て、カリンが労わるように言った。
「まあ、手札が一つ減ったことは間違いないけれど、別の札が無いわけじゃないのよ。その為の特訓だしね。……はい！　三分経過！　守り側の勝ちよ！　勝ったチームはそのままフィールドに、次のチーム、入りなさい！」

三分間、相手の決定打を防ぎ続けたタツマ達が引き続きフィールドへと残る。勝ち残り方式の3ON3。タツマ達の次の相手は金敷達、クラスメートの獣人三人娘だった。

「詩代ちゃん、そっち行ったよ！」

「はーい」

のんびりとした声とは裏腹に、そのステップは速い。幾背がカヤの前に壁のように立ち塞がると、カヤは一旦離脱して右方向へと回り込んでいく。カヤに気を取られた幾背の左の隙を、タツマが目標の案山子へと駆け込んだ。

「……むっ」

「させないっ！」

案山子（ゴール）の前のガードは堅い。ハチネと金敷、二人のちょうど中央に切り込んだタツマは、あえなく二人の獣人に囲まれた。

その瞬間、ドンっと太鼓（たいこ）を打つような音がハチネと金敷の後ろから響いた。

二人が振り向けば、フリーとなったイクアラがバスタードソードの腹で、ターゲットの案山子を叩いていた。厳島の笛が鳴る。

「そこまで！　攻め手側の勝ち。攻守交替よ！」

「すっごいねー。まーた勝っちゃったよー、あの三人」

カリンがスコアブックにきゅっと印をつける。タツマ達のチームの欄（らん）には丸が七つ、続けて並んでいた。

「魚里でも最速クラスの足を持つカヤさん、恵まれた体格で攻守に隙のないイクアラ君。そして的確なポジショニングで連携の要を担っているタツマ君。3ON3で彼ら三人を崩すのは一軍の選手でも至難の業でしょうね」

「カヤちゃんとイクアラ君は分かりますけど、タツマ君ってそこまで凄いようには見えないけどなあ……」

「見た目の華やかさはないけどね、同じフィールドでプレイする選手ならその厄介さが分かるはずよ。本当に嫌なところに現れるのよ、彼」

河原のフィールドでは、今度は金敷達が攻める側に転じていた。3ON3においては、攻め手がいかに守り手の陣形を崩すかがポイントとなる。

誘いと突貫、ぐるぐると入れ替わるポジショニングの中で、不意にぽっかりと隙間が生まれた。それは先ほどのタツマ達のプレイの焼き直し。今、完全にフリーとなった金敷が、細身の戦槌を案山子に叩きつけるはずだった。

「カバー任せろ！」

「須田君⁉　さっきまでいなかったのに！」

その金敷のルートが、再びタツマによって潰された。最大の好機を逃した金敷達は、そのまま攻め手を欠いてタイムアップを迎えた。笛を加えた厳島が「ね？」と、カリンに向けて目線を送る。

「言われてみれば、確かに。……それにしても、タツマ君って純血のヒト族でしょ？

身体能力向上系の能力も持ってないんですよね？　よくやるなあー」

「ふぇー」と、呆れに近い溜息をカリンは吐く。

名門魚里高校のダンジョン部に選手として入部したタツマは、同じ純血のヒト族のカリンから見ても、変わり者という印象である。厳島はカリンに苦笑いを返した後、優しくも鋭い眼差しで、タツマを見る。

「むしろヒト族だから、かもしれないわね。身体能力で劣るタツマ君が、周りと張り合う為に、試行錯誤して辿り着いた戦い方なのでしょうね。判断の速さと的確なポジショニング、試合を点ではなく線で捉える感覚。それは誰かに教えられたところで身に付けられるようなものじゃないわ」

カリンはもう一度、フィールドへと目をやる。日に焼けた黒髪の少年が、声を上げながら目いっぱい動いている。亜人達に混じりながら、彼らと同じ汗をかいている。

男女の差こそあれど、カリンも純血のヒト族である。ヒト族と亜人の間に横たわる決定的な能力差を知っているし、それに挑んでみようなどと考えたことはない。

そんなカリンだが、ダンジョン競技が好きだ。だからカリンはマネージャーをやっている。そこが選手に、一番近い場所だから。

「みんながんばれー！　魚里魂、ファイッ、オオーッ！」

カリンは声援を送ることが好きだ。そして時には、贔屓だってする。

「タツマくーん！　これに勝ったら九連勝だよー！　目指せ十連勝！」

河原から「はいっ！」と力強い返事が返ってくる。

カリンの言葉に反応したのは、タツマだけではない。

「ふふっ、周りの選手の目の色が変わり始めてる。ヒト族の一年生に好き勝手にやられて、黙っていられるわけがないわよね」

厳島の見下ろす先、フィールドの外では、負けたチーム達が集まって、真剣な表情で何かを話し合っている。

「くそ！　あいつら妙になれてやがる！」

「魔法も使えない癖に、調子に乗って！」

「須田っちがウザイ。超ウザイ。いっつもウザイ所にいる」

「ウザイって言いすぎだよー。ハチネちゃーん」

「でも、須田君巧いよ！　判断がいいから一歩目が早い！」

勝ち残り方式の３ＯＮ３は、タツマ達三人対二軍選手全員の様相を呈してきていた。

一軍選手達に練習場所を譲り、試合ではスタンドから応援するだけの二軍の選手達。

勝ち続けるタツマ達の存在は、彼らの中でくすぶり続けていた競争心やプライドを刺激する。ダンジョン部のブレイン、厳島ミヤジが、河原を見下ろしながらひそかに笑う。

「フォア・ザ・チームとか、自己犠牲っていうのも美しくはあるけどね……」

「これ以上好き勝手にさせねえよ！　ディフェンスだけなら三年間練習してきたんだ！」

「スポーツやってる子なんてね、本当はみんな、とびっきりの負けず嫌いなのよ」

タツマ達の勝利を告げる笛の音が、河原に明るく鳴り響いた。

「はーいみんな、今日の練習はここまでー。お疲れ様――」

「「「あ……、あざーす……」」」

厳島による練習終了の合図と共に、二軍の選手達がその場で河原に崩れ込んだ。タツマはバッグからスポーツドリンクを取り出すと、喉に一気に流し込む。

「タ、タツマぁ……、わ、私にも、ちょうだい……」

か細い声の元を辿ると、息も絶え絶えなカヤが寝ころんでいた。汗で濡(ぬ)れた白いシャツが肌に張り付き、荒い呼吸に合わせて、控えめな双丘が上下に大きく動いている。

まずいものを、見た気がした。

タツマは視線をカヤの口元へと逃がす。小ぶりで、大きく開けた口の中に、スポーツドリンクのストローを突っ込む。カヤは寝転がったまま、夢中で喉を動かし始める。汗で上気した頬が必死の吸引で形を変える。最後にストローから唇を離したときにちゅぽんっと可愛らしい音が立った。

また、まずいものを見た気がした。

カヤから視線を逸(そ)らすと、河原にどっしりと胡坐(あぐら)をかいたイクアラが、楽しそうにタツマ達二人を見つめていた。

「……何がおかしいんだよ？　イクアラ」

「おかしくはないな。嬉しいのだよ。こうしてまた、三人でいられることがな」

こちらはこちらで、気恥ずかしかった。

タツマとイクアラは同い年ではある。しかし、リザードマンのように肉体の成長の早い種族というのは、精神の成長も往々にして早い。タツマに時折向けてくるイクアラの兄のような視線は、心地よくもあり、苦手な時もある。

再びカヤへと視線を戻すと、カヤは先ほどと同じ体勢で、まだひたすらに空気をむさぼっていた。

「飛ばしすぎたんじゃねえのか？　カヤ」

「タツマみたいな……、体力馬鹿と……、一緒にしないでよ」

「いや、イクアラだって平気な顔してるじゃねえかよ」

「……韋駄天様の守護は、体力の消耗が激しいのよ」

ふくれっ面でそう言ったが、その言葉は事実である。カヤの持つ固有アビリティー『神脚』はその威力こそ絶大ではあるものの、代償もまた大きい。天狗の血を引くカヤとて、四六時中使い続けていられるようなシロモノではない。

「イクアラはどうなんだ？　やっぱり体力は使うのか」

「私の能力は筋力の瞬間的な増加だからな。カヤほど体力は使わないさ。とは言っても、使いすぎれば翌日の筋肉痛がひどいものにはなるな」

対して、イクアラのアビリティーである『筋力上昇（小）』は、その効果こそ大きくはないものの使い勝手はよい。自らのアビリティーをよく理解し、上手く付き合っていくことも、冒険者達に求められる能力である。

「そういえばタツマよ、あの黒い短剣は結局使わないことにしたのか？」

「ああ、あれだと刃渡りが短すぎるし、軽すぎぎんだよ。今週の試合は大事な試合だしな。なるだけ昔の得物と同じ物を使いたいんだ」

今、タツマが手にする武器は、部の備品のショートソードである。石蛇との戦いの中で、中学時代から愛用していた短剣を失ったタツマは、用具室の中にあった手頃な一振りを新たな相棒に選んだ。オルタの依代である黒い短剣はあまりにも小物で、それを持ってモンスターに挑む気になどなれなかった。

「で、タツマよ、そのオルタ様の剣はどこにあるんだ？」

「どこってほら、鞘の中に……って、あれ？」

目線を下げれば、腰の鞘にぶら下がっているはずの黒い剣とオルタがどこにも見あたらない。どこかに落としてしまったのだろうか？　もしそうなら、きっとオルタはシクシクと泣いているはずだ。しかし、オルタの泣き声はどこからも聞こえない。

「あれ、そうじゃないかしら？」

カヤの指先を辿れば、バスケットボールほどの大きさのオルタが、てっぺんに短剣をのせたまま川辺にちょこんと座っていた。走って近づいてみると、髪を一房だけ長く伸ばし、川の水の流れのままに泳がせているようである。

「何をやってるんですか？　オルタ様」

オルタはぐるりとタツマの方を振り向くが、言葉を発さぬオルタとタツマの間では、会話などは成立しない。唯一のコミュニケーション手段であるこっくりさんセットも鞄の中にしまったままだ。

「えーっと……、じゃあ、また後で迎えにきますから」

オルタは短剣ごとぺこりと頭を下げると、再び川の方を向いた。タツマはオルタを置いて、再びイクアラ達の元へと駆け戻っていった。

「何かあったのか？　タツマ」

「いや、髪の毛を川に浸してるみたいなんだけどさ、なにやってんのかは分かんねえよ」

「夕涼み、とかかしら？」

「さあなあ」

夕暮れ時、海の方からは温かい風が吹き抜けてくる。水面では無数の夕日のかけらがきらきらと光っている。オルタは川の畔に独り座ったまま、微動だにしない。

水面からぽちゃんと、何かの魚が跳ねる音が聞こえた。

「……ふむ、あの文献によれば、オルタ様は河の女神であられたそうだからな、きっと何か思うところでもあるのだろうさ」

「ああ、そういやそういう話だっけ？　あの昔話」

その見た目からすっかり忘れていたが、オルタが河の女神であったことをタツマはようやく思い出す。イクアラはしばらく何かを考え込んだ後に、こう切り出した。

「タツマよ、お前、オルタ様と繋がっている感覚はあるのか？」

「繋がっている？　なんだよそれ？」

「これはあくまでも感覚的なものなのだがな。守護神と被護者の間には確かな繋がりがあるのだよ。自分がいつも見守られている、その繋がった先に守護神がいる。そんな不思議な感覚だ」

「そういうもんなのか？」

イクアラの言葉は、タツマには要領を得なかった。オルタと共に暮らし始めて三日がすぎたが、少なくとも、イクアラが言うような感覚を感じたことは一度もない気がする。

「私にもわかるわ。願えば応えてくれるというか、想いがとどくっていうか、そういう感覚なの。確かに私と韋駄天様が繋がっているって。初めてそれに気が付いたのは、中学でダンジョン部に入ってからだけど……」

「繋がっている……、ねえ……？」

「まあ、タツマの場合はオルタ様が常に現界されているわけだからな。近くにいすぎると逆に分かりづらいものかもしれんな……」

川辺に座すオルタを見つめる。傍（はた）から見れば、置き忘れたカツラである。オルタと繋がっていると言われても、やはりタツマにはピンと来なかった。

「難しく考える必要はないのよ、タツマ君。神と人の繋がりも、人と人との繋がりも、きっと同じものなのだから」

「厳島コーチ？」

振り返れば、厳島ミヤジが三人のすぐ後ろに立っていた。

「相手のことをもっと知りたい、ちゃんと理解したい。それは守護神と人の間でも変わらないわ。相手のことを思えばきっと応えてくれるはずよ。たとえそれが神様でもね」

タツマはもう一度オルタを見る。ここはヒロシマを流れるオオタ川。オルタと出会ったダンジョンはこの遥か上流にあったはずだ。河の女神であったというオルタ。ひょっとしてこのオオタ川が、オルタの生まれた河なのではないだろうか。

河の流れにそって、ゆらゆらと泳ぐオルタの髪を見ていると、子供の頃に両親と河で水遊びをしていた時のことを、ふと思い出した。

「何を考えているのか、何をしているのかも解らない。決めつけてしまえばそこまでよ。戦いに向いていなくとも、理解する意思だけは放棄しないで。あなたとオルタ様が出会ったことには、きっと何かの意味があるはずなのだから」

厳島の言葉に、タツマはこれまでのことを振り返る。勘違いから始まり、なし崩し的に始まったオルタとの共同生活。これまでタツマは一度でも、オルタのことを理解しようと思ったことはあっただろうか。神様だから、見た目が変わっているから、理解なんてできるわけがない。そう決めつけていたところがあったのではないか……。

その時、ゆらゆらと揺蕩いつづけていた髪の一房が、突然、ピンと張りつめた。間をおかず、オルタの長い髪が空に高く放り投げられた。

オルタの長い髪の毛の先には、一匹の、大きな魚が喰らいついていた。河辺に叩きつけられた魚は、ビチビチと小石の上で跳ねる。

それは五十センチを超える、大きな口のブラックバスだった。

「…………釣り、してたのねえ……」

「…………釣り、してたんですねえ……」

オルタはブラックバスをシュルリと髪で巻き取ると、カサカサと地を這いながら、タツマの元へと駆けてきた。そしてタツマの目の前に、二房の髪で大きく掲げた。

「えーっと……、タツマの為に釣ってきたってことかしら？」

カヤの言葉を肯定するようにオルタはてっぺんの短剣を上下にブンブンと揺らす。その場の全員の注目を集める中、タツマは、

「……ごめんなさい、ブラックバスは、あまり好きじゃないかな……」

と言った。

オルタはペタペタと河辺に戻ると、ブラックバスを川へリリースする。命拾いしたブラックバスは、ジャボジャボと泳ぎながら水の底へと消えていった。

第三章

# オノミチ水道迷宮

Uosato High School Dungeon Club

（一）

海のにおいがする。

ヒロシマ県オノミチ市、古くから港が栄え、海と共に育った町である。別名、坂の町とも呼ばれるほどに、急斜が多いことでも知られている。

坂の頂上からは瀬戸内海のパノラマが一望できる。山肌からしめじのように固まって生える住宅地に、岩肌の多い海岸線を幾何学模様で切り取る工業地帯。海の向こうでは、緑の段々畑の島々の上で、四国への巨大な連絡橋がとぐろを巻いて横たわっている。自然と文明とのパッチワーク、それがオノミチの町である。

そのオノミチに、一つだけどうにも異質に目立つ場所がある。海と川の混じる場所、河口から伸びる三角州となる場所に、広大な砂浜がぽっかりと浮かんでいるのだ。

島としては十分な広さを持ちながら、人の手による建造物は存在しない。しかし、純粋な自然の創作物というには、高低入り乱れた実に複雑な姿をしている。

文明にも、自然にも属さぬこの世の異界。オノミチの海に生まれたこの場所を、いつの頃からか人は、オノミチ水道迷宮と呼んでいた。

「いいかー、貴様ら！　二軍なんぞに絶対に負けるんじゃあないぞ！」

「「「「オオッス‼」」」」

監督五井の発破に、逞しく力強い返事が返ってくる。盛り上がった巨体の集まりは、まるでバッファローの群れのようだ。彼らは魚里高校の一軍の選手達。週末の土曜日、時刻は真昼。オノミチ水道迷宮は、魚里高校ダンジョン部の紅白戦の舞台となっていた。

「みんな、自分達を信じて！　気持ちで負ければ勝ちはないわ！」

「「「「はいッ‼」」」」

反対側のベンチでは、厳島を中心に二軍選手達が集まっている。一軍と比べると小ぶりな選手が多く、見劣りするのは否めない。

一軍対二軍。圧倒的に不利なメンバー構成の中、二軍監督厳島が唯一五井に呑ませた条件というのが、ここオノミチ水道迷宮を紅白戦のフィールドとすることであった。

オノミチ水道迷宮は、非商業目的用の管理ダンジョンである。ダンジョン使用料の手頃さに加え、出現モンスターのレベルも低ランクである為に、高校生冒険者の練習試合の場としてしばしば利用されている。非商業用ダンジョンである為に、観戦用のモニターやスクリーンこそ設置されてはいないものの、フロアを遮る壁はなく、セーフティーゾーンからの見晴らしもよい。戦況把握と指示伝達が容易であるこの迷宮を、厳島は決戦の場に選んだ。タツマ達以外の選手達は知る由もないが、一軍二軍の紅白戦には、魚里高校ダンジョン部の監督の座が賭けられているのだ。

「一時間だ！　一時間で決めろ！　コールド勝ちで格の違いを見せつけてやれい！」

「一時間よ。一時間粘れば勝機は必ず訪れる！　あなた達ならやれるわ！」

今日の紅白戦は、公式のダンジョン競技ルールと同じ形式で行われる。試合時間は二時間、百二十分の点取り合戦である。百二十分ではあるが、試合時間の半分を経過した時点で挽回不可能な大差がついていると審判が判断した場合には、コールドにより勝敗が決定される。コールドの目安はダブルスコアと得点数。つまり一軍監督である五井は、一時間以内に二軍に倍以上の大量得点差をつけろと選手達に命じたことになる。

「なんであんな気合い入ってんだぁ、監督は？　たかが紅白戦だろうが。しかも二軍相手のよぉ」

「それも気にかかるんじゃがなあ、厳島コーチが二軍監督やっとんのも腑に落ちんのお」

バーンと金太がぼそぼそと囁き合う。ここ数日、グラウンドに姿を見せなかった二軍の選手達。事情を知らぬ彼らにとっては、不可解なことも多かった。

「……まあ、魔石さえ手に入ればどうでもええわい」

もっとも、金太にとっては多少の違和感よりも魔石の方が大事である。腰元の瓢箪をぽんぽんと叩くと、退屈そうに欠伸した。

「まっ、確かにどうでもいいこったな。……ったく、ここの魔物はあんま手応えねえんだよ。とっとと試合終わらせて道場行くかあ」

バーンはぽきっ、ぽきっと左右に頭を振って首の骨を鳴らす。試合前の準備運動などそれだけだ。バーンも金太も、そして他の全ての一軍の選手達も、負けるなどとは微塵も思っていない。それだけの差が一軍と二軍の間には横たわっている。

「甘く見ない方がいいよ。たぶん……」

言葉の内容とその出どころに、バーンは目を見張った。自分からは滅多に話しかけることをしないウィリス・野呂柿が、声の主だったのだから。

「んだよウィリス、オレらが二軍に負けるとでも言いてえのかぁ？　ぁあん？」

「……負けないよ」

二人の会話は今日も噛み合わない。バーンはいからせた肩を、すかされた。

「それでは、ルールは通常の高校生冒険者用のルールで、試合時間は百二十分。両軍一列に並んで……礼！」

大小の肩が同じ角度で下げられる。一軍、二軍、総勢十八名のスターティングメンバーがセーフティーゾーンに二列に並んでいる。一チームの人数は九名。交代は可能だが、一度退いた選手が再びフィールドに戻ることはできない。限られた時間と人数の中で、できる限り多くの魔物を倒し、獲得した魔石の量と質を競う。それが現代におけるダンジョン探索のあり方である。

　選手達が一度に顔をあげる。互いに見知った顔が並ぶ両軍の中に、しかし一人だけ、一軍選手のほとんど誰も知らない顔がそこにあった。

「誰だぁ？　あいつは」

　黒髪黒目の少年。見るからに純血のヒト族の存在に、一軍監督五井が訝しんだ。五井は二か月前にクビにしたタツマのことなど、すっかり忘れていた。「まあ、どうでもいいか」と、五井は思う。名も知らぬ二軍選手のことなど、わざわざ気に留める必要もない。一軍の選手達も同様で、すぐにタツマから視線を外した。

「試合……、始めぇ！」

　審判のコールに合わせてサイレンが鳴り響く。このサイレンが再び鳴らされるのは、試合終了の時のみだ。広いダンジョンを縦横無尽に駆け回るダンジョン競技に、休憩などは存在しない。自分達が休みたくとも、モンスター達は休ませてくれないのだから。

　サイレンを合図に、選手達が一斉にセーフティーゾーンから走り出す。オノミチ水道迷宮のセーフティーゾーンは、迷宮の西端に位置する直径三十メートルほどの岩場である。セーフティーゾーンから選手達が次々と飛び出していく。砂浜に靴が突き刺さるザクリという感触と、空気に混じる濃い魔素を選手達は体に感じる。試合が始まり、迷宮も始まる。

「まずは先制点、オレだオレだぁッ！」

大声と共に、真っ先に集団から抜け出したのは人狼族のバーンだ。大柄な体からは想像もつかぬスピードで、一軍の先頭をきって走る。一面に広がる広大な砂のフィールドは、まるで砂漠だ。マダラ模様の砂の影から、ぼこりと何かが湧き上がる。

サンドワーム、全身が鱗に覆われた、体長一メートルほどの巨大なミミズの魔物である。砂の中から鎌首をもたげると、激しく頭を振りながら縄張りへの侵入者を威嚇してくる。

もっとも、この程度の魔物の威嚇など、魚里の一軍には関係ない。バーンは走行ギアをさらにあげると、サッカーボールでも蹴るように、右足を勢いよく振りぬいた。

キックオフは強烈だった。ドンッという音と共に、体長一メートルほどのサンドワームが空へと高く打ちあがる。魔物は上空で体液をまき散らしながら、魔石へと変わった。

「……チッ、手応えなさすぎだろうが」

放物線を描きながら落ちてきた魔石を掴むと、バーンは不満げに舌を打った。簡単すぎる先制点。魔物が弱ければ、相手チームも弱すぎる。バーンはまるで使い終わったティッシュでも突っ込むかのように、魔石を乱暴にポケットへと放り込んだ。

「よーし、いいぞぉー！　貴様ら、バーンに続けー！」

先制点はチームに勢いを与える。ときの声と共に、一軍選手達が魔物に向かって駆けていく。ダンジョンへの侵入者に気づいた魔物達が、ぼこり、ぼこりと、砂浜から顔を出す。

　しかし、二匹目、三匹目と、魔物へと向かおうとする彼らの足が急に止まった。いや、止まらざるを得なかった。魚里一の俊足を持つと言われる多留簿金太も足を止める。金太の前には赤髪の少女が立ち塞がっていた。

　金太は顎下をぽりぽりと掻くと、フィールド全体をのんびりと見渡して、言った。

「ほーん、初っ端から守備固めしかけてきおったか」

　一軍選手達の進行方向に向かって、ぐるりと扇形に二軍の選手達が展開していた。

◇　◇　◇

　ベンチから戦況を見届ける厳島。その口元がくっと吊り上がる。昨日のミーティングで、彼女がタツマ達に告げた作戦は、ダンジョン競技の常識とはかけ離れたものだった。

「いい？　先制点なんて一軍にくれてあげればいいのよ。その代わり、私達は盤石の体制で守備固めを敷くの」

「いきなり守備固めって……、本気ですか？」

　守備固め。通常ならばそれは、試合の終盤にリードをしたチームが取る戦法だ。チーム全員が相手チームの攻撃の妨害だけに専念し、試合終了までリードを守りながら逃げ切るのだ。開始早々の守備固めなど、聞いたことがなかった。

「ええ、本気も本気。本気で勝ちに行くの。その為の守備固めよ」

厳島を囲む二軍の選手達は、厳島の意図を摑みかね、顔を見合わせるだけだった。

（……ええっと、それも神託（アレ）の力なんですか？）

タツマがこっそりと聞いた言葉を、厳島は首を振って否定した。

「これは戦略よ。敵を知り、己を知り、そして迷宮を知れ。ダンジョン競技の三原則ね。ダンジョン競技はスポーツなのよ。スポーツっていうのは、強いチームが勝つとは限らない。一時間。一時間、一軍の前線を抑え続けるの。それができれば勝機も見えるわ」

厳島のアビリティーである『神託（オラクル）』は未来の結果を知るような便利な能力ではない。しかしそんな力などなくとも、人は未来を想像し、挑むことができる。

今は二軍監督を務める厳島、彼女の本来の肩書きは分析・作戦立案コーチ。相手戦力の分析とダンジョンについての情報収集、そしてそれに基づく作戦の立案が、彼女のもっとも得意とするところである。厳島の進言を決して聞き入れなかった五井の下では、今まで役に立たぬ能力ではあったが。

「それでどう？　あなた達がどうやって一軍に勝つか、知るつもりはある？」

それは命令ではなく、勝ちへの誘惑。最初に返ってきたのは、太く低い男の声だった。

「ちょこまかと守りばっか固めやがってよ！　勝つ気ねえならひっこんでろや！」

「ある！」

バーンの恫喝（どうかつ）に、ミツヤは短い二文字の言葉を返した。

　三年生、毛利ミツヤはドワーフだ。矮躯ながら屈強な肉体を持つ彼は、中学時代は自分の肩ほどはある大槌を両手で振り回し、チーム随一のアタッカーとして活躍していた。生活態度も申し分なかったミツヤは、魚里高校の推薦入学を勝ち取った。卒業式の日、無遠慮なチームメート達は、ミツヤの槌に油性ペンで次々と祝いの言葉を書き込んだ。

　しかし入学後、彼が試合でその槌を振り回す機会はなかった。

『希望ポジション・パワーアタッカー』入部直後のセレクションで、ポジション別に並んだあの日、ミツヤは自分の倍ほどの背丈をした大型の獣人達に囲まれていた。

「へぇ、槌かよ？　ちっせえ形してロックな武器持ってんじゃねえか！」

　獣人達の中でも一際目立つ大男が、ミツヤの槌を片手でひょいと持ち上げた。

　自分にとっての大槌は、彼らにとっての小槌だった。三年間、ミツヤは一度も一軍に上がることはなかった。

「くそがッ！　オレは魔物と戦う為にダンジョンに来てんだ！　邪魔すんじゃねえ!!」

「断る！」

　腰を落とし、進路を塞ぐ。ミツヤが見上げるのは、三年前に自分の大槌を軽々と持ち上げた大男だ。腕力も、体格も、スピードも、センスも、全てにおいて彼はバーンに劣っている。三年間二軍暮らしだったミツヤにとって、誇れるものなど一つもない。

　少なくとも、数日前まではそう思っていた。

「その調子よ、ミツヤ君！　この試合、ディフェンスが全てを握っているのよ！」

　そんなミツヤでも、ディフェンスだけにはほんの少し自信があった。足腰が強く、重心の低いドワーフ族は、守備には向いていた。

「こっち、カバーオーケーです！」

　自分の右後方から聞こえた声に、ミツヤはチラリと横目を走らせる。ヒト族の一年にああも堂々とプレイされては、自分も一つぐらい何かを誇っていいのではないかと思う。

　ミツヤが腰にぶら下げているのは、小さく軽い警棒のような武器だ。強力な魔物が存在しないオノミチ水道迷宮とはいえ、あまりに頼りない得物である。自慢だった大槌は家に置いてきた。今の彼のポジションはブロッカー。目の前の敵の妨害だけに専念する。自分に誇っていいものがあるとすれば、それはディフェンスだけ。バーンの進路を、巧みにミツヤは潰し続けた。

「てめぇッ、どけやコラァッ‼」

　ドンッという音と共にミツヤの体が転がっていく。苛立ったバーンのふるった右腕が、ドワーフの矮躯を弾き飛ばしていた。

「白組4番、守備妨害！　悪質行為につき2ポイントのペナルティー！」

「はぁあッ⁉　わざとじゃねえ……ッスよ」

　審判の判定に、バーンは一瞬不満の声を上げかけたが、ギロリと睨み返されてその口を閉じた。

　ダンジョン競技においては、相手選手への攻撃は認められていない。相手に故意に攻撃を加えた場合は、最大20ポイントまでのペナルティーが与えられる。その行為が特に悪質だった場合や、判定に対し審判に暴言を吐いた場合には退場を言い渡されることもある。血気盛んなバーンが口をつぐんだのは、それが理由だ。

「……チッ、わるかったなミツヤ。大丈夫か？」

浜辺に転がる同学年のチームメートに向けて、バーンは右手を差し出した。バーンの大きな右手が、小さくも逞しい手によって払われる。

「試合中だぞ、バーン。情けなんぞいらん！」

「……テメえッ！　雑魚のクセしやがって……!!」

バーンの眉間に硬い皺が集まる。怒りでギリリッと歯をこすり合わせる。

ベンチから戦況を見守る厳島が、拳をぐっと握りめた。

「そうよ！　ペースが乱れれば乱れるほど、相手の消耗は早くなる。まずは行けるところまで我慢比べよ」

一軍の得点は未だ2点。熱砂の上の紅白戦は、誰も予想していないゆっくりとした立ち上がりから始まった。

**試合経過【試合開始後五分時点】**
**一軍　2ポイント**
**二軍　2ポイント（一軍のペナルティーにより2ポイントの加算）**

## （二）

「カバー任せろ！」

「くそッ……、またコイツかッ！」

牛族の獣人による闘牛の如きアタックの前に、タツマはその身を投げ出した。自分よりも二回りは大きい巨体の突進にもタツマは一歩も引かない。大型の獣人達による猛攻を、怖じけることなく潰しつづけていた。

「タツマ君いいぞぉー！　その調子で頑張れー！」

カリンが両手を頬に添え声援を送る。カリンの言葉が届いたのだろう。タツマは拳をぐっと突き上げた。

「本当に大したものだわ。魚里の一軍を相手にしっかりと周りが見えている。やってくれるとは思っていたけど、想像以上ね」

タツマを高く評価している厳島にしても、今日のタツマのプレイは驚きだった。

一軍の前衛を徹底的に抑え続けている守備固め。その要を担っているのが遊撃手として、フィールドを縦横無尽に駆け巡るタツマである。タツマの守備範囲は陣形のちょうど中央。他の誰よりも運動量を必要とされる場所で、地味ながらも堅実に、一軍の侵攻を食い止めていた。

「でも、さすがにペースダウンをさせなきゃ、これじゃあ試合終了まで持たないわよ」

タツマに指示を送る為に、厳島は拡声器を取り出した。

「でもタツマ君、全然疲れてるように見えないですよ。それに練習の時からずーっとあんな感じだったじゃないですか。いつも一人だけ元気だったし」

カリンの言葉に、そういえば、と厳島は思い出す。ここ一週間の河原での特訓、ハードな練習内容の中で、タツマだけは特に堪えた様子もなかった。ヒトの足で亜人達と張り合う為に、誰よりも多く動いていたにもかかわらずだ。

フィールド上のタツマの動きは軽い。試合はまだまだ序盤だが、状態を見る限りペース配分を誤っているようにも見えない。連日の練習で疲労が溜まっている気配もない。思い起こせばこの一週間。タツマは常にベストコンディションにあった気がする。それどころか、状態は日に日に上がっていたようにも思えた。

（何かあるのかしら……。ひょっとしたらタツマ君ですら気づいていない何かが……）

「貴様らー、何をチンタラやっとるかー！　8対2だぞ！　何分経ったと思っとる！」

厳島の思考は、五井の叱咤によって引き裂かれた。試合開始後二十分を経過したところで、一軍の得点はたったの8ポイント。迷宮攻略も一向に進んでいない。得点力に秀でた魚里高校ダンジョン部の一軍が、これまで経験したことのないスローペースである。

「……そうね、確かにそろそろ仕掛けてもいい頃合いよね。ただし、動くのはこちらよ」

厳島は拡声器を口元へ運ぶ。これまで魔物を一匹も相手にすることのなかった二軍の選手達に向けて、合図を送る。

「みんな、作戦の第二段階に移行しなさい！　シフトチェンジよ！」

「シフトチェンジじゃと？」

金太は訝しみながらベンチの方を振り返った。スピーカー越しの厳島の指令は、一軍の選手達にも同様に聞こえている。これから何を始めるつもりだというのか。

金太の目の前、それまでディフェンスに専念していたカヤが、くるりと転身し背を向けると、フィールドの奥へと向かって走り始めた。

「ようやく、攻める気になったっちゅうことか！　よぉし来た！　叩き潰したるわい！」

金太の顔にぬたりとした笑みが浮かぶ。スローペースの攻略は、魔石集めが何よりも好きな金太にとっては特にフラストレーションの溜まる展開だった。点取り勝負を仕掛けてくるのならば願ったり叶ったりである。自慢の俊足でカヤを追うために駆け出した。

「はーい。カバーオーケー」

その彼の前に、ぬぼっとした大女が立ち塞がる。カヤに代わって、今度は幾背詩代が金太の足を止めた。目の前に現れた自分の顔ほどもある巨大な二つのふくらみに、金太は肝を潰した。

「攻めるんか、守るんか、どっちじゃあ⁉」

いきり立って叫ぶ金太に、幾背はいつものののんびりとした口調でこう答えた。

「どっちもでーす」

「カヤッ、そっちへ行ったぞ！」

スナトビトカゲがイクアラに背を向けて逃げ出した。名前の通り、砂の上を飛ぶように移動するトカゲである。体長は六十センチほど。魔物ではあるが臆病で、逃げ足ぐらいしか取り柄はない。しかしその得意の逃げ足も、神速の少女にはかなわない。

「オーライッ！」

掛け声と共に、カヤの棍がスナトビトカゲを打ち払う。頭を打たれ、仰向けにひっくりかえった魔物に、イクアラのバスタードソードがとどめを刺した。

「ツートップだとっ⁉」

五井のいるセーフティーゾーンからは、全体の陣形がよく見える。それまで九人全員がディフェンスに専念していた二軍から二人の選手が抜け出していた。

守りから攻撃に転じたのは赤髪の少女とリザードマン。その二人のことならば五井も覚えていた。一軍に指名してやったにもかかわらず、生意気にも自分に歯向かってきた守護持ちの二人だ。土下座でもして泣きついてくれば、もう一度一軍に上げてやるつもりだったが、二人はついぞ、自分の元には現れなかった。

「はて？」と、そこで五井は思う。なぜあの二人は自分に逆らったのか。二人が自分に反抗した理由が、どうにも思い出せなかった。

「ええいっ！　そんなことはどうでもいいわ！　抜けえ貴様ら！　ディフェンスの数が減ったならこっちのものだ！　チャンスだぞ！」

九名が七名になれば隙もできる。点取り勝負に持ち込めば、一軍に負ける要素はない。

そのはずなのに、五井の視線の先ではアタッカー陣の攻撃が、二軍のブロックにことごとく潰されていく。二軍の守りは、依然堅かった。

「二人減ってるんだぞ！　なぁぜ抜けん！　とっとと抜かんか貴様らぁー！」

「……チッ、簡単に言ってくれやがるぜ……」

拡声器から届く叱咤に、バーンが舌打ちする。試合序盤にもかかわらず、呼吸は荒く、既に体中から大量の汗が流れ落ちている。

「あっれえ？　バーン先輩、今日すっごい調子悪い？」

鉛筆（えんぴつ）の尻を唇（くちびる）に当てながら、カリンは首を傾けた。魚里最強の攻撃力を誇る人狼バーン。彼の力強いプレイは、カリンの記憶にしっかりと焼き付いている。イメージのバーンと比べると、あまりにも精彩（せいさい）を欠いているように見えた。

「人狼だもの。このフィールドとの相性が最悪なのよ。バーン君には悪いけどね……」

バーンの種族は人狼。人狼とはそもそもが北の大地に住み、夜に生きた種族である。夜の闇や暗いダンジョンの中でこそ、彼らの真価は発揮（はっき）されるという。もしも満月の下ならば、無敵に近い力を見ることもできただろう。

今は真昼。真夏の太陽が眩（くら）むほどに輝いていた。

「バーン君だけじゃないわよ。今の一軍メンバーの大半は、このフィールドに対応できていないわ」

言われてみれば、他の選手達もらしいプレイができていないことにカリンは気付いた。大柄で、パワータイプの選手が揃う魚里高校の一軍選手達にとって、このオノミチ水道迷宮は鬼門であった。熱と湿気に体力を奪われ、沈む砂浜に足を取られ、試合開始後三十分も経っていないにもかかわらず、彼らの足は止まり始めていた。

「でも、二軍もフィールドでは同じ条件ですよね？　詩代ちゃんとかも体おっきいのに、全然堪えてるように見えないですよ」

「ああ、それね。実は彼女、駱駝なのよ」

「ラクダ……？」

「駱駝の獣人。恥ずかしいから秘密なんだって。……あっ、これ内緒ね」

「なーるほどー。だからあんなにすごいのか」

詩代の胸のふたコブを見て、カリンはぽんっと手を打った。

「あとは金敷さんとハチネさんもね。羊族も猫族も、もともとは西アジアの乾燥地帯が発祥の種族なのよ。彼女達三人にとっては、この砂漠のようなフィールドも味方となってくれるわ」

悪戦苦闘する一軍に対し、金敷達三人は逆にポテンシャル以上の働きをしていた。

種族特性、それは多種多様なフィールドで戦わねばならないダンジョン競技においては、何よりも戦況を左右する要因となりうる。厳島が、このフィールドを決戦の場に選んだ理由の一つがここにあった。

「極め付けは彼よ。アラビア出身の戦闘民族で、砂漠の戦神ニヌルタの守護持ち。彼にとってこのフィールドは、きっと子供の遊び場のようなものでしょうね」

厳島の視線の先、砂漠の色をその身に宿したような黄色い鱗が、太陽の光で煌めいた。鉄塊のような巨剣が天に向かって垂直に伸びると、真下に向かって振り下ろされる。戦神の守護をまとった強烈な一撃が、地中のサンドワームを地面ごと叩き割った。

「やるぅッ！　イクアラ」

イクアラとカヤのツートップ。攻撃の核を担うのは、二軍で最強の攻撃力を持つイクアラだ。二人はこれまでの鬱憤を晴らすかのように、得点を重ね続けていた。

「イクアラ君！　これで10対10よ！　稼げるだけ稼ぎなさい！」

砂上の走り方はイクアラの本能に刻まれている。指が極端に長い足裏とそれに合わせて特注で作られたローマ式サンダルが、熱砂の上に浅く大きな靴跡を残していく。

月のような瞳が睨むのはスナトビトカゲ。同じトカゲであっても、魔物相手に容赦などない。慌てて逃げ出そうとした魔物の背中を、鋭い踏み込みの一撃が貫いた。

「13対10！　これで逆転だぁっ！」

スコアブックをつけながらカリンが叫ぶ。スナトビトカゲの魔石は3ポイント。カリ

ンの仕事も、ようやく忙しくなってきた。

「カヤ！　イクアラ！　こっちは任せて魔物だけに集中しろ！」

「言われなくてもっ！」

「そうしているぞ！　タツマ！」

タツマ達七人が疲れの見える一軍の前衛を抑え続け、得点力の高いカヤとイクアラがフリーでオフェンスを引き受ける。二軍は今、完全に勝ちパターンに乗っていた。

「えぇい‼　あの二人を追えと言っとろうが！　何をモタモタしとる！」

五井が選手に向けて檄を飛ばすが、罵倒と叱咤だけならばただのヤジだ。監督の仕事ではない。五井は両手で髪をぐしゃぐしゃとかき乱すと、頭を抱えながら叫んだ。

「ああー、くそッ！　なんであの二人が二軍なんぞにおるんだー‼」

「あんたが二軍に落としたんでしょうが」

厳島がぼそりと呟いた。

**試合経過【試合開始後二十五分時点】**
**一軍　１２ポイント**
**二軍　２１ポイント**

（三）

魔法使い（ピッチャー）。それは後方支援のポジションである。ブロッカーに守られながら、最後方からの遠距離攻撃で魔物を倒す。それが魔法使い（ピッチャー）の戦いというものだ。

魚里高校のエース魔法使い（ピッチャー）ウィリス・野呂柿。彼女は、試合開始後三十分が過ぎたにもかかわらず、未だ1ポイントも得点を上げていなかった。

二軍の必死のディフェンスにより前線が動かない。いくらウィリスとて、混戦の中、五十メートル以上離れた魔物に攻撃を当てることなど不可能だ。チームの最後方に位置する彼女は、消耗していくだけのアタッカー達を、ただ、冷たい瞳で見つめていた。

その傍（かたわ）らでは、アイアンが彼女を守るように立っている。ウィリスのブロッカーを務める彼も、同じく戦いに参加できていなかった。

試合開始早々の守備固め（プレスディフェンス）、その本当の意味はここにあった。一軍の前線を抑え続けることにより、最後尾のウィリス・野呂柿と、彼女のブロッカーであるアイアン・マンを試合（ゲーム）から締め出す。それが厳島の真の狙いだったのだ。

ウィリスとアイアン。魚里高校で一、二を争う無口な二人は、膠着（こうちゃく）をつづける戦況を、ただただ、無言で眺め続けていた。

「……つまらないね」

「……ああ」

不意に投げかけられたウィリスの言葉に、アイアンは短い相槌をうった。滅多にしゃべらぬ男とて、この状況に思うところはある。主将である神妙九児の怪我から一週間が過ぎた。二軍は確かによく戦っているが、それ以上に一軍の不甲斐なさを痛感していた。

全国ナンバーワン遊撃手とも言われていた神妙九児。もしもここに彼がいたならば、あっという間に前線をこじ開けて、自分達を戦場へと送り届けてくれただろうに。

……そう思って、気が付いた。

「弱いはずだ」

自分も皆も、九児に頼りきっていたのだろう。だから自分達は弱いのだ。

戦場に目を移す。二軍の遊撃手が声を上げながら動き続けている。離れた位置から見ればよく分かる。今の二軍のリズムを作っているのは彼だ。黒髪の小さなヒト族の少年。神妙九児と比べれば全てが劣っているはずなのに、そのプレイを見ると、鉄の胸がざわざわと騒ぐ。

「……いいでしょ、彼」

心を覗かれたような気になった。互いに三年。長い付き合いではあるが、アイアンは未だにウィリスという人物を掴み切れない。だから彼女の言葉が、何を意味しているのか、最初は解らなかった。

け出した。

「……じゃ、行ってくるね」

ふわりと広がる空色の髪が、アイアンの側(そば)を横切った。

反撃の狼煙(のろし)は唐突だった。一軍の戦列の最後尾から、魔法使い(ピッチャー)ウィリス・野呂柿が駆け出した。

『ウィリスさんを止めなさい！』セーフティーゾーンから全てを見ていたはずの厳島は、すぐにでもそう指示を出すべきだった。

しかし、魔法使い(ピッチャー)は後衛にいるものだという先入観と、全てが上手(うま)く行っている現状を維持(いじ)したいという躊躇(ためら)いが、厳島にその言葉を叫ばせるのを遅らせた。

「止めろぉ！　金敷！」

代わりにそれを叫んだのは別の人間。三年前、彼女に敗北を刻まれた男だ。

後方からの突然の剣幕(けんまく)に、ビクリと金敷の肩が震える。自分の守備位置へと入ったプレイヤーの存在を、そこで初めて知覚する。身を屈(かが)めた低い姿勢で、訓練された軍人のような身のこなしで、白いジャケットに身を包む何者かが、突然そこに現れた。

「ウィリスさんを止めろぉ！」

タツマの二度目の声に、金敷は押されるように動き出した。体を盾に進路を塞ぐ。ルートを潰されたウィリスは、諦(あきら)めて一旦足を止める。少なくともそう、金敷には見えた。

役目を果たした金敷がほっと息をついた瞬間、ウィリスの蒼髪が風と共に吹き上がる。

「チェンジオブペース⁉」

緩急（かんきゅう）をつけた走法に、体勢が崩される。魔法使い（ピッチャー）とは思えぬスピードで、金敷の側をすり抜けていく。

魔法使い（ピッチャー）に足はない。そんな油断が金敷にあったことは否めない。いや、たとえ油断がなかったとしても、ウィリスを止めることはできなかったに違いない。それほどに、ウィリスの走りは卓越していた。カバーに入ろうとしたハチネも全く追いつけない。

獣人二人を置き去りにして、ウィリス・野呂柿が今、一軍の最前線へと躍（おど）り出（で）る。

「Drum schnell! Schaffe das Schwert, in der Welt will ich es schwingen（疾く打て、斯く鍛えよ、我が世界に振りかざす剣を）」

走りながらの詠唱（えいしょう）も、まるで歌のように美しい。短い詩（うた）が終われば、そこは既に彼女の射程圏内だ。

「氷刃！」

最後の発動文言と共にウィリスの魔法が放たれる。

三日月の様に反り返った氷の刃が、カヤとイクアラの間を潜（くぐ）り抜（ぬ）けると、地表を走るスナトビトカゲを切り裂いた。二つに分かれた魔物は、一つの魔石となって地に落ちた。

全ては一瞬の出来事だった。魔法使い（ピッチャー）は本来一人で機能するものではない。詠唱には時間と集中が必要だからだ。仲間のブロックで詠唱の時間を稼ぎ、連携（れんけい）によって射線を開く。それが魔法使い(ピッチャー)というものだ。

しかしウィリスは、詠唱の時間も、射線もたった一人で都合した。魔法使い(ピッチャー)ウィリス・野呂柿のワンマンプレイ。ダンジョン競技の常識を覆(くつがえ)すプレイを、あっさりと彼女はやってのけた。

「あれだ！　あれにやられたんだ！　三年前も！」

タツマだけはそのプレイを知っていた。タツマがウィリス・野呂柿という存在を知った三年前、ウィリスの中学時代のダンジョン部は、魚里高校のような名門ではなかった。魔法使い(ピッチャー)によるワンマンチーム。それでもウィリスが勝ち続けていたのは仲間の助けがなくとも戦える、彼女だけのプレイスタイルによってだ。

そして、ウィリスのプレイがすべての始まりとなる。眠っていた一軍の選手達が、ようやくその目を覚まし始める。

「全員、ウィリスに続けえ！」

牛族の大男が、鼻穴を膨(ふく)らませながら吼(ほ)えた。ウィリスのプレイにより、二軍のディフェンスに隙が生まれていた。体勢を整える暇(ひま)は与えない。一軍自慢の攻撃陣が次々と前衛に攻め上がっていく。

「ウィリスゥッ！　ここは暑すぎる！　冷てえ奴をいっちょ頼まぁッ！」

ウィリスは走りながら後ろを振り向くと、向かってくるバーンに向けて巨大な水の塊(かたまり)を放った。想像以上の水圧に、バーンは「ぐべっ！」とうめき声をあげる。

「……いっつぅ！　加減っつうもんをしらねえのか、てめえは！」

鼻がしらを押さえながら、バーンはウィリスを怒鳴りつけるが、ウィリスはすでに前へと走り、振り向くこともしなかった。いつものことだが、この二人は嚙み合わない。

「……でもまあ、お蔭で体も頭もきっちり冷えたぜ」

口元の水滴を舌で舐めとると、バーンはニヤリと笑った。必死に追いすがっていた毛利ミツヤを、軽いフェイントであっさりと抜き去った。フォローに走る者もいない。

僅かな綻びからダムが決壊するように、ウィリスの一撃が二軍のディフェンスをこじ開けた。そして勢いにのった魚里の一軍は、もう止まらない。

「カヤッ！」

イクアラの警告は間に合わなかった。カヤの視界の隅を何かが掠める。次の瞬間、黒・萌葱・柿色の三色模様がカヤの視界一面に広がった。

「何よこれっ⁉」

視界を何かに奪われたカヤは、踵を砂浜に突き刺し急ブレーキを踏み込んだ。

彼女は知っているだろうか。視界に広がる縦縞模様は、歌舞伎の引幕と同じ色をしていることを。引幕が風をはらみながらゆっくりと降りていく。幕が開けば、そこに既に魔物の姿はなく、一個の魔石だけが砂浜に転がっていた。

カヤの足を止めたものは、とある男のマントだった。男はのんびりとした仕草で魔石を拾い上げると、腰元の瓢箪に放り込む。魔石が筒の底を転がって、カラカラと鳴った。

「おほぉーう、ええ音じゃぁ――」

男は体をぶるりと震わせながら、恍惚と、言う。

「……のぉ？　そうは思わんかぁ？　天狗の嬢ちゃん」

カヤの方に振り向いて、多留簿金太がぬたりと笑う。イクアラとカヤのツートップを、一軍の前衛がついに捉えた。

（このままじゃマズイ！）

タツマは焦る。息を吹き返した一軍の猛攻は凄まじい。小さなヒトの身では、同じフィールドに立っているだけで木の葉のように吹き飛ばされてしまいそうだ。

暴力的な圧力の中、それでもタツマは、己が為すべきことを見定める。

「あの人だけは、フリーにさせたら駄目だ！」

タツマは迷わずウィリスの元へと駆け出した。金太よりも、バーンよりも、今抑えるべきはこの流れを作ったウィリス・野呂柿その人だ。ウィリスさえ抑えれば、流れはもう一度こちらに来るはずだ。

しかし、全速で走るタツマの目の前に、突然巨大な壁が現れた。

（避けられない！）

そう思った瞬間にはぶつかっていた。あまりの硬さに意識が一瞬遠のき、地になすすべもなく仰向けに倒れた。目を開ければ、青い空の下に巨大な鉄の塔が聳え立っていた。

アイアン・マン。全身鉄の大男。審判(アンパイア)の笛は鳴らなかった。反則にならないギリギリのラインでのブロックというものを、アイアンは身に付けているのだから。

　仲間の攻撃の邪魔をする者は、魔物だろうが、相手チームだろうが、絶対に通すことはない。強固なディフェンスは二軍だけの専売特許ではないのだ。

「氷槍！」

　巨大な鉄の壁の向こう、ウィリスの詠唱の声だけがタツマに聞こえた。

「いいぞぉ貴様ら！　これで逆転だ！　そのまま二軍を突き放せい！」

「「「「ォオオオゥ！」」」」

　巨獣の群れが一斉に吼える。パワー&スピード。それが魚里の一軍だ。相手を寄せ付けない速度に、一撃必殺の攻撃力が備わった速攻は、ツボにはまれば恐ろしく強い。

　重機のような前衛が、ガリガリと魔物を蹴散らしていく。攻略スピードが一気に上がる。その猛攻は、先の練習試合で一軍がコールド勝ちを収めた試合そのままだった。

「これで三十点目だ！　所詮(しょせん)は二軍相手よ。身の程を知れえ！」

　二軍の選手達の顔が青ざめていく。彼らは今、夢から醒(さ)めたのだ。自分達でも一軍に勝てるのではないか。そんな淡い夢から。

　諦めが心に忍び寄り、疲れが体を襲(おそ)い始(はじ)める。試合への集中力が落ちていく。

　精神力(メンタル)。それはスポーツの世界においては最も重要な要素である。勝つことに不慣れな二軍の最大の不安要素が、ここにきて露呈(ろてい)した。

「落ち着いて！　みんなもう一度体勢を整えよう！」

　タツマの声は誰にも聞こえない。守備陣形などとっくに存在しない。カヤとイクアラのツートップも多勢に無勢、点差はみるみると開いていく。

　そして、コールド負けへのカウントダウンが始まった。

「よぉし！　四十点だ！」

　二軍ベンチに座る厳島は、拡声器を持ったまま固まっていた。この状況を打ち破るための指示が一向に思いつかない。

（攻略速度が速すぎる！　どうにか足を止めないと、一時間が来る前に勝負が決まってしまう！）

　策はまだあった。その為の準備もしていた。しかし、そんな厳島の策略など相手は簡単に吹き飛ばした。今の一軍の勢いを止める方法は二軍にはない。厳島の隣ではカリンが必死の声援を送っているが、願うだけでは敵を止めることはできない。

「これで五十点だ！　これぞワシが育てた一軍の選手よ！　あと五十点取って試合を決めろ！」

　オノミチ水道迷宮のコールドラインはダブルスコアと百得点。一時間が経過した時点で、一軍のポイントが百点以上、二軍の得点が五十点以下なら、試合終了を待たずして一軍のコールド勝ちが決まってしまう。

　魔法使い（ピッチャー）ウィリス・野呂柿のワンマンプレイという想定外が、厳島の策を、二軍の希望を打ち砕いていた。

「想定外……、いえ、想定しておくべきだったのよ」

巌島が自嘲気味に呟いた。中学の時のウィリスのプレイスタイルは巌島とて聞き知っていた。しかし、ウィリスのワンマンプレイは、高校に入ってからは鳴りを潜めることとなる。それはウィリスと同学年に入学したもう一人の天才・神妙九児の存在によってだ。神妙九児がいなくなった今、再び昔のプレイスタイルに戻ったに過ぎないのだ。

巌島が見つめる先には、杖を天に掲げながら、前衛で一軍を率いるウィリスの姿がある。神話の時代、戦場の最前線で英雄達を戦いに導いたと言われる戦乙女。氷のヴァルキューレの二つ名はこれ以上ないほどに、的確だった。

「止めなきゃ！　止めて、勝って！　それで甲子園に行くんだ！」

タツマはウィリスを追う。甲子園に行くには勝たねばならない。ここで勝たねば、ウィリスを追わねば、タツマの夢は終わりを告げる。

しかしこの男が、タツマの夢を許さない。タツマの前に、再びアイアン・マンが立ち塞がる。ヒト族の自分よりも遥かに大きく、分厚い壁。

壁の向こうでウィリスが遠ざかっていく。甲子園と共に遠ざかっていく。

「止まれぇー!!」

手を伸ばす。そこへはどんなに手を伸ばしても届かない。タツマの短い手では、決してそこに届くことはない。

厳島もタツマも、そのことを忘れていた。想定外の要素があるのは、一軍だけではないことを。タツマ達二軍にもまた、想定外が存在していることを。

タツマの腰元にぶら下がる黒い短剣。タツマが叫んだその瞬間。短剣から凄まじいスピードで黒い何かが飛び出した。

ウィリスの瞳が捉えるのはスナトビトカゲ。杖から放たれた氷の刃が魔物を切り裂くその寸前、ウィリスの視界を黒い一本の筋が走る。

黒い筋はスナトビトカゲに絡みつくと、魔物をウィリスの魔法から『ひょいっ』と遠ざけた。目標を失った氷の刃は、砂浜に『さくっ』と突き刺さった。

「………………へ？」

タツマが間抜けな声を上げた。ウィリスが三度瞬きをした。タツマの目の前に立つアイアンは、自分のブロックを潜り抜けていったナニカを確認する為に、警戒しながら視線をすっと左下へと流す。間近で、それをはっきりと視認したアイアンは、

「おぉう……」

と呻いて、脇に一歩避けた。

「……オルタ……様？」

想定外の名前をタツマが呼んだ。腰元の短剣から真っ直ぐに伸びた三十メートル。オルタはスナトビトカゲを引きずりながら、ずるずるずるとタツマの元へと戻ってくる。

「おぉ……う」

タツマの側のアイアンが、また一歩、脇へと避けた。

タツマの前にスナトビトカゲがスッと差し出された。魔物はジタバタと身を捩ってはいるが、四肢と首と尻尾をきゅっと縛られている為、逃げ出すことなどできはしない。

「ええっと……、くれるん……ですか？」

魔物の首を絡めとった髪の毛が、こくこくとスナトビトカゲの首に相槌を打たせる。

倒してよいということなのだろう。タツマはショートソードを引き抜くと、魔物の白い腹に突き刺した。魔物の赤い血と腸が、じゃばじゃばとオルタの黒い髪に降り注ぐ。

アイアンが、「おぉ……ぅ」と言って、また一歩後ろへとさがった。

オルタの髪に包まれたまま、魔物は魔石へと変わった。血まみれの黒い髪の毛が、生まれたばかりの魔石をタツマへと差し出した。

「あ……、ありがとうございます？　オルタ様？」

精神力。それはスポーツの世界においては最も大事な要素である。勢いに乗っていたはずの一軍の選手達は今、完全に止まっていた。

そして……、乱れた。

「ちょ、ちょ、ちょ、ちょーっと待てよ一年！　何だよそれ！　何なんだよ⁉」

「か、か、か、髪だ！　それもものすごく長い髪だ！」

「おい、動くぞこの髪！　や、やめろ！　こっち来るなよ！」

「魔物か？　魔王か？　これが古き者ってやつか？」

一軍の力自慢の男達の、野太い悲鳴が辺りに響く。選手達の中央で、ぐりぐりと血まみれの髪の毛が動いている。オルタの姿は、まるで次の生贄（いけにえ）を探しているように彼らには見えた。髪の先が自分の方を向くたびに、一軍の選手達が「ひっ」と後ずさる。

混乱するフィールドの中、先に立ち直ったのは、オルタに対して既に免疫（めんえき）を持っていた二軍の選手達だった。

「チャンスよ、イクアラ！」

「ああ、振りきるぞ！」

カヤとイクアラのツートップが再びダンジョンの先頭を駆け始める。

「全員！　シフトを組みなおすぞ！　もう一度守備固めだ」

ミツヤの声に従い、ガタガタに崩れていた二軍の守備網が再び機能し始める。

「戦いなさい！」

二軍の中ではただ一人、ぽかんと呆けるタツマに向けて、拡声器から声が飛んだ。

「オルタ様と一緒に、戦いなさい！」

監督である厳島は、今この場面でもっとも正しい指示を出した。

「オルタ様もそれを望んでいるわ！」

タツマはオルタに目をやる。どこから捕まえてきたのだろうか、今度はサンドワームをずるずると引きずりながら帰ってくると、タツマに向けて、魔物を再び差し出した。

　ふと、タツマは数日前の河原での出来事を思い出す。

　練習の後、ブラックバスを捕まえてきたオルタ。あの時オルタは、何かを伝えようとしていたのではないだろうか。攻撃魔法の使えぬオルタが、何かできることがないかと考えた上での行動だったのではないだろうか。

　今、タツマの目の前にいるのは、ブラックバスではなく巨大なミミズの魔物である。魔物の体を、オルタの長くて黒い髪がぎゅっと縛って押さえつけている。

　それはきっと、全てタツマの為に。

「ありがとうございます。オルタ様」

　剣を振りおろす。魔物が魔石へと変わる。タツマに魔石を手渡したオルタは、またずるずるとどこかへ這(は)って行こうとした。

「待ってください！」

　タツマが後ろから呼び止める。オルタへと繋(つな)がる短剣を握る。

「俺と一緒に、戦ってください」

　オルタは動きをすっと止めると、タツマの方を振り返る。

「俺と一緒に行きましょう、オルタ様」

　長い髪の毛は、まるで子犬が駆けるようにタツマの元へ戻ってくると、するるっと、短剣の中に収まっていく。短剣からはみ出た最後の一房を、タツマはしっかりと握りしめる。オルタの髪がタツマの手をしっかりと握り返す。

『神と人の繋がりも、人と人との繋がりも、きっと同じものなのだから』

いつかの厳島の言葉を思い出す。今、確かに自分はオルタと繋がっているのだと、タツマは感じた。握りしめた髪の毛から、確かな力と心が伝わってくるのだから。

「……って、待て待て待てーいッ!!　何だあの生き物は!?　魔物の使役は反則だろうが！　おいッ、審判（アンパイア）！」

拡声器から一軍監督五井のクレームが飛んだ。判断を求められた審判（アンパイア）は、両手を広げて、セーフの判定を下した。

「あれはインテリジェンスソードの一種です。ちゃんと試合前に報告済みですわ」

対面ベンチの厳島がホホホと笑う。念のためにタツマの登録用紙に書き込んでおいた『インテリジェンスソード（髪）』の一文が、功を奏した。

「あんな禍々（まがまが）しいインテリジェンスソードがあってたまるかー!!　……クソッ！　貴様らぁ！　何をぼーっとしとるか！　試合中だぞ！」

五井の叱咤に、一軍の選手達がハッと前を向くが、彼らの目の前には再び二軍選手達による守備固め（プレスディフェンス）が展開していた。

「ええい、ウィリスー！　一人でも行けー！」

「行きなさいタツマ君！　オルタ様と一緒に！」

オルタと繋がる黒い短剣をぎゅっと握りしめ、タツマはウィリスを追って駆け出した。

**試合経過【試合開始後四十分時点】**
**一軍　５４ポイント**
**二軍　２９ポイント**

（四）

一軍と二軍の紅白戦、試合時間は既に全体の三分の一を過ぎた。一軍が押し切るか、二軍が喰らいつくか、中盤戦の試合の行く末は、二人のプレイヤーに握られていた。

「氷鎌(ひょうれん)！」

ウィリスの魔法は青い氷のブーメラン。前を走るイクアラの背中を大きく弧(こ)を描いて追い越すと、その向こうにいたサンドワームの頭を稲穂のように刈り取った。

たとえ射線を塞がれても、彼女に限っては関係ない。コントロールによほど自信がなければできぬ離れ技を、ウィリスは簡単に成(な)し遂(と)げた。

「オルタ様！　回り込みます！」

アイアン・マンの鉄壁のブロックがタツマの前に立ち塞がる。タツマは右腕を後ろに振りかぶると、真横から水平に黒い短剣を振るった。短剣から一旦斜めに飛び出したオルタの髪は大きな左回りの軌道で正面のアイアンを躱(かわ)すと、奥を走るスナトビトカゲにぐるりと巻き付く。

「カヤ！　今だ！」

動きを止めた魔物をカヤの棍が叩き潰す。ウィリスの神業的なプレイに対し、タツマはオルタと、チームの力で食らいつく。

「そうよタツマ君！　力が足りないなら補えばいいの！　あなた達は一人じゃないのだから！」

拡声器から届いた厳島の指示に、タツマは強く頷いた。オルタが攻撃魔法を使えないからといって、一人で戦おうとしていた自分が馬鹿だった。

手持ちの札が乏しくとも戦えないわけではない。札を二枚合わせれば、大きな札と渡り合うこともできる。現にタツマは、カヤ達とそうやって戦ってきたのだから。

「オルタ様！」

「氷刃！」

タツマとウィリス、二人同時に狙ったサンドワームは、タツマの方が僅かに早かった。オルタの髪がサンドワームを吊り上げると、チームメートの元へと放り投げる。

「イクアラ、後は頼んだ！」

今、二軍の攻撃の起点となっているのは、タツマとオルタの即興的なコンビプレイだ。二人が共に戦うのは、あの石蛇との戦い以来のことではあるが、息はピッタリと合っていた。まるでデュオのジャズセッションのように。

守護神と自分の間を結ぶ『繋がり』を、タツマは今、はっきりと感じていた。

「ええい、何をしとるか貴様ら、守備はさらに一人減っとんだ！　とっととウィリスのフォローに回らんかあ！」

　五井の言葉は正しい。ディフェンスの要を担っていたタツマの攻撃への参加は、守備陣の弱体化を意味している。手薄になった守備陣の隙間を潜り抜けて、バーンが前線へと躍り出た。バーンが狙うのは、丘の上にいるサンドワーム。

「カバー行きます！」

「コイツッ、攻守の切り替えが早えッ!?」

　その進路を、再び守備へと転じたタツマが塞ぐ。足を止めたバーンの目の前で、黄鱗のリザードマンが、魔物を一撃で魔石へと変えた。

「タツマ君の本来の武器である素早い判断と豊富な運動量。そこにオルタ様のロングレンジのアシストが加わった。中盤の守備位置にとどまりながらも、カヤさん達の攻撃を自由にアシストする。今、タツマ君は遊撃手として一気に開花しようとしているわ！」

　厳島の声が僅かに震えていた。それは幸せな誤算だった。

　厳島は確かにタツマのことは評価していた。しかしそれはあくまでも未来のタツマをだ。たとえどんな守護を得ようとも、少なくとももう一年、タツマがモノになるには時間が必要だと、そう考えていた。

　それがどうだ、魚里の一軍を相手に、あのウィリス・野呂柿を相手に、タツマは堂々と張り合っている。ヒトの身で、戦いにはとても向いているとは思えなかったオルタの力で。その厳島の誤算は、実はタツマにとっても誤算だった。

（体がキレてる！　まだまだ動ける気がする！　こんなに調子がいいのは初めてだ）

厳島も、そしてタツマ自身も気付いていないことだが、その理由はオルタにあった。

タツマはここ一週間毎日三食オルタの手料理を食べていた。最初は吐き出してしまっていたオルタの料理であったが、出汁の鍋さえ見なければ、タツマはどうにか食べきることができた。オルタからとった出汁はただの出汁ではない。疲労回復の効果がある完全栄養食品である。スポーツ栄養学であるとか、筋肉の超回復であるとか、そんなものは一切頭にないタツマではあるが、オルタの出汁に込められた栄養と疲労回復の効果が、タツマをかつてないベストコンディションへと導いていたのだ。

何も語らぬ守護神は、これまでもずっと、ひっそりと、タツマの力となっていたのだ。

「ええい！　コール！　貴様も遊撃だろうが！　とっととあの一年坊を止めんかぁ！」

「は、はい！」

一軍の遊撃手、コール・スクワルトが、タツマを追って駆け出した。

遊撃手は、ダンジョン競技において最も難しく、過酷なポジションだと言われている。守るも攻めるもその場次第、試合状況への臨機応変な対応力と、誰よりも長い距離を走り続けるスタミナが必要とされるポジションだからだ。

コールは遊撃の控えであった。それは別の言葉では万年の補欠も意味していた。それが一週間前のことだ。正遊撃手である神妙九児が絶望的な怪我をした。報せを聞いたとき彼は、驚き、嘆き、悔やみ、そしてほんの僅かに、喜んだ。

今日の紅白戦、一軍の中ではコールだけは緊張して試合に臨んでいた。彼にとっては遊撃手としての初陣となるこの試合、監督や一軍のチームメートの前で無様な姿を曝すわけにはいかない。活躍して、監督とチームメートに認めてもらい、レギュラーをその手に摑む。そう、思い描いていたはずだった。

「もう一度、キャッチ&リリースで行きましょう！　オルタ様」

ディフェンスに回っていたはずの二軍の遊撃手が、再び守備から攻撃へと転じる。黒い短剣から勢いよく伸びた髪の毛がサンドワームの肉体に絡みつくと、まるでマグロの一本釣りのように、魔物の肉体がぽーんと高く空に舞った。放物線の終わる先、リザードマンの巨剣が魔物をダイレクトで切り裂いた。

その光景を、コールはただ、見上げることしかできなかった。

「何をやっとるかコール！　止めろと言っとろうが！　とっととそいつを抑えんかー!!」

「はっ、はい！　すぐに！」

コールは鹿の獣人だ。他の一軍の選手達と比べれば線は細いが、足ならば自信がある。コンパスのような細い足先から生まれる俊足は、百メートルを八秒で駆け抜ける。神妙九児のいない今の一軍のメンバーでは、守護持ちの金太に次ぐタイムである。純血のヒト族の足など簡単に捉えられる。そう、思っていた。

「カヤ！　行くぞ」

「オーライッ、タツマ」

自慢の足が追いつかない。見上げる先で、今度はトカゲが空を飛んでいく。ヒトの体で、気色の悪い武器で、フザけた戦法で、それなのに自分はあの男を捉えられない。

「氷槍！」

氷のような鋭く冷たい声がコールの耳を突き刺した。空の上のスナトビトカゲは、ウイリスの放った氷柱によって貫かれていた。

「狙ってたのか⁉　ウィリスさん」

魔法使いウィリス・野呂柿の最大の武器、それは精密機械とも呼ばれる正確なコントロールにある。空の上の魔物を魔法で射抜くという出鱈目が、二軍の遊撃手の出鱈目なプレイを封じ込めた。

「……くっ！　すぐに帰ってきます！　次はさせません！」

黒髪の少年はそう叫ぶと、ぐるりと転身し、再び守備へと参加する。守備陣を抜け出した金太のアタックが、少年によって潰された。

（このヤロウッ！）

コールにとって、今日は魚里の新遊撃手としてのデビュー戦だった。弱者の二軍を相手に華々しく活躍する。そんな愉快な妄想を、今朝までは思い描いていたはずだった。

（なんでこの俺が追いつけないんだよ‼）

鹿族自慢の長くて鋭い足先は、蹴るたびに砂浜に絡め取られて、本来の脚力を失っていた。タイムだけに満足し、整地されたグラウンドばかりを走っていたコールは、少年がひそかに練習していた足場の悪い場所での走り方など、学んだことはなかった。

（こっちを向けよ！　俺なんて眼中にないのかよ！　ああッ⁉）

少年はコールを見ない。睨み付けても目を合わせない。少年はコールを無視しているわけではなく、試合の全てを見ていることに、コールは気付いていない。

（なんでただのヒト族が、冒険者なんてやってんだよ！）

ヒト族は冒険者になれない。いつの頃からかそれは常識となっていた。中世の昔には、ヒトの冒険者もたくさん存在していたというのにだ。身体能力に劣る彼らは、工夫と経験と鍛錬によって、亜人達と渡り合っていたという。そんな昔話は、コールは知らない。

「お前一体……、何者なんだよぉっ！」

「ええい！　何者なんだ、あの小僧は！」

バランスを崩したコールが砂浜に転がる。唾と苛立ちをまき散らしながら五井が叫ぶ。対面ベンチの厳島は立ち上がると、凛とした姿勢で一軍監督五井を指差した。

「何者もなにも、あなたが退部にしたヒト族の少年ですよ。お忘れになりましたか？」

その言葉で、ようやく五井は思い出した。セレクションの日、確かに一人だけ純血のヒト族の入部希望者がいたことを。

純血のヒト族で、守護も持たぬクセに、身の程知らずにも魚里のダンジョン部に入部届を出してきた男だ。クビにしてやったら、泣きながら走り去って行った、あの男だ。

「私との秘密の約束は、忘れないでくださいね。監督♪」

五井がクビにしたヒト族の少年は、気が付けば自分のクビを脅かしていた。

**試合経過【試合開始後五十分時点】**
**一軍　69ポイント**
**二軍　51ポイント**

（五）

（何かがおかしい）

一軍の中でその違和感に気付いたのはアイアン・マンただ一人だった。それはブロックが本職である彼だからこそ気付くことができた違和感だった。

（二軍の布陣が、崩れてきている……？）

ウィリスが一人先頭を駆ける。一軍の前衛陣がそれに続いている。

これまでの二軍のディフェンスは、魚里のナンバーワンブロッカーであるアイアンから見ても見事なものだった。一軍のアタッカー達の猛攻を、位置取りと足で潰し続けてきた。遊撃手のヒト族の少年を中心に、柔軟かつ強固な守備体制を敷いていた。

その盤石の守備体制が、今、ここに来て乱れていた。

「五十五分！　もうすぐ一時間よ！」

二軍監督である厳島の声が拡声器から聞こえる。試合開始から五十五分が過ぎた。一軍監督の五井は一時間でコールド勝ちを決めろと言ったが、そんなことは不可能だ。二軍は強い。コールドで勝てるような相手ではない。

とは言っても、負けるともアイアンは思ってはいない。勝ち筋は既に見えていた。

「五十六分！　もう少しだけ頑張って！」

二軍の身を削るようなディフェンスは、もう長くはもたないだろう。ディフェンスは、攻撃よりも遥かに体力を必要とするものだ。しばらくすれば、体力のない者から二軍の選手は次々と脱落していくはずだ。そうなればもう、こちらのものだ。

「五十七分！」

それを見越しているのは自分だけではない。金太などは明らかに力をセーブしている。

金太は要領よくサボる男だ。コールド勝ちがないと判った時点で、後半の一時間だけ働くよう作戦を切り替えたに違いない。猪突猛進タイプのバーンですら、一旦ペースを落としている。

試合展開に合わせ、自然に体力を温存する感覚と習慣を、一軍の選手達は持っている。対する二軍は、自滅へと真っ直ぐに進んでいる。現に彼らの守備は既に崩れ始めている。あれだけよく動いていたヒト族の遊撃手も、足が止まっているではないか。

しかし、アイアンの違和感は止まらない。あの少年の目。あれはどうだ。未だ死んでいないではないか。

　ブロッカーというポジションは、相手の目を見る癖がついている。タツマの目の動きと輝き、突然崩れ始めたディフェンス陣。そして、気づいた。

（……違う！　誘い込まれているのか⁉）

　二軍の守備は崩れたわけではない。わざと弱い場所を作っていたのだ。振り返れば、砂浜に残る足跡が教えてくれた。先ほどから自分達は、丘の上へ丘の上へと誘導されていたことを。

「五十八分！」

　厳島の小刻みなカウントダウンに、疑惑は確信に変わる。アイアンは辺りを見渡しながら懸命に考える。二軍の、厳島ミヤジの狙いが、どこにあるのかを……。

◇

「……それで明日の試合、一時間耐えた後に何をすればいいんですか？　厳島監督」
「そうね、まずは説明するよりも見てもらう方が早いわね。イクアラ君、ちょっとこっち来て運ぶのを手伝ってくれない？」
　イクアラがワゴンカーの中から巨大なガラスケースを担ぎ上げてきた。ガラスケースの中のものを見て、カヤが、「うわっ、よくできてる」と感嘆の声を上げた。

「これって、模型ですか？」

「ええ、そうよ。明日のフィールド、オノミチ水道迷宮の二百分の一スケール模型よ。知り合いのドワーフに特注で作ってもらったの。…………お給料、一か月分でね」

ぼそりと最後に呟いた言葉、厳島の目には涙が浮かんでいた。

「つまりそこまでする価値が、これにはあると？」

「そういうことよイクアラ君。みんなも聞いたことはあるかしら？　この迷宮がなぜ、オノミチ水道迷宮と呼ばれているかを」

厳島は水の入ったポリタンクを取り出すと、キャップを開ける。歴史や伝説に詳しいイクアラがハッとなると、ガラスケースを食い入るように見つめ始めた。

「知っているのはイクアラ君だけみたいね。みんなも冒険者なら地元のダンジョンのことぐらい、ちゃんと調べなきゃだめよ。よーく見ておきなさい。これがオノミチ水道迷宮のもう一つの姿なのだから」

そう言うと厳島は、模型の入ったケースに水を注ぎ始めた。イクアラの三日月のような目が、満月のように大きく開かれていく。

「なるほど！　ちょうど明日がその日なのですか！」

「そう。オノミチ水道迷宮の最大の特徴。一月に一度だけ訪れるこの現象は……」


「満ち潮だ!!」

アイアン・マンがそれに気付いたと同時に、拡声器から厳島の声が響いた。

「六十分！　始まるわよ！」

オノミチ水道迷宮は、まるでオノミチの町そのもののように、高低入り乱れた複雑な形をしている。島の全長は五キロ、幅は一キロほど。その島のいたるところから、突然、間欠泉（かんけつせん）のような水柱が一斉に吹き上がった。

「厳島コーチ！　何なんですかあれは⁉」

カリンが厳島の服の袖をぎゅっと摑み、叫んだ。厳島は「あっ」と声をもらすと、バツの悪そうな顔で、カリンに向き直った。

「そういえばカリンさんには説明してなかったわよね。みんなには昨日のミーティングで説明してたから、すっかり……」

「私、昨日は買い出し行ってたじゃないですか。それよりも何ですかあれ！　あれも作戦のうちなんですか⁉」

「その通りよ。あれがこのオノミチ水道迷宮の名前の由来にもなっている名物の満ち潮、なのよ。一か月に一度だけ、この砂漠の迷宮は海水の通り道になるの。高低差十五メートルの満ち潮が、今から一時間のうちに一気に押し寄せてくるのよ」

「満ち潮って、迷宮にもあるんですか？」

「迷宮はこの世の異界である、この世の常識は通用しないって言われているわよね。でもね、私達の常識が通用しないからといって、法則がないわけではないの。迷宮には迷宮の、それぞれの法則が存在するわ。それがダンジョンを知るということよ」

「……むぅ、私だけ知らなかったなんて、なんだか仲間はずれにされた気分ですよ」

「ごめんなさいね。でもね、知らなかったのはカリンさんだけじゃないみたいよ」

厳島はそういうと、対面ベンチへと視線を動かした。

「おい！　厳島！　貴様二軍だけにダンジョンの情報を教えていたな！　卑怯だぞ！」

「一軍選手との接触を禁じたのはあなたじゃないですか！　というかダンジョンの説明書ぐらい読んでおいてくださいっていつも言っているでしょう！　監督なら！」

厳島はそう言ったが、もちろんこの作戦は、五井が説明書など読まないということを前提に立てられている。厳島が魚里高校のコーチに就任して二年間、これまで何度ダンジョンの情報を資料にまとめて提出しても、一度もそれに目を通さなかったような男だ。

この迷宮に一か月に一度の満ち潮が存在することも、それが今日の午後一時ちょうどに始まることも、五井は全く知らなかった。

「ええい！　貴様らー、うろたえるなー！　たかが満ち潮だろうが、関係ないわい！」

「カヤさん、イクアラ君、行きなさい！」

その言葉を合図に、カヤとイクアラの二人が飛び出した。二人は選手達が固まる丘を、全速力で駆け降り始めた。

「バーン！　金太！　そいつらを追えー！　あの二人だけはフリーにさせるな！」

五井の指示の下に、二人を追いかけようとしたバーンと金太の進路が二軍のディフェンス陣に阻まれた。イクアラとカヤのツートップが二人だけで迷宮を先行していく。

「ケッ、何をするつもりかと思えば、馬鹿の一つ覚えかよ」

吐き捨てるようにバーンが言った。それは先ほどまでの作戦と、一見何の変わりもないように見えた。バーンの前には、目も歯茎も剝き出しにした必死の表情の毛利ミツヤがいる。明らかに限界だ。もう、二軍の守備は数分ももたないだろう。

（焦って追いかける必要はねえ。試合はまだ半分だ）

そう考えたバーンの耳に、地を揺るがすかと思われるほどの、大きな声が轟いた。

「みんな！　走れぇ‼」

一軍の中でただ一人、二軍の狙いに気付いた者がいた。身長二メートル五十センチ。誰よりも高い位置から、注意深くフィールドを観察していたアイアン・マンが、叫んだ。

「取り残されるぞ‼」

寡黙な男の大声が、チームに緊張と危機感を与える。多留簿金太がハッとなって周りを見渡す。二軍の真意を、アイアンの言葉の意味を、ようやく摑んだ。

「こいつら、満ち潮で道を塞ぐつもりじゃあ！」

今、金太達のいる丘はぐるりと低地に囲まれている。ここに潮が満ちれば、丘は離れ小島となり、進むことも引くこともできなくなる。

カヤ達が駆け抜けていったはずの平地は、押し寄せる海水によって、狭い道へとその姿を変えていく。その残された道も、あと二、三分もすれば水の底に沈むだろう。

ダンジョン競技においては、獲得できる魔石の数は攻略距離（きょり）におよそ比例する。閉じ込められてしまっては、これ以上の魔石の獲得はほとんど期待できない。

「冗談じゃないわい！」

金太にとっては、チームが勝とうが負けようがどうでもいいことだ。ただ、自分の魔石集め（楽しみ）を邪魔されることだけは許せなかった。あの二人をこのまま逃がしてしまえば、なんの障害（マーク）もない中で、思う存分魔石を狩るに違いない。そんなオイシイ話に、自分以外の誰かが乗ることなど、認められない。

「冗談じゃねえぞぉッ！」

バーンも同時に叫んでいた。彼にとってはプライドの問題だ。甲子園に行かねばならぬ自分が、同チームの、しかも二軍相手に敗れるなど、そんなことがあってはならない。

金太とバーン、二人はギアを一気に上げると、迷宮の奥へ続くただ一つの道を目指す。

しかし二人の行動ももちろん、厳島の作戦の想定内である。

「どかんかい！　こらぁ！」

「どけやぁ！　てめえら」

迷宮の奥へと続く道の入り口は、既に二軍選手達の人垣によって、堅固（けんご）に封鎖（ふうさ）されていた。一軍の向かうべき道はただ一つ。ならばその一つの道だけを塞いでおけばいい。

体力の限界を迎えているはずの二軍のブロッカー達が、決してここを通さぬと、最後の力を振り絞っている。道幅は既に四メートルを切った。一軍の選手達は、このまま満ち潮が道を閉ざすのを、ただ見守るしかないのだ。

「……うぅーん。でも、これはちょっとずるいんじゃないかなー」

味方であるはずのカリンからの厳しい感想に、厳島は苦笑いを浮かべた。

厳島とて、この作戦には思うところはある。正々堂々の勝負などと思ってはいない。

しかしそうまでしても、この試合に勝つ必要があった。一つはタツマ達を一軍に押し上げ、本来のベストメンバーを作る為に。そしてもう一つは、こういう戦い方があるということを一軍と二軍の両方に教える為にだ。

甲子園に行くということは、甲子園迷宮を知り尽くした全国の強豪校と戦うことを意味している。それこそ、今回の厳島のような作戦をとるチームもいるかもしれない。

己を知り、相手を知り、そして迷宮を知る。それができなければ、甲子園で戦う資格などない。ここでの一軍の敗北は、未来の勝利に繋がるはずだと、厳島は信じている。

もちろん、五井などに自分の貞操は絶対に渡したくないという、厳島の個人的な事情も負けられない理由に含まれてはいるのだが……。

「おい！　厳島！　卑怯だぞ、そんなにしてまで勝ちたいかー！」

対面ベンチから五井の罵声が飛んでくる。たとえ卑怯だと言われようとも、厳島は勝つ為にここにいるのだ。厳島はさらなる鞭を、愛する一軍の選手達に振るう。

「タツマ君、金敷さん！　行きなさい！」

「なんだとぉ⁉」

全ては打ち合わせの通り。一軍の進路を塞いでいた人垣。その両端にいたタツマと金敷が後ろを振り向き駆け出した。

道幅は刻々と狭まっている。そして道幅が狭まれば、人垣の数も減らすことができる。すでに三メートルほどになった道幅をタツマと金敷が駆けていく。直線距離にしておよそ二百メートル。二人の足ならば余裕をもって駆け抜けることができるだろう。

だから、というわけではないが、タツマは一瞬後ろを振り返る。二軍の仲間達に足を止められている一軍の選手達。その中に、真っ直ぐにこちらを見つめるウィリス・野呂柿の姿があった。何を考えているのか。氷の無表情からは何も察することはできない。

これが二軍の、自分達の作戦だ。ウィリス・野呂柿を抑えて勝つ為の作戦だ。タツマはギリッと歯で頬の裏の肉を噛んだ後、二度は振り返らずに砂浜を駆け抜けていった。全力で砂浜を蹴る。心のしこりを、踏み潰すように。


潮は満ちる。道幅はさらに狭くなる。今ではその幅は僅か一・五メートル。その一・五メートルを、五人の選手達による二重の人垣が守っている。

「あかん。こりゃ詰みじゃ」

金太が気の抜けた声で言った。魔石は欲しいが、どうしようもない。戦いの場を奪われれば、いかに一軍とて勝つことはできない。

ふてくされる者、ギリリと奥歯を噛む者、罵声を浴びせる者。そんな中でただ一人だけ、違う表情を浮かべていた者がいた。鋼色の唇の端が、大きく吊り上がる。

最初から全てを見ていた男は、腹の底から突き上げてくるある感情に、知らずに笑みを浮かべていた。

（おもしろい！）

二軍選手達の一連のディフェンスに、自分や一軍の選手達がまんまと誘い込まれたあの作戦に、アイアンは膝を両手で叩いて叫び出したくなった。あんなディフェンスがあったのかと。あんな戦い方があったのかと。

（おもしろい！）

今、二軍は勝とうとしている。自分達より遥かに小さく、弱かったはずの彼等は、ダンジョンを味方につけて圧倒的な実力差を覆そうとしている。戦略というものの奥の深さに、アイアンは、痺れた。

（おもしろい！）

強敵。それは甲子園や、地区予選の決勝で出会えるものだと思っていた。わざわざ遠出をしなくとも、強敵はすぐ側にいた。それも、自分のチームメートという形で。

（ダンジョン競技は、おもしろい‼）

その発見は革命だった。ブロックの技術に秀でたアイアンではあるが、生来の優しい性格と、自己主張しない控え目な性質故に、消極的なプレイから抜け出せないでいた。

魔物に対してはアグレッシブに攻めることができるが、同じ人間である相手チームに対しては、気を遣って一歩引いてしまう。ダンジョン競技をするには、少々優しすぎる男だった。鉄の鉱石族という恵まれた血筋と肉体を持っていたにもかかわらず、二年の冬までレギュラーを取ることができなかったのは、鈍足だけが原因ではなかった。

厳島が拡声器のスイッチを入れる。最後にもう二人、向こう岸へと渡らせるつもりだった。向こう岸に辿り着くべきは全部で六人、最後まで道を塞ぎ続けるのが残りの三人。ただ勝つだけではない。大差をつけて勝つつもりだった。大切な選手達に、ダンジョン競技の裏の姿を知ってもらう為に。

「次、行きなさ……」

「ォォオオオオー!!!」

厳島の指示は、鉄巨人の咆哮にかき消された。

◇　　◇　　◇

「ォォオオオオー!!!」

地を震わせるような大声と共に、アイアン・マンが迫ってくる。ハチネは恐怖で動けなかった。車にひかれる寸前の猫のように、体が固まってしまった。

「ォオオオオオ!」

頭上の怒号が、ハチネを跨ぐように抜き去ると、最後の砦である幾背とミツヤの二人に迫る。道の入り口に門番のように立つ二人。その二人のちょうど真ん中に、肩を突き出し飛び込んでいく。それは鉄巨人による渾身(こんしん)のタックルだった。

　ダンジョン競技においては、相手チームへの攻撃は認められていない。このままアイアンが二人を撥(は)ね飛(と)ばしたならば、ペナルティーどころか退場を宣告されるほどの危険なプレイである。しかし、幾背とミツヤにとっても、ぶつかれば怪我ではすまない。

「う……ああ……」

　幾背の口から、声と勇気が逃げていく。

　チキンレースはアイアンの勝ちだった。詩代とミツヤ、二人が体を逃がしたその場所に、鉄巨人が割り込んだ。まるで観音開きの扉をこじ開けるかのように。アイアンは一人で、最後の砦を攻略した。

「すご――い！　アイアン先輩！」

　カリンが目を丸くして驚いた。隣の厳島も同じ表情をしていた。

（退場覚悟で突進した⁉　いや、違うわ。駆け引きしたのよ！　あのアイアン君が‼）

　愚直(ぐちょく)と言っていいほどに単純なプレイスタイルのアイアンが、こんな大胆なアタックを仕掛けてくるとは厳島には完全に予想外だった。

　しかし、予想外はそれでは終わらなかった。二軍の防壁を抜き去って、そのまま向こう岸まで駆け抜けるものだと思われていたアイアンが、足を止めて、ぐるりと後ろを振り向いたのだ。先ほどまで、幾背とミツヤがいたその場所で。

「バーン！　金太！」

　そんなところで何をしている？　そんな表情で、アイアンは二人の名前を呼んだ。ハッとなった二人が、アイアンに向かって駆けていく。

　今ここに、新たな門番が生まれていた。巨大な鉄の門を通る資格があるのは、一軍のチームメートのみ。アイアンはすっと体を横にすると、二人の為に道を開ける。

「やるじゃねえかっ！　アイアン！」

「ナイスプレイじゃ！」

　二人を通した後、門は再びガチリと閉められる。バーン達を追っていたハチネの前に、鉄巨人が立ち塞がる。ハチネの倍近い身長と、十倍以上の体重を持つアイアン・マン。魚里最強のブロッカーである彼のディフェンスは、ハチネでは崩すことができない。

「忘れていたわ。完全に……」

　厳島の戦略を、アイアンは封じ、それどころか同じ形で突き返した。アイアンの存在を忘れていたわけではない。厳島が忘れていたのは別のことだ。

「試合中に成長するのは、タツマ君だけじゃなかったのよ……」

　良い試合ほど選手を成長させるものはない。アイアンもまた、この試合でブロッカーとして一皮剝けていた。

「アイアン先輩、通ります！」

　道幅は既にほとんどない。金太とバーンに続き、俊足のコールが道の消えるギリギリのタイミングでアイアンの門を潜り抜けた。コールの細く深い足跡が、刻まれた側から満ち潮によって消えていく。

　一軍も二軍も、これ以上は誰も通り抜けられない。そう、誰もが思ったに違いない。

「アイアン！」

　最も遠い位置にいたはずのウィリスが全力でアイアンに向けて駆けてくる。

「飛ぶから！」

　言葉足らずのウィリスの言語は、相変わらず難解ではあったが、その時、この瞬間だけは、ウィリスが何をしたいのかをアイアンも理解することができた。

　ウィリスは真っ直ぐにこちらに走ってくる。鉄の体の自分に向けて、怯むことなく。

　アイアンは自然に身を屈めると、バレーのレシーブのような形ですっと両手の平を前に突き出した。ウィリスの足が、アイアンの手の平に重なる。ウィリスの踏み切りに、アイアンの投擲が合わさる。

「飛べぇっ!!」

　アイアンのアシストを得て、ウィリスは文字通り空を飛んだ。二人の力が重なって生まれた十五メートルほどの跳躍は、すでに満ち潮で埋まっていた道程を一気に飛び越した。

　着地の衝撃を前に転がりながら逃がすと、砂を体中にまとわせながら、すぐに立ち上がって前へと走る。恐らくは何らかの能力も使っているのだろう。凄まじい身体能力で、左右から迫る満ち潮を躱しながら、ウィリスは道なきその場所を駆けていく。

「……作戦は全部パアね。みんなこっちの想像を上回ってくれるんだもの」

策を破られたはずの厳島の声は、明るかった。拡声器のスイッチを、入れる。

「みんな！　作戦なんてもうないわ！　残り一時間、あなた達の好きになさい！」


潮は満ち、丘は既に島となっている。戦場を求めて、戦乙女が島へと駆け込んでくる。

その最後の一歩、吹き出した水柱にウィリスの足が絡めとられた。ぐらりと体勢を崩し、前に突き出したウィリスの右手が、誰かの手によってしっかりと受け止められた。

「こっからがホントの勝負です！　今度は、負けません！」

ウィリスの手を握るのは、日焼けした、タコだらけの手。

笑みを浮かべながらぐっと自分の体を引き上げたその少年に向けて、ウィリスは僅かに、しかし確かに笑い返したのだった。

# 第四章 彼の戦い、彼女の戦い

Uosato High School Dungeon Club

## （一）

「くそっ、もう行けないか！」

「泳げば行けるんじゃないか？」

「馬鹿いえ、防具（プロテクター）をつけたままで泳げるか！　それに見ろ、海からモンスターが湧（わ）き始（はじ）めてやがる」

「げっ、水生系モンスターかよ。さすがにそりゃ泳げねえな」

「進むのは無理だ。一旦戻るぞ！　早くしないと取り残される！」

奥への道を閉ざされた一軍の選手達は、やむを得ず未（いま）だ道の残るセーフティーゾーンの方角へと引き返して行く。満ち潮の始まった迷宮は、ゆっくりと衣装替えを始める。

巨大な一つの島であったフィールドは、満ち潮によって、いくつかの島へと分かれ始める。尾根であった部分が道となり、島と島を繋（つな）げていく。

スナトビトカゲやサンドワームといった魔物が砂の中へともぐりこむと、蟹（かに）や魚やクラゲの形をした魔物達が海の中から湧き始める。砂漠の迷宮から海と島の迷宮へ、ダンジョンはその姿を変えていく。

ダンジョンが変われば、戦い方も変わる。これまで一軍選手達を抑え続けていた二軍のブロッカー陣は、自陣のセーフティーゾーンに向けて真っ直ぐに駆け戻っていた。

「みんな、本当にお疲れ様！　よくやってくれたわ、交替よ！」

交替要員のウォーミングアップは既に終わっている。これまで一軍を抑え続けていたディフェンス陣達の疲労はピークに達していた。この交替も、厳島(いつくしま)の作戦のうちだ。

「……ハァッ、……ハァッ、スマン川通(かわどおり)、あとは頼んだ」

「謝る必要なんてないわよ。いいプレイだったじゃない。堂々と休んでなさいよ」

三年生の魔法使い(ピッチャー)、川通胡桃(くるみ)が毛利(もうり)ミツヤの右手をパンッと叩いた。自軍のセーフティーゾーンまで戻ってきた二軍のメンバーは五人。守備力と運動量(スタミナ)を重視したメンバー編成から、攻撃重視へのメンバーに変更が行われていく。

満ち潮により、迷宮の奥へは進めなくなったものの、海からは水生系モンスター達がぽつぽつと浜辺に上陸し始めている。戦いはまだ終わったわけではない。

「ハチネさんも幾背(いくせ)さんもお疲れ様。後はゆっくり休んで」

ねぎらいの言葉と、タオルを渡そうとした厳島。しかしハチネは、むすっとした顔でそっぽを向いた。

「私、まだまだやれるし」

「わたしもー、もう少し頑張りたいですー」

ハチネがそっぽを向いた先には、アイアン・マンの姿があった。先ほどはアイアンの気迫のプレイにやられた二人ではあったが、どうやらあのままでは終わりたくないらしい。

厳島は二人の目をじっと見つめた後、交替要員を下げた。

「……わかったわ、その代わり、駄目だとこちらが判断したら今度は強制交替よ」

「「はいっ‼」」

二人は力強い返事を返すと、再び戦場へと走って行った。

「まったく、今年の一年生はみんなやんちゃなんだから」

厳島は楽しそうに呆れた。


「ぬぉおおっ！」

イクアラの巨大なバスタードソードが、浜辺から上がってきたばかりの蟹岩石を真っ二つに叩き割る。蟹岩石は、岩の甲羅と巨大なハサミを持つモンスターである。体長は一・二メートルほど。ここオノミチ水道迷宮では最も手ごわい魔物であるが、戦神の守護を纏ったイクアラの強烈な一撃は、岩の甲羅などものともしない。

（コイツ……、強えッ！）

それを間近で見たバーンは、驚きの表情を隠さなかった。攻撃力だけならば魚里最強と自他共に認めるバーンから見ても、イクアラの一撃は本物だった。

(どうなってやがんだ、今日の二軍は⁉)

前半のディフェンスに、満ち潮を利用した作戦。よく分からない武器で立ち回るヒト族の少年。そして今、自分の目の前には自分に迫るほどの一撃を放つ男がいる。ただの紅白戦がこんな試合になるなど、バーンは全く想像していなかった。しかも試合は、まだ半分を折り返したばかりである。

「何でかはよくわかんねえが、おもしれえことになってることだけはわかんぞぉ‼」

バーンは獰猛な笑顔で吠えた。

二軍の予想以上の実力に驚いていたのはバーンだけでない。多留簿金太。魚里一の俊足を持つ彼にして、その少女は捉えきれない。

(速い速いとは聞いとったが、ホンマモンやないかい！)

中学時代から最速のリードオフマンとして名を馳せていた少女が、魚里高校に入学したという噂は、金太も小耳にはさんでいた。しかしその少女が二軍に落ちたという話を聞いた時には、所詮はその程度のものだったかと、たかをくった。

「はぁあっ！」

気合いの声と共に、赤い棍がジュエリーフィッシュの核を突き破る。のっそりと陸へと上がってきたクラゲのような魔物の魔石は、赤髪の少女が誰よりも速く摑みとった。

多留簿金太を完全に置き去りにして。

噂は本当だった。これは本物の才能だと、金太は感じた。だから……、

「芽は、早いうちに潰しとかんとなあ」

多留簿金太が、ぬたりと笑った。

「タツマ、三叉路よ！」

先頭を駆けるカヤが、顔だけで振り向く。

今、迷宮は満ち潮により、いくつもの小島を形成している。タツマ達のいる島からは三つの道が伸びている。この三叉路については、昨日の時点で厳島から模型によって説明を受けていた。ここで分かれた三つの道が再び交わるのは迷宮の最奥。それまでは、それぞれの道が交わることはない。

ダンジョン競技において、分岐は戦略の分かれ目となる。いずれかのルートを捨てるか、それとも全てのルートを取るか。タツマ達は後者を選んだ。

「私は左を貰うわ！」

「では、私は右を行こう」

「じゃあ、俺が真ん中だ！」

左回りのルートをカヤが、右回りのルートをイクアラが。そして中央の、最も島数の多いルートがタツマの担当となった。

「ええっと、私は……」

「金敷さんは中央のルートでタツマのフォローを頼む。おそらくは魔物の数が最も多いルートだ」

「あ、うん！　須田君、よろしくね」

「ああ、こちらこそ頼む！　金敷」

三つに分かれるタツマ達二軍、それに対し一軍は真っ向勝負で迎え撃つ。

「6番はオレがもらう！」

バーンがイクアラを指差した。イクアラの肩には、ゼッケン6番が嵌められている。

「ワシは3番じゃ！」

金太の指の先にいるのは、ゼッケン3番、カヤである。

バーンと金太は、それぞれの獲物を見定めた。戦力を分散した二軍に対し、一軍の選んだ作戦はマンツーマン。真っ向勝負の点取り合戦だ。

バーンとイクアラ、両軍のパワーアタッカー達が右のルートへ走り出す。左のルートでは金太とカヤ、リードオフマン同士の対決が始まる。そして中央のルート、遊撃であるタツマには、

「18番！　あいつは俺がマークする！」

同じく一軍の遊撃であるコールが、ゼッケン18、須田タツマを指差した。遊撃のレギュラーを狙うコールにとっては、目の前の二軍の遊撃手に負けるわけにはいかない。前半戦では後れをとったが、このままで終われるわけがなかった。

そして最後の一人、魔法使い(ピッチャー)、ウィリス・野呂柿(のろがき)は、

「18番」

コールと同じ番号を、口にした。

「いや、ウィリス先輩、18番は俺が」

「18番」

「あの……、だから、遊撃の俺が……」

「18番」

「ええっと……」

「18番」

「……じゃ、じゃあ俺は、14番でいいです……」

コールは最後に金敷を指差した。

タツマに向けて、ウィリスはその細くしなやかな指を伸ばす。

「……ウィリスさん？」

「18番」

チームとチームの戦いから個と個の戦いへ。一軍対二軍。互いの意地や夢をかけた個人戦の幕が開いた。

## （二）

個人戦。それは文字通り個々の実力こそがモノを言う。攻撃力にスピード、技術にスタミナ。個々の戦いであれば、そのどれにおいても圧倒的に一軍が有利である。誰もがそう、思っていたはずだった。

「おらぁああ！」

「フンッ！」

海から上がってきた二匹の蟹岩石を、拳と剣が一撃のもとに魔石へと変えた。イクアラとバーン。二人のパワーアタッカーの対決は拮抗していた。

（コイツ、やっぱとんでもなく強ぇえッ!!）

一対一で対峙することでより分かる、この男は一軍どころかすぐにでもレギュラーに名を連ねるべき実力を持っている。おそらくはその実力も、未だ全てを見せてはいない。

「なんでてめえみてえなのが二軍で燻ってんだよっ!?　一年坊のリザードマン！」

なぜ、この男が二軍などに甘んじているのか。魚里高校のダンジョン部に入部しておきながら、なぜ上を目指そうとしないのか。先達からの苛立ちと賞賛が混じり合った問いに、イクアラはいつもの淡々とした調子で答えた。

「大した理由はありませんよ。入部したその日に、五井監督に逆らっただけです」

なんでもない風に言い放ったイクアラの言葉に、バーンは一寸、ポカンと呆けた。その後、開いた口から漏れようとする笑いを懸命に噛み殺した。

「……クックック、参ったなぁ、そりゃあ最高に解りやすい理由だわ。おい、リザードマン、お前名は？」

「イクアラ・スウェートです。バーン先輩」

「覚えたぞイクアラ！　馬鹿は嫌いじゃねえぞぉ！」

バーンとイクアラ。二人に浮かぶのは動と静の対照的な笑みである。しかしその本質は、戦闘本能に由来する全く同質のものだ。

二人は魔石を拾いあげると、次の島へと駆け出した。


「シィッ！」

短く吐き出した息と共に、赤い髪が跳ね上がる。韋駄天の守護を纏う神速の少女には、誰も追いつくことなどできはしない。波打ち際のジュエリーフィッシュを、カヤの棍が横薙ぎに弾き飛ばす。

「ナイスパスじゃあ！　天狗の嬢ちゃん」

その言葉はもちろん皮肉である。まるでカヤと最初から打ち合わせしていたかのように、金太は弾き飛ばされたジュエリーフィッシュの先で待っていた。そのまま一歩も動くことなく、飛んできたジュエリーフィッシュの核を、懐から取り出した匕首であっさりと切り裂いた。

相手が倒しきる前にトドメだけを奪う。これが金太の十八番、スティールである。

単純に足だけを比べるならば、カヤの方が幾分速い。しかし、経験や勝負カンにおいては金太の方が遥かな高みにいる。相手の動きの癖や魔物の特性を判断し、最も少ない動きで最良の結果を生み出す。それが多留簿金太のプレイなのだ。

その彼の特性は、今のように相手にマンツーマンで張り付いた時にもっとも効果的に発揮される。ヒロシマナンバーワンと言われるスティールの才能によって。

「リードオフマンはのぉ、ただ足が速いだけじゃあ務まらんのじゃ」

ジュエリーフィッシュの魔石を掴むと、金太はぬたりと笑いながらカヤの方を振り返る。しかし、悔しそうにこちらを見つめているはずの少女の姿は、どこにもなかった。

「ハァアッ！」

声の方に首を向けると、既にカヤは先へと進み、新たに海から湧いてきたジュエリーフィッシュの核を、今度は一撃で叩き潰していた。少女は金太の方に振り返ると、赤い髪を炎のように翻し、高い温度の声をあげた。

「だったら！　もっともっと速く動きます！」

それだけを言うと、カヤは金太のことなどまるで眼中にないかのように、次の獲物へと走り出した。金太の特徴であるぬたりとしたいやらしい笑み。その笑みから、余裕と嘲りが消えていく。

「なるほどのぉ……、やってみいやぁあ！　天狗の嬢ちゃん！」

韋駄天とヘルメス。東洋と西洋の俊足の神の守護を受けた二人が、最も距離の長い左回りのルートでぶつかり合う。

力対力、スピード対スピード、個人と個人がぶつかり合う両翼のルートに対し、四人が行く中央のルートは一人の選手によって、支配されようとしていた。

「氷結！」

水中に漂うジュエリーフィッシュを、ウィリスの魔法が氷づけにした。バスケットボールほどの大きさの氷塊が、固化による比重の違いで海面へと浮かぶ。その氷を、遅れてやってきた黒い髪の鞭が中身ごとバラバラに砕いた。

「ノーカウント！　ポイントは一軍！」

審判の判定はタツマ達の攻撃を認めなかった。ウィリスの魔法により、既にジュエリーフィッシュは致命傷を受けていたという判断が下されたからだ。死体に鞭を打っても、スティールは成立しない。

（やっぱり、ウィリスさんだけは絶対に通しちゃいけなかったのよ……！）

双眼鏡を覗きながら、厳島は下唇を噛む。中盤での分断作戦は、ウィリスを奥のフィールドに進ませぬことが最重要の課題だったのだ。

通常、水生系モンスターと戦う時は、海に上がってきた魔物だけを相手にする。海中は魔物達のフィールドだ。魔物が浜辺に上がった時が、戦いの始まりとなるのである。

しかし、正確無比な氷の魔法に加え、水流を自在に操る水の魔法を持つウィリスだけは、魔物達が陸地へと上がる前に先制攻撃を放つことを可能としていた。

ウィリスにとって、オノミチ水道迷宮の満ち潮は、追い風ならぬ追い潮となっていた。

「これじゃあ駄目だ！　まずは先手を打たないと！」

判断の速さと運動量、それがタツマの武器である。波間に僅かに覗く魔物の背びれを、タツマはいち早く視界に捉える。助走をつけて上方へと高く飛ぶと、ハンドボールのシュートのような格好で、オルタを海に向かって振り下ろす。

遠心力とスピードを付けたオルタの鞭の一撃は、大きな水音と、派手な水飛沫を迷宮の海にまき散らした。

魔物を確かに捉えたかに思われた渾身の攻撃。しかし、当のタツマは歯噛みしながら海を睨む。水飛沫が引いた後、オルタの髪から逃れたサハギンは、悠々と海を泳いでいた。

ウィリスとは逆に、タツマは海の中の魔物に対しては攻め手を欠いていた。これまでタツマを助けてきたオルタの髪の鞭も、その特性上、水面と衝突するときに大きく威力と速度を削がれてしまう。魔物が海中にいる以上、オルタでは捉えきることができない。

「跳ね水！」

冷たい詠唱の声と共に、タツマの起こしたものとは別の水飛沫が上がる。海中のサハギンが、高く空へと打ち上げられた。

「氷銛！」

空を泳ぐ魔物の肉体に、すかさずウィリスの魔法がトドメを刺した。タツマには手を出す隙すら与えなかった。

「いいぞぉー！　ウィリス！　その調子でどんどん倒せぇ！　おいコール！　何をぼーっとしとるか、貴様はウィリスの魔石拾いだ！」

「はっ、はい！　了解しました！」

タツマと同じく戦いに参加できていなかったコールは、浜辺に落ちた魔石の方へと慌てて走って行った。魔物を倒した後に出現する魔石は、同チームの選手であれば、代役で拾うことが許されている。彼らは魔石拾いと呼ばれ、仲間が倒した魔石を拾い集めることで、チームをサポートするのだ。地味な役割ではあるが、それがいるといないとでは、攻略のスピードが全く変わってくる。

コールは魔石を拾うと、背中のリュックに放り込みしっかりと蓋をしめる。

試合中に獲得した魔石は、試合終了後にセーフティーゾーンに置かれている審判の天秤と呼ばれるマジックアイテムに載せることで初めて正式なポイントとして認められる。それは中世の時代、冒険者達が審判の天秤で魔石と金貨を交換したという故事に基づくルールである。

魔物を倒すだけが冒険者の仕事ではない。迷宮から稼ぎを持ち帰るまでが、冒険者の仕事なのだ。ダンジョン探索がスポーツとなった現代においては、有名無実のルールではあるが、中世から受け継がれた何かが、こうして今でも残っている。

「タツマ君！　海の魔物は諦めて！　陸地の魔物だけを着実に倒していきなさい！　金敷さんは、タツマ君の魔石拾いをお願い！」

　厳島の指示は的確なものだった。海はウィリスの為のフィールドである。そこで張り合っても、悪戯に体力を消耗するだけだ。

　タツマは強く歯噛みすると、岩場を這う巨大なフナムシの魔物に向かって駆け出した。倒せる魔物だけを倒せ。それがダンジョン競技のセオリーなのだから。

（潮が満ちれば満ちるほど、そこはウィリスさんの独壇場になる。ここからは、ウィリスさんの取りこぼしを狙うしかタツマ君に得点のチャンスはないわ……）

　潮は満ち続けている。四人の選手が集まる中央のルートは、ウィリス・野呂柿ただ一人によって支配されようとしていた。

**試合経過【試合開始後七十五分時点】**
**一軍　105ポイント**
**二軍　77ポイント**

（三）

ダンジョン競技は長い。百二十分、休憩なしで行われるこの競技は、終盤に近付けば近付くほど、選手達の地力が問われるスポーツである。スポーツは強い者が勝つとは限らない。しかし、強い者により多くの勝機が与えられることもまた、事実なのだ。

「捻り水！」

海中に生まれた激しい水の渦が、海中にいたサハギン二匹をまとめて襲う。渦は海面から隆起すると竜巻へとその形を変えて、空に向かって高く伸びる。空に上った水の竜巻はぐるりと向きを変えると、地上の岩肌にサハギンを無慈悲に叩きつけた。背骨と身を粉々に砕かれた魔物達は、しばらく痙攣を続けた後に、二つの小さな魔石に変わった。

「ああー、またウィリスさんの得点だー」

カリンのスコアブックはウィリスの欄の書き込みだけが飛び抜けて多い。タツマとウィリスがぶつかり合う中央のルートの戦いは、一軍の一方的な優勢で進んでいた。

「タツマ君もよく戦っているけれど、相手とフィールドが悪すぎるわ……」

厳島の言葉通り、タツマは陸上の獲物だけを確実に仕留め続けていた。しかし、時計の針が進むと共にウィリスに喰らいつくことができなくなっていた。

潮が満ち、陸地の面積が少なくなればなるほど、タツマの勝機は失われていく。タツマの手の届かぬ海の魔物を、ウィリスは淡々と、簡単に、葬り続けていった。

「二軍のみんな、負けちゃうんですか？　タツマ君、あんなに頑張ってるのに」

カリンの言葉を厳島は首を静かに振って否定した。

「個人の成績と試合の勝ち負けとはまた別よ。ダンジョン競技は団体戦。タツマ君がウィリスさんに負けたとしても、他でその差を埋めれば、試合の行方は分からないわ」

勝てる、とは言えなかった。厳島は祈るような気持ちで、左周りのルートへと目をやる。中央のルートでウィリスが得点を重ね続ける中、それでも二軍が一軍に追いすがることができていたのは、ひとえに赤髪の少女の俊足の賜物だった。


「シイッ！」

鋭く気と息を吐き出しながら、カヤの刺突がオーシャンワームの額に突き刺さる。

「ちょっとはこっちを待たんかい！　天狗の嬢ちゃん！」

後ろから聞こえた声には耳を貸さない。頭部がへしゃげ、動きを止めた魔物を前に向かって弾き飛ばすと、弾くと同時に追って、追いついた。

未だ転がり続ける魔物に向けて、赤い棍の容赦のない打ち下ろしがトドメを刺した。

「おぃぃ！　ワシのぶんも残してくれっちゅうとるじゃろうが！」

カヤは金太を抑えていた。金太の十八番であるスティールを、上回るスピードによって完全に封じ込めていた。韋駄天から与えられたアビリティー、『神脚』を使ったカヤの足は、魚里の一軍で最速を誇る金太ですら、捉えることはできなかった。

カヤの足は止まらない。反対側の浜に上陸してきたサハギンを視界にとめると、鋭い孤を描き転身する。先行していた金太を抜き去ると、長いリーチの棍の突きを放つ。

口を大きく開けて威嚇していたサハギンは、まるで鮎が串を打たれるように、口から腸まで一気に貫かれた。浮袋か何かが潰れたのだろう、声帯を持たぬはずの魚の魔物から、「グェブッ」と、嫌な音が漏れた。

「うっひゃあ、可愛い顔してエグいことするのお」

カヤのすぐ右後ろから金太の声が聞こえる。スティールは、させない。

「ハァアッ！」

未だ命の灯を僅かに残すサハギンを、カヤは棍ごと、左前方に向かって打ち下ろす。魔物は一度だけビクンと跳ねると、静かにその身を魔石へと変えた。

「おーおー、そこまでせんでも、もう死んどったじゃあないかぁ？」

金太の揶揄する声には、カヤは決して耳を貸さない。試合中、延々と囁いてくる金太に対して、カヤは苛立ちながらも無言を貫き通していた。多留簿金太とは話をするな。ヒロシマの高校生冒険者達の常識である。金太の囁きは、相手のペースを乱す為の作戦なのだから。多留簿金太には、弱みも隙も見せてはならない。

カヤは次の獲物を求めて砂浜を強く蹴った。カヤの最速を生む両足。絵巻物に見られる天狗の如く、空をも駆けそうな二本の足は、その時、なぜか絡み合っていた。

――えっ？――と思ったが、声は上げられなかった。

勢いよく駆け出したつもりだったカヤの体は、その勢いのまま転倒し、砂浜へと身をうずめる。熱い砂との摩擦で頬が焼けた。

カヤはすぐに両手を地について顔を上げると、片膝をついた状態で地を叩き潰すように強く蹴りあげた。陸上のクラウチングスタートに似たその初動は、再びカヤを、神速の域へと運んでくれるはずである。

しかし、砂浜を強く蹴り上げるべき左足は、砂の表面を浅く引っ掻くだけだ。カヤの体が再びぐしゃりと地に潰れる。何度立ち上がろうとしても、カヤの自慢の神足は、砂浜の表面をただ滑るだけだった。

「ここまでみたいじゃのお、まあ、頑張ったんじゃあないか？　ルーキーにしては」

焦るカヤの耳に、のんびりとした声が聞こえる。

「前半からあれだけ飛ばし続けたわりには、よぉもったほうじゃと思うぞ？　砂浜っつうのは想像以上に足にくるからのお。……まあ、こんな場所で全力疾走なんざ、ワシなら絶対にごめんじゃが」

体をそちらに向けようとしても、痙攣する足がそれを許さない。

「なあ、天狗の嬢ちゃん、嬢ちゃんはワシを抑えとったつもりじゃったんかもしれんがのお、そりゃあ勘違いっちゅうもんじゃ」

体が動かないから、カヤは首だけを、声の方へと動かした。

「嬢ちゃんがワシの前を走っとったんじゃない、ワシが嬢ちゃんの後ろを走っとっただけじゃあ。ラクしたかったけんのぉ」

狸族の獣人が、ぬたりと笑うのがカヤの目に映る。

「気付いとったか？　自分の動きにどんどん無駄ができとったんを。その無駄を埋めようと、さらに無駄に足を動かしとったんを。ワシのスティールを警戒するあまりにのお」

金太の笑みは、死にかけの獲物を転がして楽しむような、嗜虐的な悦びを湛えていた。

「スティールはな、あると思わせるだけで武器になんのよ」

カヤはようやく自分の過ちに気が付いた。金太のペースに乱されまいとしていたことが、すでに自分のペースを乱してしまっていたことに。

「中学じゃあそれなりにぶいぶい言わせとったみたいじゃが、ペース配分もできん時点で、所詮は中学レベルっつうこっちゃ」

心が屈辱に塗り潰される。顔が天狗の面のように赤くなっていく。カヤの赤い顔を見ながら、金太はいっそう楽しそうに嗤う。

「天狗の鼻が折られた気分はどうじゃ？　それじゃあの、さいならじゃ」

その言葉を最後に、金太はカヤを置き去りにし次の島へと駆け出した。その速度は、カヤの後ろを走っていた時とは比べ物にならない。『後ろをついて走っていた』その言葉がハッタリでも強がりでもなかったことを、金太は足で証明した。

「ああ……っ、あぁああっ！」

カヤの足は動かず、言葉未満の無様な叫び声を上げることしかできなかった。

（やられたッ！　あの金太君が妙に大人しすぎると思ったら……！）

浜辺に転がるカヤを見ながら、厳島は悔いていた。金太のことを侮っていたわけではない。しかし、ムラッ気と怠慢プレイが目立つその男の性質を読み違えていたことは否めない。カヤの何が金太をその気にさせたのかは厳島には分からないが、一度スイッチが入ってしまえば、才能と搦め手を駆使しながら、必ず目的を達成してしまう。それが多留簿金太という男なのだ。

戦況は変わる。これまで一軍に喰らいつく原動力となっていたイクアラとカヤの両翼、そのうちの一つが金太によってもがれてしまったのだから。

フリーとなった金太は、悠々と一人で魔物の相手をし始める。中央のルートでは、満ち潮の地の利を得たウィリスがタツマを圧倒し続けている。

三つの戦いの内二つで負けた。残り時間は三十分、一軍には依然30ポイントのリードがある。差を詰められる要素は見当たらない。

「終わるわ……」

心の中の呟きは、思わず口から漏れ出していた。

（終わる……）

タツマとてそれを感じなかったわけではない。いや、タツマに限って言えば、厳島よりも早くに終わりを予感していた。淡々と魔物を葬り続けるウィリスに対し、なすすべもないタツマ。三年前、タツマが負けたあの日と何も変わっていないのだから。

カヤ達がいくら奮戦しようとも、ウィリス・野呂柿を倒さぬことには、どのみち二軍の勝ちはない。勝利への嗅覚が、敗北へのデジャヴが、タツマにそれを教えていた。

「氷槍！」

氷の槍が、浅瀬を這う蟹岩石の背中を貫いた。全身が岩で覆われ、高い耐久力を持つ蟹岩石ではあるが、背中の甲羅の拳大ほどの窪みだけは柔らかな急所となっている。もっとも、遠距離から正確にそれを貫くなど、ウィリスにしかできぬ芸当であろうが。

水流の魔法で打ちあげられた魔石が、魔石拾いのコールの手へと吸い込まれていく。

今、海はウィリスによって支配されていた。そして満ち潮は海を広げ続けている。

タツマがどれだけ待ったところで、満ち潮が引き潮に変わるわけではない。倒せる魔物だけを倒すとか、やれる範囲でベストを尽くすとか、待つだけの者に、勝機は巡ってこない。タツマはついに、覚悟を決める。

「やっぱり……、脱ぐしかない！」

常識を脱ぎ捨てなければ、境界を踏み越えなければ、タツマに勝ちはないのだから。

厳島達がカヤの敗北に目を奪われていた中、タツマは一人、プロテクターを脱ぎすてた。シャツを脱ぎ、裸足になると、ズボンを膝下から迷うことなく切り裂いた。

毛皮も鱗もないヒトの剝き出しの体が、ダンジョンの空気に曝されていた。最後にショートソードとオルタの短剣を見比べた後、ショートソードを浜辺に突き刺した。

「須田君⁉……一体何を⁉」

タツマの側、サポートについていた金敷の疑問を置きざりに、タツマは海へと駆け出した。前方では、すでにウィリスが次の魔物に向けて詠唱を始めていた。

タツマはウィリスの隣を駆け抜けると、海に突き出した岩場から高く大きく空へと跳ねた。翼の形に広げた両腕で、夏の太陽を受け止めながら、海に向かって羽ばたいた。

ウィリスの瞳が、大きく縦に開かれる。氷の心を持つと言われるウィリスの詠唱が、乱れて、止まった。

「いやっほうっ！」

代わりに響いたのは、間抜けで場違いな掛け声だった。恐怖を潜り抜けた心が、戦いに酔った脳細胞が、タツマにそう叫ばせたのだろう。その声は、小学生が度胸試しと称して堤防から海へと飛び込んでいくあの歓声に似ていた。

タツマは空中で弧を描くと、短剣を両手でしっかりと握り、手から海面へと侵入する。

タツマが握るのはオルタの黒い短剣ただ一つ。つまりはナイフ一本で、防具を脱ぎ捨てたヒトの体で、魔物の待つ危険な海へと飛び込んだのだ。


水面が弾け、泡が散る。青い海に、赤い血の色がシミとなって浮かんでいく。

しばらくの無音の後に、赤いシミの中央からタツマが水面に顔を出す。タツマの肩には、大型のブリほどの大きさのサハギンが担がれており、その胸びれの所には黒い短剣が突き刺さっていた。

タツマが本能的に行ったこの行為は、インドネシアでは古くから伝わる飛び込み漁と呼ばれる原始的な漁法である。陸地から体重と位置エネルギーを加えた飛び込みで魚を貫く。陸を這いずることしかできなかった人間達が、海の魚を取る為に、海鳥を真似(まね)て編み出した手法だったのではないかとも言われている。

ヒトは可能性の種族だという言葉がある。ヒトは、無理だと思われていた常識を、不可能だと思われた限界を、越えることで成長してきた種族なのだから。

海から一人の少年が上がってくる。一度踏み越えてしまえば、そこはもう、ヒトの手の届く領域だ。バクバクと鳴る心臓(しんぞう)で、子供のような笑顔で、少年は吠えた。

「負けませんウィリスさん！　たとえ、海の中でも！」

全身全霊のパフォーマンスの後の、今日、二度目の宣戦布告。こちらを真っ直ぐに見つめ返すウィリスの無表情が、確かに笑ったように、タツマには見えた。

## （四）

『ピンチの後にはチャンスあり』誰が言い出したのか、ダンジョン競技の諺である。困難を防ぎ、確率だとか、実力だとか、そういう言葉では説明がつかない摩訶不思議。困難を防ぎ、乗り切った者だけに、運命の女神は勝機を与えるのだ。

「須田君、あそこ！　ジュエリーフィッシュの変異体！」

それを見つけたのは金敷だった。彼女が指差す方向へ、タツマは一も二もなく駆け出した。

変異体とは、ダンジョンに極々稀に現れる突然変異種のことである。変異体は通常種と比べて、並外れた強さと、巨大で高価な魔石を持ち合わせており、その出現率は数十年、あるいは数百年に一度と言われている。本来ならば、タツマ達高校生冒険者がお目にかかれるような相手ではない。

しかし、ことジュエリーフィッシュの変異体となれば話は別だ。クラゲのような姿をしたこのスライム系モンスターは、同種との融合を繰り返すことにより、自らの力で、変異体へと変態する魔物なのだ。しかも変異したところで、その強さは変わらない。

何度も融合を繰り返したジュエリーフィッシュは、その身を宝石のように美しい色へと変えていく。そしてジュエリーフィッシュの持つ魔石もまた、美しく良質なものへと変わっていくのだ。歴史上数例しか確認されていないが、何十万回という融合を果たしたジュエリーフィッシュは、その身をダイヤのような無色透明に変えるそうだ。ダイヤモンド・ジュエリーフィッシュとも呼ばれるその魔物の魔石は、もしも市場に出れば、数十億円の価値を持つといわれている。

今、タツマ達のいる海を泳ぐジュエリーフィッシュは琥珀色。ジュエリーフィッシュの変異体としては最も価値が小さく、二日に一度は目撃される程度のレア度にすぎない。が、それでも繰り返された融合で変異をとげた魔物の魔石は、一匹で10ポイントの得点となる。この迷宮でもっとも魔物ランクの高い蟹岩石の得点が一匹4ポイントであることから考えると、破格のポイント数と言えよう。未だ大きく水をあけられている二軍にとっては千載一遇のチャンスである。

「おぁああっ！」

浜辺で十分な助走を得たタツマが、気合の咆哮と共に海へと大きく跳躍する。空中でぐるんと体の向きを変えると、海中の魔物へとその切っ先を傾ける。

タツマが見つめる先では、琥珀色のジュエリーフィッシュが波の間に漂っている。青い海に浮かぶ琥珀色の宝石へと、タツマの持つ黒い短剣が吸い込まれていく。

しかし、それを狩ろうとするのはタツマだけではない。相手のパフォーマンスで詠唱を乱すような愚を、彼女は二度と犯さない。

「寄せ水！」

　タツマの短剣がジュエリーフィッシュの核を貫く直前、ウィリスの水流を操る魔法が発動する。魔法によって造られた急流がジュエリーフィッシュを浜辺へと押し流し、タツマの剣からするりと逃した。目的を失ったタツマの一撃は、虚しく海中に沈んだ。

　しかしタツマも諦めの悪い男だ。海中でくるんと水泳のターンのような形で転身すると、海底を両足で蹴り、浜辺の方へ流されていたジュエリーフィッシュにもう一度喰らいつく。クロールをかいた右腕を、短剣ごとジュエリーフィッシュへと振り下ろす。

「跳ね水！」

　そこにウィリスの水流の魔法が再び発動した。穏やかな海に水柱が上がる。先ほどの波と同じ、なんの攻撃力も持たない魔法であったが、その効果は高い。

　ジュエリーフィッシュは、まるでビーチボールのようにぽーんと空へと打ち上げられると、タツマの剣の射程から遥か彼方へと逃れていった。

　タツマの手から、勝機はするりと逃げて行った。そしてチャンスは再びピンチへと裏返り、タツマに牙を剝く。

「氷錐！」

　最後に上空を舞うジュエリーフィッシュに向かって、数本の氷柱が襲いかかった。琥珀色のジュエリーフィッシュの魔石は10ポイント。そのポイント数は、一軍に勝利への約束をあたえるだろう。

　最後に勝利を摑み取るのは、ウィリスの技量と経験だった。いかに諦めの悪いタツマとて、空の上ではどうしようもない。タツマの手では、そこには届かない。

タツマという男は忘れっぽい男だ。だから、彼はまた忘れていた。自分が一人ではないということを。タツマの手の届かぬ場所は、彼女が手を伸ばしてくれることを。

黒い短剣から黒い髪が凄まじい速度で空へと伸びる。放射状に伸びた髪はジュエリーフィッシュに巻き付くと、網にかかった獲物をぐいっと引き寄せるかのように、魔物をタツマの眼前へと導いた。ウィリスの放った氷柱は、何もない空を切り裂いた。

「助かりました！　オルタ様！」

髪の網で動きを完全に封じられていたジュエリーフィッシュの核を、タツマは短剣で確実に突き刺した。オルタの髪の中で、ジュエリーフィッシュが魔石へと変わる。琥珀色の拳大の魔石には、確かな重みが感じられた。

タツマが手にした魔石の重みは、勝利を導く重みでもあった。ピンチの後にはチャンスあり、そして、チャンスを掴んだ者には『流れ』という褒美が与えられる。

魔石拾いとしてタツマについて走っていた金敷絵笛が興奮と歓喜の声を上げた。

「ナイスガッツだよ須田君！　10ポイントゲットだよ！　あのウィリスさんに競り勝ったんだよ！　最っ高だよ、須田君！」

羊族特有の、楽器のようによく通る声が、ダンジョン中に響いていく。

『……最っ高だよ、須田君！』

「畜生っ！　やりやがった！　あの一年坊！　やりやがったぞ！　畜生が！」

ベンチからタオルを振り回しながら叫んだのは、毛利ミツヤだ。一度ベンチに退いた選手が再び試合へと戻ることはできない。悔しくとも、情けなくとも、彼にできるのは、声を届けるだけだ。

「頼む！　勝ってくれ！　三年、我慢してきたんだ！　お願いだ！　一度でいいから、勝ちたいんだ！」

それは彼の本当の声だ。偽りのない彼の地声は、少年らしさを残す、高く大きな声だった。隣では、カリンが毛利に負けない高く大きな声で応援している。出遅れた厳島が、薄く笑った。

『……最っ高だよ、須田君！』

「ハァッ、ハァッ、本当に、やるなー。こっちも頑張んないとー」

「こんど、ちょっとだけ、肉球触らせてあげても、……いいや」

「フンッ、一年の癖に目立ちすぎなのよ！　エナジーショット！」

セーフティーゾーンまで届いた金敷の大声は、他の二軍の選手達にも聞こえていた。

残り時間は二十五分、点差は20ポイント。勝ちへの可能性と渇望が、追い上げへの最後の力に変わる。

『……最っ高だよ、須田君！』

「ちっ、ウィリスの奴、油断しやがったか？」

そう言いながら、バーンは違うとも思っていた。金太ならともかく、ウィリスが試合で油断を見せるなど、練習試合でもあり得ない。たとえ相手が二軍のルーキーでもだ。

隣を走る男を見る。イクアラは先ほどまでと同じ様子で次の島へと走っていた。

「てめえは驚いてねえのかよ？　イクアラ？」

「特には。このくらいのことはやってくれるだろうと、最初から思っていましたから」

その言葉は真実なのだろう。イクアラの瞳には、迷いも強がりも見えなかった。

「ケッ、本当にどうなってやがんだよ！　今年の一年共は！」

自分と競いながらも未だ余力を残しているイクアラに加えて、ウィリスに競り勝ったらしい一年坊。二軍とはいえ、楽に勝たせてくれる相手ではない。

「ええ、二人とも私の自慢の友達ですよ」

「あぁん？　二人だと？」


『……最っ高だよ、須田君！』

そしてタツマの勝利を告げる声は、砂浜に無様に四肢を投げ出していた風坊カヤまで、確かに届いたのだった。

**試合経過【試合開始後九十五分時点】**
**一軍　１４７ポイント**
**二軍　１２７ポイント**

（五）

少女が初めて彼に出会ったのは、中学一年の春だった。

入学式の前、一つ前の席に座った彼が、振り向いて自己紹介したときのことは、実はほとんど覚えていない。

覚えているのは、何度も繰り返していた「コウシエン」という単語と、彼の頭がツンツンと逆立った坊主頭だったということぐらいだ。

中身のなさそうなツンツン頭を、少女はひそかに、バフンウニと呼んでいた。

「糞ッ！　糞ッ！　タヌキの分際で！　この私を馬鹿にした……ッ！」
美しい顔が怒りに歪み、可憐で小さな唇からは不釣合いな罵声が次々と飛び出す。
「潰すッ！　潰すッ！　潰してやるッ……！」

地面に四肢を投げ出したまま、犬のように無様に吠える。

「あのタヌキッ……！　許さないッ！　絶対に許さないッ！」

地に伏せる負け狗の遠吠えは、もはや金太には届かない。仮に聞こえていたとしても、悦びに頰を緩めるだけだろう。それを思うとカヤの心は一層荒れた。

今でこそ、その様を滅多に表に出すことはないが、風坊カヤは元来激しい性格の持ち主である。それはカヤが天狗の末裔であることに起因している。天狗とは慢心と怒りの魔族である。仏道に帰依しながらも、その嵐のような気性故に魔道へと堕ちた妖怪なのだ。

天狗。慢心によって鼻を伸ばし、怒りと酒によって顔を赤くしたと伝えられる天狗の厄介な性質は、先祖返りで極端に濃い血が蘇ったカヤには、一族の誰よりも強く受け継がれていた。俊足の神である韋駄天の加護も、天狗の慢心を更に増長させる要因だった。中学に入ったばかりのカヤは、実力をともなった慢心に第二次反抗期まで加わり、家族もほとほと手を焼いていた。

そんなカヤの性格が、ある頃を境に徐々に鳴りを潜めることとなる。それはある少年との出会いが、全ての始まりとなる。

『あのウィリスさんに競り勝ったんだよ！　最っ高だよ、須田君！』

罵倒の後、肺の空気を全て吐き出したその僅かな間。酸素を激しく吸い込むカヤに、タツマの勝利を告げるチームメートの歓喜の声が届いた。カヤはぎりりと砂を摑むと、天に向かって放り投げた。

「タツマが最高だとか……、何よ今更！」

天に向けて放った砂粒が、パラパラと自分に落ちてくる。怒りに赤く染まっていた天狗の顔が、少女らしい、薄い赤へと変わっていく。

「そんなこと私が……、私が一番よく知っているのに！」

風坊カヤを変えたのは、須田タツマという名の少年だった。

「……こんな所でなにやってんだ？　風坊」

目を開ければ、一人の少年が寝転ぶ自分を見下ろしていた。太陽を背に、無精に伸びた坊主頭がツンツンと逆立っている。誰だったろうか、知っているような気もするが、寝ぼけた頭はぼんやりと靄がかかったままだ。

「お前、風坊だろ？　同じクラスの」

それでようやく思い出した。学校で自分の前の席に座っている男だ。カヤがひそかにバフンウニと呼んでいるあの男だ。名前は、忘れた。

「昼寝よ」

カヤは素っ気なくそう答えた。少年はぐるりと辺りを見渡すと、

「ここでかぁ？」

と、頭をひねった。

今、カヤが大の字で寝転がっているのは工業地帯の海に突き出した堤防である。錆色の海には白い泡が浮かび、釣り人も避けるポイントだ。

「関係ないでしょ。あんたには」

カヤはそれだけを言うと、話は終わりとばかりに目を閉じた。少年はその後も何かを一人でしゃべり続けていたが、じきに足音と共に消えていった。一人になったカヤは、背中を大地に預けたまま、うんと大きく背伸びした。

カヤは海が好きだ。ただし泳ぐことが好きなわけでも、白い砂浜が好きなわけでもない。工業地帯の、何の輝きもない海に寝転ぶことが、カヤは何よりも好きだった。

昼間の太陽をいっぱいに吸い込んだセメントはぽかぽかと背中を温めてくれるし、単調な波の音は、日々の雑音を忘れさせてくれる。天狗の激しい気性と、思春期の不安定な心が混ざった中学一年のカヤにとって、誰にも邪魔されないこの場所は、自分だけの宝物だった。そのはずだった。

「よっ！　風坊！」

次の日も、その次の日も、少年はカヤのいる堤防までやってきた。そして堤防の先端、カヤの寝ているその場所をぐるりと弧を描いて回っていくと、挨拶だけして、そのまま帰っていくのだ。少年のあてつけがましい行動を無視し続けていられるほど、天狗の気性は穏やかではない。

「いい加減にしなさいよ！　このバフンウニ！」

ある日、近付く足音に気付いたカヤはぐいと起き上がると、先制攻撃を食らわせた。

カヤから少年に声をかけたのは、これが初めてのことだった。

「……なんだよ風坊、そのバフンウニって」

「バフンウニも知らないの⁉　トゲの短いウニよ！　あんたにそっくりなやつよ！」

「へー、風坊は物知りだなあ、でも俺の名前は須田タツマだからな。須田でもタツマでも、好きに呼んでくれよ」

少年の、タツマの名前を、カヤはこの時初めて正確に知ることになるのだが、当時のカヤにはタツマの名前などどうでもよかった。

「なんで毎日毎日私の側を走るのよ！　一体どういうつもりなのよ⁉」

猛る少女に向かって、少年はそろりと人差し指を伸ばすと、こんなことを、宣った。

「……えーっと、折り返し地点」

折り返し地点。その言葉の意味を理解した時に、カヤの顔が怒りで一瞬にして赤く染まった。自分のあずかり知らぬところで、カヤは運動場の赤いコーンと同じ扱いにされていたのだから。天狗の名残であるカヤの赤い髪が、海風に煽られ炎のように逆立った。

「上等じゃない！　潰してやるわッ！　勝負しなさいよ、このバフンウニ！」

海風が吹く。堤防の先端ぎりぎりに、二人の男女が立っている。

「毎日走ってるんだから、足には自信があるんでしょ？」

カヤが堤防の終わりを顎で指し示す。二人がいる堤防の先端から終わりまではおよそ三百メートル。短距離走としては、十分な距離であろう。

「ああ、それなりにな」

少年は不敵に笑って言った。カヤは腕時計のアラームを一分後にセットすると、堤防の上にコトンと置いた。

「この時計のアラームがスタートの合図よ。いいわね？」

波の音を聞きながら、二人は静かに腰を落とす。ピピピという小さな電子音が二人の開戦の狼煙となった。

結果はカヤの完勝だった。カヤはタツマに百メートル近い差をつけて、ゴールを切った。完膚なきまでに敗北したタツマは、うなだれたまま、ようやく言葉を絞り出した。

「なんで……」

カヤは小振りの美しい形の鼻を、くいっと天に突き上げる。

「私、天狗なのよ。それも韋駄天様の守護付きのね。ノーマルのヒト族なんかが張り合えるだなんて思ってた？」

タツマがカヤを大きく開いた目で見上げる。羨望か、嫉妬か。恵まれた血と守護を持つカヤがこれまで幾度となく受けてきた目だ。心がガサガサと、ささくれ立つ。

「いつまでそこに座り込んでるつもり？　目障りだから、消えてくれない？」

その言葉をきっかけに、タツマは逃げるように走り去っていった。邪魔者がいなくなりスッとしたはずのカヤの心が、罪悪感で鈍く痛んだ。

「なんで……」という少年の掠れた声が、海鳴りに混じって耳の中を暴れ続けていた。

「……なんで？」

次の日、その言葉はカヤの口から放たれた。

「よぉっ！　風坊！」

僅か一日前、完膚なきまでに叩き潰したはずの男が、寝転ぶカヤを今日も上から見下ろしていたのだから。

「もう一度勝負だ‼」

かくして、二度目の勝負もカヤの完勝だった。しかし少年は、一度目のように呆然と突っ立ってはいなかった。ゴールから、百メートルほど引き返すと、地面を見ながら、一人でウンウンと頷いていた。

カヤがそのことに気を止めたのは奇妙なことだった。自分以外の人間など関係ないと思っていたはずなのに、気まぐれから生まれた好奇心が、カヤに質問をさせてしまった。

「何やってんのよ？　バフンウニ」

タツマはカヤの方を振り向くと、右足で地面の一点を差した。

「昨日は、ここで負けた」

そこからタツマは、二歩だけ前に進む。

「でも、今日はここで負けた。一メートル以上も前進したぞ！」

カヤはあんぐりと口を開けると、「あ」の形のまま、苛立ちと罵声を吐き出した。

「アッホじゃないの!! 一メートル縮めたぐらいで何ができるのよ！」

「でも、少しずつでも縮めていけばいつかは届くかもしれないぞ。毎日一メートルずつ縮めればな」

「だからアホだって言ってるのよ！ その理論で言えば最後にはワープできるじゃないの！」

タツマという男は、カヤを苛立たせる天才かもしれない。「そうか、確かにワープは無理だよな」と頷くと、

「それじゃあ、また明日な。風坊！」

と勝手に別れを告げて、去っていった。

「また、明日……？」

カヤの眉間の筋肉が、ピクピクと動いた。

次の日カヤは、封印していた追い風の魔術まで使って、タツマをもう一度叩き潰した。タツマが懸命に縮めた一メートルを、十メートルの差に伸ばして突き返した。タツマの目が若干潤んでいたような気がしたが、もはやカヤは、悪い事をしたなどとは思わない。べそをかくタツマを見て、心がスッとした。これでもう挑んでくることはないだろう。そう思うと、清々しい解放感すら感じた。

「畜生ッ！　また明日だ！　風坊！」

後ろからタツマの背中にぶつけられた『また明日じゃないわよ！』という罵声が聞こえたかどうかは、定かではない。

その後も、タツマはカヤに毎日のように挑んできた。その度にカヤはタツマを何度も叩き潰した。二度と容赦などしなかった。しかし、潰しても、潰しても、タツマは次の日にはケロリとした表情で勝負を挑んでくるのだ。

いつまで続くのかと思われていたタツマとカヤの勝負は途中で水入りとなる。梅雨の季節の到来である。

学校では、カヤは一切タツマに話しかけることをしなかった。タツマの方が挨拶をしてきても、フンと鼻を鳴らすだけで返事を返すことをしなかった。無視しながら、なぜかカヤの心はカサカサと荒れていった。

「梅雨なんて嫌いよ……」

雨のグラウンドを見ながら、カヤは誰にも聞こえない声でそう呟いた。

梅雨も終わりに近づいていた七月初旬の夜。カヤは近所の書店で参考書を探していた。期末テストまで、あと二日に迫っていた。

「あれ……？　風坊か？」

聞き覚えのある声にカヤの心臓が跳ねた。突然声をかけて驚かすなと、そう思った。

「……なんであんたがここにいるのよ」

「俺だって試験前ぐらい勉強するさ。家もすぐ近くだしな」

タツマはスッとカヤの隣に立つと、一番薄い参考書を手に取った。側に並ばれたことに、カヤは妙なむずがゆさを感じた。

「そういや風坊は最近来ないんだな。あの堤防」

「雨なのに行くわけないでしょ」

カヤの言葉に「そりゃそっか」とタツマは言った。

「それじゃあな風坊！　晴れたらまた勝負しようぜ！」

タツマはそう言うと、カヤを置いて去っていった。雨の中、傘もささずに走っていく後姿を、カヤはガラス越しに見つめていた。

「……バッカみたい」

目の前のガラスが僅かに曇る。呆れ混じりのカヤの声には、僅かばかりの熱い湿気も含まれていた。

「雨の中、あの堤防まで走りに行ってたのかしら。私と勝負したくて」

ふうっと息を吐き出した後、ふっとカヤは気が付いた。

先ほどタツマはこの書店が近所だと言っていた。書店からあの堤防までは二駅分。往復で十キロ以上は離れている。カヤがいつも電車を使っている距離である。思い返せば、カヤに挑んでくるタツマは毎日全身に大量の汗をかいていた。片道五キロのランニングの後に、自分に挑みに来ていたことを、カヤはその日初めて知った。自分よりもずっと遅い男に、舐められていた気がした。

「あの男！　次こそは絶対に潰してやるッ‼」

書店で突然大声をあげたカヤを、他の客達がギョッとして振り向いた。

期末テストの最終日、カヤは一人防波堤に立っていた。防波堤の上には、封のあいていないスポーツドリンクのペットボトルが鎮座していた。

「遅いわね……」

強い西日と梅雨の後の湿気がじりじりとカヤを襲う。スポーツドリンクを飲んでしまおうかとも思ったが、思いとどまった。負けたことに言い訳できぬよう、タツマにゆっくりと休憩を取らせてから、引導を渡してやるつもりだった。

カヤはただ、タツマがやってくるであろう防波堤の終わりを見つめ続けていた。

その日、タツマは来なかった。時計の針が夜十時を回った頃に、カヤはようやく家路についた。

「……なんで金曜は来なかったのよ……」

週明けの月曜日、カヤは校内では初めてタツマに話しかけた。何かを押し殺した、震えた低い声だ。タツマはきょとんとしていたが、しばらくしてようやく言葉の意味に気が付いたようだ。

「ああ！　ひょっとして風坊はあそこに行ってたのか？　わりぃわりぃ！　週末はダンジョン部の合宿でヤマグチ県に行ってたんだよ」

「はぁあっ⁉」

「中学生が潜(もぐ)ってもいいダンジョンなんてなかなかないしな。でも、おかげで週末はみっちり潜ってこれたぜ！」

「聞いてないわよ！　ヒロシマのダンジョン事情なんて！」

「風坊は今日あそこに行くのか？　俺も相当練習したからな、いつものようにはいかないぜ」

「知らないわよ！　そんなこと！」

顔を火のように赤くしながら、カヤは教室から出て行った。クラスメート達が何事かとタツマに尋ねたが、タツマも首をひねるばかりであった。

その日の放課後、防波堤までランニングに来たタツマを、「知らない」と言っていたはずのカヤが待っていた。学校指定のジャージを身につけ、運動靴(うんどうぐつ)を履(は)いて、入念なストレッチを済ませた状態で、小刻みなジャンプを繰り返しながら体を温めていた赤髪の少女は、遅れてやってきたタツマを無言でギロリと睨みつけた。

「よ、よぉ、風坊……？」

その日、タツマとカヤの差はさらに開いた。

期末テストが終われば、すぐに終業式となる。終業式を明日に迎えた日、カヤは苛立っていた。夏休みに入れば放課後の勝負もなくなる。カヤの目の前では、そんなことは全く気にしていないであろうバフンウニ頭が、すやすやと寝息をかいていた。

これから四十日間、この男から解放されると思うと、なぜか無性に腹がたった。だからカヤは、幸せそうに眠るタツマの後ろ襟を、思いっきり引っ張った。牛乳パックを握り潰したような音が、タツマの喉から漏れた。

「グッ……ゲホッ、何すんだよ？　風坊」

カヤは不機嫌そうに目を細めながら、こう、タツマに問いかけた。

「ねえ、ダンジョン部って、楽しいの？」

◇

「最っ高に楽しいわよ」

あの日のタツマの回答を、カヤは自分の言葉で繰り返す。あれから三年が経ったが、タツマの言葉に偽りはなかった。

『すごいよタツマ君！　その調子で頑張れー！』

拡声器から聞こえてきたカリンの声に、カヤは鼻で笑う。

「タツマの凄いところ、まだまだなんにも知らない癖に」

一学期の終業式の日、カヤはダンジョン部に入部した。縁というものは奇妙なもので、休みの明けた二学期も、三学期も、タツマとカヤの席は前と後ろだった。

カヤは後ろから、成長期を迎えたタツマの背がぐんぐんと伸びていくのを見ていた。放課後の堤防で、タツマの足がどんどんと速くなっていくのを、カヤは足音から感じていた。ひょろひょろとした剣の素振りがだんだんと鋭いものになっていくのを、カヤはいつも隣で見ていた。

『何をしとるかウィリスー！　ヒト族のガキなんぞに競り負けるな！』

「最初はみんな、そう思うのよ」

拡声器から聞こえた五井の声に、カヤは可笑しくなって笑う。

中学の頃から、タツマの存在はダンジョン部では異端だった。ヒト族の癖にダンジョン部に入って、下手くそな癖に誰よりも楽しそうで、鬱陶しい癖に気が付けば人が集まっていて。気が付いたら目が離せなくて。

『ああ！　くそ！　なんなんだアイツは！　妙な守護を持ってようが、たかが一年坊のガキだろうが！』

「後になって、ドツボの中で後悔するのよ」

カヤがそれを恋心だと認識したのは二年になって二人のクラスが分かれた後のことだ

った。クラス分けの表を何度も確認したが、タツマの名前はそこにはなかった。

カヤの前に座った、見知らぬ男子生徒のサラサラヘアーを見た時に、世界が黒く塗り潰された気がした。自分がタツマに恋をしていたのだとようやく気付いた。

カヤが自分の気持ちに気付くのは、すこしばかり遅すぎた。タツマとカヤは既に親友となっており、タツマはカヤを女性とは見てくれなかった。

誰にも負けない俊足の少女は、恋のスタート地点においては大きく後退していた。

「……でも、試合はまだまだ、終わっちゃいない」

ぐっと手に力を入れて上半身を起こす。リュックから手製のスポーツ飲料のボトルを取り出すと、ゆっくりと飲み干していく。コクコクと、小さな音が立つ。鳴らした喉から汗の珠が滑るように流れ落ち、カヤのシャツに染み込んでいく。

時計を見る。試合終了まではまだ二十五分を残している。

カヤはゆっくりと深呼吸しながら、自分の足を撫でつける。無茶をさせてしまったことを謝りながら、「あと何分で行ける？」と問いかけた。足に残る痺れの具合から、動けるようになるまで、あと五分ぐらいだと経験が教えてくれた。

腕時計のアラームを試合終了まで二十分の時点に合わせると、再び砂浜に寝転んだ。大きく深呼吸して、体に酸素をたっぷりと補給する。熱い砂浜に水平に身を横たえ、足の先まで血液を巡らせる。

焦ってはいけない。今は休養だけに集中する。五分で休憩して、五分で金太に追いつく。その後まだ、十五分も時間は残っている。その十五分の為に、今はただ、足を休めることだけを考える。

　カヤにとっては、相手にペースを乱されて、足が動かなくなるのは初めてのことではない。中学の時、ダンジョン部に入ってからは、毎日のようにあの堤防までタツマと駆けていたのだから。持久力だけはチーム一だったタツマと一緒に、毎日毎日練習後、五キロと五キロのマラソンに、三百メートル走を真ん中に挟んで。タツマに鼓動(こどう)とペースを乱されながら、いつも倒れるまで走っていたのだから。

　それはちょうど、今のカヤのように。

「君、大丈夫かね？」

　浜辺に寝転がるカヤに向けて審判(アンパイア)が尋ねた。カヤは人差し指を天に突き上げて、問題はないとアピールする。ベンチの厳島が、準備していた交替要員の投入をやめた。

「タツマ……」

　足の回復を祈りながら、カヤは魔法の言葉を唱える。その名を呼べば、カヤは自然と笑顔を浮かべられるのだから。

「タツマと一緒に、甲子園(こうしえん)に……」

　本当は、甲子園なんかに興味はなかった。ある日タツマに「何でダンジョン部に入ったんだ？」と言われた時に、とっさについた嘘(うそ)だった。それがタツマの目標だったということは知っていたが、コウシエンが何のことだか実はよく分かっていなかった。コウシエンが高校生のダンジョン部の総体だということは、後でこっそりとイクアラに聞いた。

「タツマと一緒に甲子園に行く……！」

ダンジョン部に打ち込むにつれて、嘘は結果的に本当になった。中学二年が終わる頃には、タツマと一緒に甲子園に行くのだと、本気で思うようになっていた。嘘から生まれた約束は、いつの間にか力ある言霊(ことだま)を宿していた。

「タツマと約束、したんだから……！」

天狗とは情の深い種族でもある。彼の為の誓(ちか)いを、裏切(うらぎ)ることは決してない。

「だから動いて……、私の足ッ！」

――ピピピピピピ――

腕時計のアラームが鳴る。カヤはぐるりと身を回して立ち上がる。未だ震える膝からは、パンクしたタイヤのように力がするすると抜けていくが、カヤの意思までが抜けてしまうことはない。情の深い天狗の血は、カヤの思いも、裏切らなかった。

立ち上がる。立ち上がったその時に、無駄な力と共に震えも抜けた。大地を踏みしめる確かな感触がカヤの脳に伝わる。

『行ける』という確信を、一々声に出すことはしなかった。カヤの唇はすでに魔術の詠唱を始めていたのだから。

「纏い風！」

風の魔法を背中に背負う。カヤにとって追い風とは待つものではない。自分で作り出すものだ。

「私がタツマを、甲子園に連れて行く！」

そして自らが彼の追い風となる為に、最速の少女は再び大地を蹴り上げる。

高く高く、そのまま空へと飛び上がるのではないかというような足の振り上げに、砂の粒が飛沫のように舞った。

（六）

水の飛沫が舞う。

水粒のシャワーが舞い降りたその場所では、タツマの黒い短剣が、通常種のジュエリーフィッシュの核を突き刺していた。

たかが1ポイント、されど1ポイント。タツマはウィリスに喰らいついていた。何度も海に飛び込んでは浜へと這い上がり、その度に激しく体力を奪われながらも。

「……はぁっ、……はぁっ」

タツマの息は荒い。ウィリスの詠唱よりも先に海に飛び込み、魔物を倒しきる。それは並大抵の仕事ではない。持久力だけには自信のあるタツマでも、繰り返しの全身運動と、体に纏わりつく海水の重みは、体に疲れを蓄積（ちくせき）していた。

「……うぐっ、水……」

喉を潤すために水のボトルを取り出そうとした時に、ようやくタツマは背中に何も背負っていないことに気がついた。タツマの腰袋に入っていた水筒は、タツマが服と防具を脱いだ時に、遥か後方の浜辺に置き去りにしたままだ。せめて水のボトルだけでも持ってきておけばと思ったが、後の祭りである。

「須田君！　これっ！」

その時、タツマ愛用の水のボトルがよく通る声と共に投げつけられた。タツマはボトルを片手で摑むと、チームメートに向けてその手を上げた。

「わりい！　金敷！」

「私、荷物持ちぐらいしかできないけど！　頑張って！」

タツマのサポートについていた金敷は、何も指示されなくとも、置き去りにされていたタツマのリュックを担いで来ていた。チームメートの献身（けんしん）に、タツマの体から再び力が湧いてくる。タツマは単純な男だ。応援を力に変えてしまうような。

時計の針は残り二十分。タツマは残っていた水を一気に飲み干すと、空のボトルと、先ほどのサハギンの魔石を金敷へまとめて放り投げた。金敷の、「3ポイント追加」という明るい声に確かな手応えを感じながら、獲物を求めて次の島へと駆け出した。

琥珀色のジュエリーフィッシュ争奪戦から、流れは着実にタツマ達二軍へと傾いていた。それはタツマだけではない、他の二軍選手達も同様である。疲れを忘れ、集中力が増し、自分でも驚くほどのプレーができることがある。チーム全体の歯車が噛み合い始める。それが流れに乗るということだ。そこに、距離の概念(がいねん)は関係ない。

「そっちいったぞ！　サハギンだ！」

一匹のサハギンに向かって全員が駆ける。満ち潮で行き止まりとなったその島では、分断された後続組が五名と五名の戦いを繰り広げていた。

狭いフィールドで一匹の魔物を奪い合う団体戦においては、ブロッカーの活躍こそがモノを言う。魔物を狙うハチネの前に、アイアン・マンが立ち塞がる。身長百五十センチ足らずのハチネにとっては、背伸びをしても、その肩にすら手の届かぬ相手だ。

どんなに背伸びをしても越えられない壁。だからハチネは、さらにその身を低くした。

「ヌッ⁉」

アイアンの大きな股下を、四つ足の小さなハチネが駆ける。小さく、低く、そして速い股抜けだった。鉄壁のアイアンのブロックの唯一の隙を、ハチネは小さな獣になって潜り抜けた。アイアンの向こう、浜辺のサハギンに向けて四つ足のままで襲い掛かると、手甲から伸びる鋼鉄の鉤爪(かぎづめ)がサハギンの急所を突き刺した。

行儀の悪い猫の少女は、鉤爪の血をぺろりと舐めとった。

「肉球は、飾りじゃあないし」

手の平に残る砂がパラパラと地に落ちる。ハチネはアイアンに一矢報(いっしむく)いた。

チームに流れを生んだタツマのプレイの効果は、それだけではなかった。

「氷銛！」

タツマが給水する間に、ウィリスは既に次の島へと進んでいた。ウィリスの得意の氷魔法が、砂浜へ上がってきたサハギンに向かって放たれる。鋭い氷の銛は、サハギンの大きな背びれを穿つと、浜辺にザクリと突き刺さった。

ひれを傷付けられたサハギンは、くるりと背を向け、海の中へと逃げ出した。

「……ッ、寄せ水！」

逃げ出す魔物を捕らえる為の水流の魔法も、サハギンの進路から僅かに逸れる。傷を負ったサハギンは、ウィリスの射程から抜け出すと、そのまま命からがら逃げだした。

これまで決して狙いを外すことのなかったウィリスの魔法。精密機械とも呼ばれるコントロールが、ここに来て、初めて狂った。

「マズい！」

ウィリスの異変をいち早く見抜いたのが、コーチであり、現在二軍監督でもある厳島だった。双眼鏡越しに見たウィリスの表情は、いつもの無表情ではあるが、色を失い始めていた。

常に全力でプレイするタツマの体力の消耗は大きい。しかし、それ以上にウィリスの魔力の消耗は大きかった。魔女の血筋であるウィリスの魔力量は平均よりもかなり多い部類ではある。しかし、本物の魔族であるヴァンパイアや、純血のエルフ達と比べれば、その総量は五分の一から十分の一程度に過ぎない。

ウィリスには大型魔法を何度も唱えられるような魔力はない。その代わり、ウィリスは魔法のコントロールと鋭さを徹底的に磨きあげてきた。少ない弾数で、いかに効率よく魔物を倒していくか、それが魔法使いウィリス・野呂柿の戦い方なのだ。

しかし今、彼女の生命線であるコントロールが乱れていた。その原因はタツマにあった。タツマがウィリスに魔法の無駄撃ちをさせていたのだ。タツマの飛び込みを躱すために、本来であれば、一撃で仕留められる魔物にも、二度、三度と魔法を使用する必要に迫られていた。オーバーペースの魔法使用、その代償の魔力の枯渇である。

「ウィリスさん！　今のペースで魔法を使えば、魔力が尽きてしまうわ。魔力欠乏症になる前に、魔法の使用をやめなさい！」

現在二軍監督である厳島ではあるが、一軍選手のことも誰よりも気にかけている。スピーカー越しに、厳島の必死な声がダンジョンに響いた。

「おい厳島！　勝ちたいからと一軍の選手に勝手なことを吹き込むな！　おい！　ウィリス、やれるな！　やるんだ！」

対面ベンチの五井は、拡声器を手に取りウィリスを叱咤した。五井は有能な男ではないが、最低限の戦況判断ぐらいはできる。今、ウィリスを下げてしまえば、流れに乗った二軍を抑えることはできない。自分のクビがかかっている状態で、ウィリスを下げる気などは毛頭なかった。

「何を言っているんですか！　魔力欠乏症は魔法使いにとって非常に危険なんです！　神妙くんの二の舞いをさせる気ですか！　とっとと交替要員だしてウィリスさんをベンチに下げなさい！」

「ウィリスは何も言っとらんだろうが！　魔力なんぞなくなっても根性がありゃどうにかなるわい！　倒れるまでやれぇ！　ウィリス！」

「魔力と体力を同列で語らないで下さい！　魔法使いにとって、魔力は血と同じなんです！　お願いウィリスさん！　無茶はしないで！　あなたの為に！　チームの為に！」

　スピーカー越しに二人の監督の口論がダンジョン内に飛び交う。それを聞いていた選手達はどう思ったのだろうか。

　イクアラが眉間に皺を寄せ、バーンが舌打ちをした。カヤの顔が歪み、金太が溜息を吐いた。

　タツマは縋りつくような表情でウィリスを見上げる。当のウィリスだけは相変わらずの無表情のまま、色を失った唇で荒い吐息を繰り返すのみだった。

　本当は、厳島に言われるまでもなかったのだろう。ウィリス・野呂柿という魔法使いは、誰よりも己をわきまえている。自分の限界は彼女が一番よく知っているのだから。

ベンチとフィールド、全員の視線を集める中、ウィリスは静かに、砂浜に杖を刺した。

「ウィリスさん！」

「ウィリスゥー！」

二人の監督がウィリスの名前を叫ぶ。一人は安堵、一人は怒りの声で。

杖を手放したウィリス。それは魔法使い、ウィリス・野呂柿の戦いが終わったことを意味していた。一軍・二軍の選手達は、皆、足を止めて、呆然とその様を見つめていた。ウィリスが杖を手放す姿など、今まで誰も見たことはなかったのだから。

名門魚里高校のエース魔法使い、ウィリス・野呂柿。彼女がここまで追い詰められたのは、高校に入ってからは初めてのことだ。その理由は、タツマの目を瞠るような奮戦だけではない。今のウィリスには欠けていたのだ。背中を任せることのできるチームメートが。ウィリスが前半にしかけた鮮やかなワンマンプレイ。結局はそれが、今の魚里高校の一軍の限界を象徴していたといえよう。

どんなに優れた選手であっても、魔法使いは一人で戦い続けることはできない。魚里高校のもう一人の要であった神妙九児。彼のフォローがあったから、ウィリスは二年間、エース魔法使いとして戦ってこられたのだ。

「ウィリス先輩……」

タツマがかすれた声でその名を呼ぶ。ずっと倒したかった目標を倒したはずなのに、心は全く喜びを感じなかった。試合終了まではあと十五分以上を残している。こんな勝ち方を、望んでいたわけではなかった。

　タツマとウィリスの距離は僅か二メートル。敗北したはずのウィリスは相変わらずの無表情で、悔しいのかどうかも、タツマには解らない。いや、悔しくなどないのだろう。そもそもウィリスにとって、これはただの練習試合なのだから、しかもチームメート同士の。タツマのように一軍昇格がかかっているわけでもなければ、絶対に相手を倒したいなどと思う必要もないのだから。

　ウィリスの、氷のような無表情。

　勝ったはずのタツマが、泣きそうに顔を歪めていた。最初からタツマなど眼中になかったのだと、思い知らされた。

　荒い息を整えたウィリスが、その声を発するまでは。

「……強く、なったね」

　耳を疑った。近くで聞こえたその声が、目の前から聞こえたはずのその声が、ずっと遠くから聞こえた気がした。その言葉を誰が言ったのだろうか？

　不思議なことに、目の前にはウィリス・野呂柿ただ一人しかいなかった。

　強くなった？　いつと比較して？　タツマとウィリスの出会いなど、一度きりしかない。三年前の中学の時の地区予選。それが最初で最後だ。タツマが完敗して、ウィリスが「ナイスプレイ」とだけ言った、あの一度きりだ。

　あり得ない話だが、ウィリスもタツマのことを覚えていたのだろうか。三年前の取るに足らないルーキーでしかなかった自分のことを。

「……でも、私だって、負けないもん」

「…………もん？」

間抜けな語尾とウィリスの外見とのそぐわなさは、まるで下手な吹き替え映画のようだった。しかし、タツマにとっては語尾よりも、その言葉の内容こそが問題である。

杖を置いたウィリスが負けないとはどういうことだろう。ウィリスが自分を覚えていたことも、彼女の言葉の内容も、タツマにはまるで現実感がなく、夢か幻でも見ているような気になった。

真昼の太陽の下、タツマの見る白昼夢は淫夢へと変わる。

ウィリスは突然、冒険者服を脱ぎ始めた。軍服のようなジャケットが地面にバサリと落ちると、あろうことか、ジャケットの下に着込んだインナーにまで手を伸ばした。

「ウぃいいっ⁉」

『ウィリスさん？』そう問いかけるつもりが言葉にならなかった。タツマの目の前で、ウィリスがぐいっと思い切りよく脱いだのは黒のタンクトップ。ウィリスの白い綺麗な手が、空にむかって生地と共にしなやかに伸びる。シャツの襟から空色の髪の毛がバサリと落ちると、汗を吸い込んだタンクトップが、砂浜に無造作に投げ捨てられた。

つまり今、タツマの目の前に下着だけをつけたウィリスの豊満な胸がさらけ出されていることになる。見てはいけないと視線を下に向けると、ウィリスの形のよいヘソが目に止まり、さらに視線を下へと逸らさねばならなかった。

驚いたのはタツマだけではない。双眼鏡を覗く五井も厳島も、後を追っていたはずのコールや金敷も、皆、ウィリスの突然のストリップショーに度肝を抜かれていた。

しかし、驚愕もストリップショーもまだ終わらない。ウィリスは革靴をぽいと脱ぎ捨てると、ガチャガチャと、ズボンのベルトまでをも外し始めた。

「ちょ、ちょ、ちょ、ちょっと待って下さい‼　何で下着になるんですかっ！」

夢だろうが、現実だろうが、これ以上はさすがにまずい。タツマは視線を自分の足元まで下げながら、抗議の声を上げた。

しかしウィリスは、ケロリとした声音でこう答えた。

「……これ、水着だから」

「へっ……？　水……着⁇」

躊躇いもなく脱いだズボンが、タツマの足元に放り投げられた。タツマはウィリスの白い足から視線を除々に上にあげていく。ウィリスの股間を覆う布地、それは確かにナイロン製の水着だった。ブラジャーだと思っていたものも、よく見れば同じ柄の水着である。頭の上のベレー帽と同じ柄の、白と黒のまだら模様のビキニだった。最後にそのベレー帽を脱ぐと、髪留めから解放された一房の髪が、ハラリと落ちた。

そして今、ウィリスは紛うことなき海水浴客となっていた。大胆な水着を着たモデルのようなスタイルの女性。もしもここが本物の海水浴場ならば、他の利用客達の視線は、彼女に釘付けになっていただろう。ちょうど今のタツマのように。

　ウィリスは砂に突き刺した杖に向かって小声で何かを唱え始める。呪文ではないその言葉は、アビリティー発動の為のキーワードである。

「戦乙女(ヴァルキューレ)の槍！」

　氷のような鋭い声で杖に呼びかけると、地面に刺さっていた青い杖が、その姿を長く細い槍へと変える。ウィリスは槍を手に取ると、タツマの側を走り抜けた。

　タツマが遅れて振り向いた時には、ウィリスは既に、海へと飛び上がっていた。

「……きれいだ」

　タツマの口から溜息と共に、そんな言葉がもれた。とても綺麗なフォームだった。

　ウィリスはタツマがそうしたように、しかしずっと美しい弧を空中で描くと、両手に握った槍の先から海の中へと潜っていった。その姿はまるで海を跳ねるイルカのようだった。イルカと呼ぶには、カジキマグロのような長い槍がついていたので適当ではないかもしれないが。

　水音の後の暫(しばら)くの静寂(せいじゃく)。そして再度の水音と共にウィリスが海中から頭を出すと、青い槍の先にはサハギンが体を貫かれた状態で突き刺さっていた。

　槍の穂先で暴れていたサハギンは、二度三度、尾で槍の柄(え)を打つと、魔石へとその姿を変えた。

魔法使いのウィリスが、タツマと同じ方法で魔物を仕留めていた。タツマは一歩も動かず、ウィリスのパフォーマンスに、ただ見とれていただけだった。

　両軍の選手も、ベンチも、全員が驚きの表情を浮かべていた。あのウィリス・野呂柿が槍をもって戦う姿など初めて見たのだから。そしてその姿が、異様にサマになっていたのだから。

「ウィリスさんが……、槍……？」

「私の守護神……、ヴァルキューレ」

　タツマの疑問にウィリスが答える。今日のウィリスは、ことの外饒舌だった。

　ヴァルキューレの一人、霧のミストの加護を持つウィリスのアビリティーは三つ。一つは今、ウィリスが手に持つ武器、霧の槍。二つ目が身体能力向上。そして三つ目が戦意高揚である。

　およそ魔法使いというよりも、アタッカーに相応しいアビリティーの数々を、ウィリスは北欧の戦女神から与えられていた。それにもかかわらず、槍で戦う姿をウィリスはこれまで誰にも披露したことはなかった。別に能力を隠していたわけではない。ただその必要がなかっただけだ。

　神妙九児がいた頃の魚里高校ではフォローに回るだけで十分であったし、魔力が尽きかけるほど執拗にマークされたこともウィリスにはなかった。ドイツの魔女の血筋であるウィリスに、『アタッカーとして戦え』などと、誰も指示したことがなかったのだから。

『魔力が尽きてもベンチに下がるな』その指示を遂行するために、ウィリスは自分にとっての最善の選択をしたとも言えよう。五井の迷采配は、思わぬ所で名采配となった。

「……？　なんで、動かなかったの？」

場を驚きが支配する中で、ウィリスは無表情に、しかし首を僅かに傾けながらそう尋ねた。

三年前、まだウィリスが中学の三年生であった時に、今と同じように魔力欠乏寸前まで追い詰められた経験がある。その時は試合終了のサイレンに救われた。

スコア的には圧勝であったが、ウィリスにとっては辛勝だった。振り切っても、振り切っても、喰らいついてきたヒト族の小柄な少年のことを、ウィリスはよく覚えていた。

当時の二人の身長差は二十センチほどあり、ウィリスの目にはツンツンと尖った頭頂部ばかり映っていたが、少年の目の色だけはよく覚えていた。試合終了のその瞬間まで、決して諦めの色を宿すことをしなかった少年の目を。

「ツンツン頭君には……、負けないよ」

水と氷の魔法使いは、タツマの方へと近付くと静かな声音でそう宣言した。

中学の頃、カヤにバフンウニと称されていたタツマの髪型。あれから三年、髪を伸ばしたタツマはもはやツンツン頭ではないが、その呼称が自分のことを指していることぐらいは、タツマにも分かる。

「覚えてくれたんですか……？　俺のこと」

ウィリスは声を出さず、頷くだけで答えた。口元は僅かに孤を描いている。

「今回も……、私が勝つもん」

タツマがウィリスにそうしたように、ウィリスはタツマに宣戦布告をする。九十パーセントの無表情に、十パーセントの笑顔を混ぜて。

青い槍がひゅっと回ると、穂先から水が弾けた。身長百七十八センチの長身が、砂浜から伸び上がるように立っている。雪のように白い肌の上を、水滴がなぞり、流れ落ちる。薄蒼色の後れ毛が、首筋にしっとりと張り付いている。ほどよい筋肉で締まった肉体と、溢れ落ちそうな胸と腰の肉感の奇跡的なバランス。美しい肉体を覆うナイロン製のビキニは、夏の太陽の光を強く反射している。

水着と槍というミスマッチ、それがなぜかしっくりとくる、戦乙女の姿であった。

「……いやいやいや！　槍はともかく、なんで服の下に水着なんて着てるんですか⁉」

タツマが顔を真っ赤にしながら叫んだ疑問は、皆が知りたいと思っていたことだ。今日の試合はただの紅白戦だ。一軍にとっては、調整の為の軽い練習試合である。それがここまで苦戦するなど、だれも予想だにしていなかったはずだ。

それなのに、ウィリスは自分の魔力が尽きるまで追い詰められることも、水の中での争いとなることも、全て想定済みだったというのだろうか。

タツマ以外には水生系モンスターと水の中で戦おうなどという馬鹿な冒険者はいない。その行動まで全て予測済みだったなど、普通に考えればあり得えない。

「まさか……、『予知』⁉」

それを可能とするものに、タツマには一つだけ心当たりがあった。

『予知』。それは世界でもほとんど持つ者のいないレアアビリティーの一つである。厳島の『神託（オラクル）』とは訳が違う。本物の未来を知る力だ。未来を知る力は現代社会においてはもっとも危険な能力とみなされており、国により厳しくその存在と能力を管理されている。予知の持ち主などとは、おいそれと出会えるものではない。

ウィリスの何にも動じない無表情は、まるで全てを知っていたと言われても可怪（おか）しくはない、計り知れない深みがあった。

「…………下着、全部洗濯（せんたく）されてたんだもん……」

「………………………ああ、そうですか」

試合時間は残り十五分。タツマとウィリスの戦いは終わらない。

**試合経過【試合開始後百五分時点】**
**一軍　172ポイント**
**二軍　156ポイント**

# （七）

多留簿金太は業が深い。

ダンジョン競技における魔石収集、それが何よりも楽しいから、ダンジョン部に身を置いているような男だ。なぜそれが楽しいかも、やはり業だとしか言いようがない。魔石を集めたところで、実際のところは金太には何の得もないからだ。魔石の収入はチームの共有財産であり、練習場所や武器・防具の管理、ダンジョンの使用料、審判への給与などに当てられる。いくら金太が懸命に魔石を集めても、手元には一銭も残らない。

それにもかかわらず、金太は魔石拾いが何よりも好きだった。魔石が入れ物に入る時のカランという音、それがたまらなく好きなのだ。二番目に好きなものは相手選手の悔しがる顔だ。奪うということに、達成感と嗜虐的な喜びを感じる性質なのだ。

もしもダンジョン競技がこの世になければ、金太は立派な犯罪者になっていたことだろう。その意味で、ダンジョン競技は一人の男の未来を救ったといえるかもしれない。

「ふぃー、蟹はしんどいのお」

金太はそう言いながらも、蟹岩石の八本の足と爪を全て落として丸裸にしていた。ない足を懸命に動かそうとする憐れな蟹へと近付くと、中央のくぼみにある急所にゆっくりと刃を沈めていく。魔物はぶくぶくと泡を吹きながら、魔石へと変わった。

「まあ、その分魔石はそれなりのもんじゃが」

もはや競うべき敵もいなくなった今、金太は魔石収集に勤しんでいた。中央のルートではウィリスの水着でのパフォーマンスに沸いていたが、花より団子、女より魔石の金太にはどうでもよいことだ。

試合終了までは残り十五分、後は時間ギリギリまで、自分の愉しみに浸るだけだ。スピーカーから聞こえてきた五井と厳島の対立は少々気がかりではあったものの、勝ってやろうとも、負けてやろうとも思わなかった。

「ぉおっ！　もう一匹かぁ？」

海から二匹目の蟹岩石が上がってきたのを、金太の細い目が捉えた。ぬたりと笑いながら金太が獲物へと近付いていく。蟹岩石が棍棒のようなハサミを振り上げる。

金太は一歩だけ後ろへと下がると、匕首でハサミを関節部分からスッポリと切り落とした。続いて右から金太を襲ったハサミは、上半身だけを僅かに逸らすことだけで躱し、追う刃でやはりスッポリと落とした。身のたっぷりと詰まった巨大な蟹のハサミが、二つごろりと転がると、程なくして魔素へと還っていった。

「わりとうまそうなんじゃがのぉ、ダンジョンの魔物じゃあしょうがないわい」

圧倒的な技量で蟹岩石を無力化した金太は、消えたハサミを残念そうに見送った。狸族特有のピンと伸びた鼻ヒゲがヒクヒクと動いている。

金太は鼻が利く男だ。単純な意味での嗅覚も含めて、鼻が利く。魔物がどういうタイミングで、どう襲ってくるか、大体のことが理解できるのだ。

　スティールのコツを後輩に尋ねられた時、「鼻が利くから」と嘯くが、彼にとっては本心である。というよりも、ソレ以外に説明のしようがないのだ。

　対戦相手を含め、敵と自分との間が何本もの線で繋がっているような感覚が金太にはある。視覚ではない。触覚でもない。やはり嗅覚という表現が一番近い。

　糸を通して、相手がどう動くのか、どう動こうとしているのかが判るのだ。だからそれに合わせて金太は自然に動くだけだ。時にはその糸を自分からくいっと引っ張ってみる。まるで操り人形の繰り手のように。そうすれば、魔石は自然と金太の手の中に収まっている。

　そんなある種の才能を、他人には決して理解されぬ天賦の才を、金太は生まれながらに持っていた。スリに身を落とせば、その道の天才と呼ばれていたことだろう。

　人には理解されぬその才は、しかし神には理解できた。ギリシャの泥棒と旅人の神ヘルメスは、金太が生まれ落ちた瞬間に彼を愛した。

「おおっと、逃げんなや」

　両のハサミを失い、海へと逃げようとした蟹岩石を金太の一閃が追いかける。左側の四本の足が一度に全て地に落ちた。片側の足を全て失くした蟹岩石は、まるで壊れた椅子のように、ギコギコと体を揺らすのみとなった。

　憐れな魔物に向けて、金太がのんびりと近付いていく。口元に、やはりぬたりとした笑みを浮かべながら。

二年生である多留簿金太は、能力と才能だけを見れば、怪我をした神妙九児にも劣らない。しかし、金太はチームをまとめるような器ではないし、本人もそうなろうなどと思っていない。何より彼には、大きな欠点があるのだから。

それは油断とムラッ気。相手の隙を奪うスティールが得意な男は、自身に誰よりも隙があった。彼は魔石のことになると周りが見えなくなる。それは彼の深い業故に。

よく利く鼻も、恵まれた才能も、一度集中を切らした金太には宝の持ち腐れである。

金太は今、無様にもがく無力な魔物を魔石に変えることに夢中だった。金太にとっての至高の時間がそこにあったのだから。自分と魔石だけの幸せな時間が。

だから金太は、その少女の存在には全く気が付いていなかった。

「シィッ！」

列車が動き出す時のような、圧のこもった空気を吐き出す音が、金太の真後ろから聞こえた。「ああん？」と、金太はそちらに振り向いた。

振り向いた時には遅かった。赤い一筋の垂直の裂け目が、金太の目に飛び込んだ。

それは、赤い棍だった。棍は金太の目前で縦に真っ直ぐ突き刺さり、その奥から、ふわりと何かが舞い上がる。棍のしなりを反動に、何かが高く、空へと舞った。

「天狗じゃあ……」

金太のふくよかな頬から声が漏れた。その様は、絵巻物によく描かれる逆さ天狗そのままだ。実家が骨董屋を営む金太は、確かに同じ絵面の掛け軸を見たことがあった。

天狗は空でくるりと身を翻すと、棍を手に真っ逆さまに墜落を始める。赤い棍の一撃が、空から蟹岩石の急所を穿つと、天狗はもう一度、くるんとその身を翻した。

金太と蟹岩石を挟んだ向こう側、再び地に両足を着けた天狗は、金太に尻を向けたまま大きく息を吐いていた。その後、すっと上げた赤い後頭部を見た時に、金太はそれが誰なのかようやく理解することができたのだった。

「なんでお前がここにおるんじゃ？　天狗の嬢ちゃん」

質問した金太には、怒りも苛立ちも湧いてこなかった。それは単純な疑問。海外で偶然知り合いと出会うような反応とでも言えばよいか。

ただただ、金太には不可解だった。完全に終わったはずの風坊カヤが、自らの手で引導を渡したはずの風坊カヤが、なぜここにいるのか。金太にはさっぱりと解らなかった。

カヤは顔の半分だけで振り向くと、金太の疑問にこう答えた。

「なんでって、決まっています！」

金太に背中を向けたまま、カヤは蟹岩石であった魔石を、右手で持った棍でスプーンのように掬い上げる。魔石はふわりと空を跳ね、カヤの左手にしっかりと収まった。

「タツマと一緒に、甲子園へ行く為です！」

それだけを言うと、カヤは再び駆け出した。その背中を金太は、「はぁ、そうかい」と言って、ぼけっとした表情で見送った。

カヤが自分のお株を奪うスティールをしたということに気付いたのは、それからたっぷり十秒ほど経った後のこと。金太の怒りが突然、火山の如く吹き出した。

「あんのアマァアアッ‼　ワシの魔石を盗みおったぁああッ‼」

金太は狂ったような雄叫びを上げながらカヤを追う。金太の心は荒れに荒れた。それはちょうど、少し前のカヤのように。

しかしカヤとは違い、金太には依るべき所はない。カヤにとってのタツマは、金太にはない。乱れた金太に、カヤを止めることはできない。カヤにはもはや金太など眼中になく、常に前を向く瞳は、もう二度と乱されることはない。

時計の針は十五分を残していたが、二人の勝負は、既についた。

「どけやぁ！　イクアラァ‼」

「退きません！」

リザードマンと狼男、二メートルを優に超す巨体の二人が砂浜を駆ける。互いに進路を譲らぬと、肩と肩、肉と肉とがぶつかり、汗が弾ける。

今、イクアラとバーンの目に映るのは憐れで小さな一匹のサハギン。二人一組の迫り来る重戦車を前に、恐怖に怯えたサハギンは、まぶたのない目をぎょろりと回した。

バーンの拳とイクアラの剣、二つの突きの対決は、リーチの長いイクアラの剣に軍配があがった。憐れなサハギンの頭をイクアラのバスタードソードが切り飛ばした。

コロコロと転がっていく三角形が、魔石へと変わっていく様を見送りながら、バーンは倒れ込むように膝を地についた。

「クソッ、クソがぁ……ッ！　あと一歩が、届かねえ……ッ！」

『もう無理だ、休ませろ』と、体がひっきりなしに訴え続けている。ここ、オノミチ水道迷宮は、バーンにとってあまりにも相性が悪すぎた。それは砂漠の迷宮から島と海の迷宮に変わった今とて同じことだった。

暑さに弱く、熱砂に足を取られ、嗅覚も塩風にやられてしまっていたバーンでは、終盤になればなるほど、イクアラに追いすがることができなくなっていた。

「今が月夜なら、私などではバーン先輩に手も足も出ないでしょう」

対するイクアラは、大きな二つの足裏で、大地を掴むようにどっしりと立っている。

「クソが……っ、ルーキーならルーキーらしく、ちったあ嬉しそうにしやがれよ！」

バーンがイクアラを見上げる。蜥蜴色のポーカーフェイスは、嬉しさも疲労も見せてはいない。自分に勝っても喜びもしない。不遜な後輩が、忌々しかった。

「嬉しいのですよ、こう見えても。ただ、この迷宮は私に条件が有利過ぎます。喜びを表すのは次の機会に、互いの条件が同じ上で勝負した時にとっておこうと思います」

砂漠のリザードマンであるイクアラ。この試合、バーンは太陽とイクアラを相手に戦っていたが、イクアラは太陽と共に戦っていた。フィールドと種族の相性によるマイナスとプラスの補正。それは本来の実力差を簡単に埋めて、裏返してしまうものだった。

「何をさぼっとるバーン！　動けー！　動かんかー！」

拡声器に乗って五井の檄が飛んでくる。バーンは、「チッ」っと、舌打ちした。

バーンとイクアラの差は、五井と厳島の差でもあった。迷宮の多様性と種族特性。それは常に戦略に考慮すべき事柄であるにもかかわらず、五井の頭には一切なかった。その差が試合の終盤で、運動量という目に見える形で表れていた。

五井という男には戦略が欠けている。神妙九児や、ウィリス・野呂柿といった全国クラスのメンバーを擁しながらも、甲子園出場を二年連続で逃してしまったのは五井の采配が原因であった。力押しだけで摑めるほど、甲子園の切符は安くはない。

「……おいイクアラ、一緒に甲子園に行くぞ」

バーンは地に片膝をつけたまま、そんな言葉を切り出した。

「監督とおめえの間に何があったかは知らねえがよ、オレが取り持つ。てめえは二軍で燻ってる場合じゃねえ！　一軍に来いや！　イクアラ！」

互いに競い合ったバーンだからこそ分かる。種族特性を抜きにしても、イクアラの実力が本物であることが。そしてイクアラの言葉の通り、実力以外の要素で二軍に甘んじていることが。

「てめえは強い！　おめえが一軍にくりゃ魚里は今年こそ甲子園に行ける！　いや、必ず行く！　九児が怪我しちまったから甲子園に行けなかったなんざ、誰にも絶対に言わせやしねえ！」

バーンも神妙九児も三年生。今年が最後の夏である。

一週間前、突然の大怪我に見舞われた神妙九児。戦友であり、親友でもある九児の怪我は、バーンにとっては世界が裏返ったような衝撃だった。九児のしなやかで逞しかった足が、無骨で醜いギプスに変わっていたのを見た時、バーンは言葉を失った。

声が出なかったから、黙って誓った。絶対に甲子園に行ってやると。醜くても、無様でも、何をしても絶対に甲子園に行ってやると。

「あの監督に頭を下げたくねえっつうなら、オレが代わりに謝る！　土下座でも何でもしてやらぁ！　お前はオレの側でだまって頷いてりゃいいんだ！　だから一緒に甲子園に行くぞ！　イクアラ！　イクアラ！」

強い瞳がイクアラを見上げる。イクアラの三日月のような瞳孔が、僅かに揺れた。

「……大変魅力的な提案ですが、お断りさせて頂きます」

「んだよてめえはッ！　甲子園行きたくねえのかよ⁉　ちょっと我慢すりゃいいだけだろうが！　つまんねえ意地張ってんじゃねえよ‼」

「御心遣い有難うございます。しかしこれは意地ではなくて、約束なのですよ」

「ああ⁉　約束ぅッ？」

声を荒らげるバーンに対し、イクアラは深々と頭を下げる。顔を上げた後、夏の高い太陽を見上げるとまぶしそうに目を細めた。

「一年前、夏のとても熱い日にグラウンドで友人二人と約束したのです。必ず甲子園に行こうと。一人も欠けることなく、三人で甲子園に行こうと。我らの種族の掟で、太陽の下での誓いは絶対なのです。友を置いて、私だけ抜け駆けするわけにはいきません」

そういうと、イクアラは太陽から中央のルートへ目線を移した。バーンがイクアラの目線を追うと、そこでは一人の一年生が、槍を持つウィリスと競い合っていた。

黒髪の、小さなヒト族の少年が。

「……けっ、そういうことかよ。確かにあの亜人至上主義の監督の下じゃあ、アイツの出番はねえわな！　……ああァッ！　クソぉッ！　めんどくせえ！」

喉に詰まった何かを吐き捨てるようにバーンは言った。バーンは、亜人だとかヒト族だとか、そういう区別は面倒臭いと思っている。強いか弱いか、好きか嫌いか。人と人との関係など、それだけでいいと思っている男だ。

つまるところ、バーンはイクアラを気に入ってしまっていたのだ。同じ群れで戦って、共に甲子園を目指したいと想うほどに。

「ええ。ですから三人で甲子園に行く為に、バーン先輩と甲子園に行く為にも、私はこの試合に負けるわけにはいかないのですよ」

「……あぁん？　どういうことだよそりゃ？」

「それは後になれば分かるとしか今は言えません。……さて、バーン先輩、私はそろそろ先に行こうと思いますが、先輩はもう少し御休憩なされますか？　ここから甲子園までは、まだまだ遠いと思いますが？」

イクアラの不遜な言葉にバーンは喉の奥で笑った。イクアラのジョークは、やはりバーンにはツボだった。

「くっくっく、何を企んでるか知らねえがまあいいさ。望み通り、今は先輩の意地って奴をみせてやんよぉ！」

体中の毛孔から汗が吹き出し、筋肉はブルブルと震えるが、それでもなお、バーンは自分の体に鞭を打つ。ギブアップをするわけにはいかない。イクアラの頼もしくも忌々しい背中が自分を置いて遠ざかっていく。

休んでいる場合ではない。バーンは立ち上がって、追いかける。

「一年坊が！　先走ってんじゃねえぞぉ、イクアラァッ！」

一人で走らせるなど許さない。バーンもイクアラも、同じ方角を向いているのだから。

二人は走る。ビキニの女性と、短パン男。まるで海水浴客のような恰好の二人は、素足で白い砂浜を海に向かって駆けていく。
絵面だけを見れば、まるで恋人達が夏の浜辺で追いかけっこしているように見えたか

もしれないが、ここは迷宮。二人の間にそのような甘さの入る余地はない。

「今度こそ、負けません！」

「今回も、勝つもん！」

海に向けての追いかけっこ。タツマの全速に、ウィリスがぴったりとついてくる。そして最後の十メートルでタツマを一気に抜きさった。

「速いッ⁉」

それは戦乙女のアビリティーの一つ『身体能力向上』の効果である。真っ白で美しい背中をタツマに見せつけると、綺麗なフォームで空へと舞った。タツマも遅れて、海へと飛び込む。

先行者の飛び込みで生まれた泡と飛沫で、タツマの視界が消失する。再び視界を得た時には、ウィリスの槍の穂先にジュエリーフィッシュが突き刺さっていた。

「ハァッ、ハァッ、やっぱり……、ウィリスさんは強い……！」

海水の染みた目でウィリスを見上げる。魚里高校のエース魔法使い（ピッチャー）、ウィリス・野呂柿。もはや魔力が尽き、アタッカーとしてプレイするウィリスではあったが、凛（りん）と立つ姿は紛れもなくエースのものだ。たとえどんな逆境にあっても、逆流の中で一歩も引くことなく立ち続け、最後まで戦い続ける。それがエースというものなのだから。

ウィリスとタツマは見つめ合う。ウィリスが僅かに、口の端を吊り上げる。無表情に近いその表情は、どこか得意げに、タツマには見えた。

魔槍の穂先で体を震わせていたジュエリーフィッシュが、一つの小さな魔石に変わった。十円玉ほどの大きさの極小の魔石は、偶然の悪戯でウィリスの胸の谷間にポトリと落ちた。

しかし、胸の隙間に落ちた魔石を拾う為、ウィリスは迷わずぐいっと水着を引っ張った。そこはポケット代わりにちょうどいいと気がついたのだろう。「…まあ、いいか」と呟くと、水着を手放した。パチンという小さな音がウィリスの大きな胸の膨らみを打った。

「………？」

動かないタツマを見て少し首を傾けながら、ウィリスは浜へと上がっていった。ハッと息をつくと、タツマはようやく再起動する。

「さすがだ！　ウィリスさん！」

タツマはウィリスを追いかける。

タツマがウィリスに勝るものは運動量と判断力。ウィリスのアビリティー『身体能力向上』も常時使っていられるような能力ではない。

タツマはウィリスの走るルートから僅かに右へと逸れていく。水面の魔物の動きを先回りすると、ウィリスより先に、青い海の中へと飛び込んだ。

遅れて海へと飛び込んだウィリスの目前に、タツマは短剣に突き刺したジュエリーフィッシュを掲げた。

ウィリスの無表情が、僅かに不機嫌なものに変わったように、タツマには見えた。

そこからはただの泥仕合だ。条件は同じ。取って、取られての繰り返し。駆けては飛び込み、飛び込んではまた駆ける。ベンチにいる両チームからの声援が集まる。

「負けるなー！　一年坊！」

「ウィリス先輩！　頑張ってください！」

セーフティーゾーンのベンチの上。これまで、声援を送り続けていたカリンが、ぼうっとなって二人を見つめていた。

「どうしたの？　カリンさん」

「なんだか、あんな楽しそうなウィリス先輩、初めて見ました」

双眼鏡越しのウィリスの顔は、相変わらずの無表情にしか、厳島には見えない。

「……いえ、きっと楽しいのでしょうね」

きっとそれは、大人には解らぬ笑顔なのだろうから。


（やっぱり彼だった）

それは無表情の化粧（けしょう）に仕舞われていたウィリスの心と思い出。三年前、勝つことが当たり前だったウィリスに、戦いの喜びを教えた少年がいた。

（強くなってた。三年前より、ずっと）

下手くそで、不器用で、向こう見ずなだけの少年に、当時中学三年だったウィリスの心はなぜか躍（おど）った。頭では取るに足らない相手だと分かっていても、体が止まってくれなかった。気がつけば、魔力が尽きかけるほどに、ガムシャラになって戦っていた。

　まるで子供の頃、初めて魔法を覚えたあの頃のように。

『プロにだってなれる才能がありますよ。この子には』

　それを言ったのは誰だったろうか。両親からの期待を背負い、小さな少女はダンジョン競技を始めた。後に精密機械と呼ばれることになる少女の魔法のコントロール。それは膨大な反復作業の繰り返しの果てに手に入れたものである。

　そして手に入れた頃には、魔法も、ダンジョン競技も、楽しくなくなっていた。

「さすがだ！　ウィリスさん」

（また、そんな楽しそうな顔して……！）

　三年前と同じ顔で、少年はウィリスに挑んでくる。何度でも、何度でも。

　その顔は、ウィリスをむっとさせて、はっとさせる。彼女が小さな少女だった頃、成功しても、失敗しても、魔法はいつだって楽しかったのに。

　今、大きくなった少女は、ペースを乱され、魔法を封じられ、挙句の果てには槍で戦うことを強いられている。それなのに、ウィリスの心は、躍っている。

（このままずっと、終わらなければいいのに！）

　大きな少女の胸が、トクトクと高く鳴っているのは、きっと走りすぎただけではないのだろう。

（八）

潮は満ちる。試合時間は残り僅か。楽しい時間もいつかは終わる。

　今にも満ち潮に削られそうな浜辺の道を、ウィリスとタツマが走り抜けていく。二人が目指すのは迷宮の最奥にあるもっとも大きな最後の島。そこには、大量のサンドワームが集まっていた。砂漠の魔物であるサンドワーム達は、満ち潮に追われて、この迷宮の最も高い場所に位置するこの島へと逃げてきたのだろう。まるで小規模なモンスターハウスとなっていた。

　まだ遠くに見える魔物に向けて、タツマはオルタを振りかざす。オルタの髪が真っ直ぐに伸びると、固まっていたサンドワームを二匹まとめて地面から引っこ抜いた。タツマは魔物へと駆け寄ると、短剣で素早くトドメをさした。

「タツマ君！　現在記録上はスコアが並んだわ！　残り三分。相手よりも多く倒せばあなた達の勝ちよ！」

「ウィリスー！　負けるな！　絶対に負けるんじゃあないぞ！」

　現在、スコアブックの上では２１０対２１０。残り三分にして、タツマ達はついに一軍を捉えた。最後の島に巣食う魔物はサンドワームのみ。一匹の得点は２ポイント。後は単純な数勝負だ。

しかし最後の戦いは、タツマとウィリスだけの勝負ではない。別の獲物へと走り出していたウィリスの視界を、神速の赤が横切った。

青い槍が届く前に、赤い棍の一撃がサンドワームの頭部を叩き潰した。

「タツマ！　遅れてごめん！」

三番目に島へと到達した風坊カヤは、まるで、待ち合わせに遅れてきた恋人のようなセリフを吐いた。そして参戦者は一人だけではない。

「魔石ィイー‼　それはワシの魔石じゃあぁー‼」

金太が血眼になってカヤを追いかけてきた。

「タツマ！　こちら側は任せろ！」

「まだまだオレは動けんぞぉ！　イクアラ！」

カヤと金太が現れた反対方向からは、頼もしい声を上げるイクアラと気合だけでイクアラを追ってきたバーンも戦列に加わる。

「イクアラ君！　荷物は預かるから、思いっきり戦って！」

「バーン先輩！　魔石と荷物を預かります！」

さらに魔石拾い（サポーター）のコールと金敷を加えて、島は今、八人の選手達が最後の魔石争奪戦を繰り広げることとなった。

四対四の戦いは、実質的には一対一の三セットである。そしてそれまでの一対一の勢いは、最後の場まで引き継がれていた。

バーンがふらつく足で、一匹の魔物をようやく仕留める間に、イクアラはしっかりと立った二本の足で、二匹の魔物を仕留めていた。

冷静さを欠いた金太はカヤに完全に抑えられ、一つしか魔石を手に入れることができなかった。カヤは先ほどの一匹と合わせて、二匹の魔物を葬った。

「残り三十秒よ！　逃げ切って！」

厳島が、最後のカウントダウンを始めた。ウィリスとタツマが、島に残された最後の一匹を同時に見据える。

仲間を全て狩られたサンドワームは、砂の中に潜って逃げ出した。逃げる魔物を二人が追いかける。浜辺を駆ける二人の姿は、やはり海水浴客にしか見えず、まるでビーチフラッグで遊んでいるかのように、傍(はた)からは見えた。

「勝つのは俺です！」

「ツンツン頭君には、負けないもん！」

地中に潜ったサンドワーム。それを狩るのはもはや宝くじに近い。ウィリスが槍を、タツマが黒い短剣を。それぞれがここぞと思う場所に突き立てた。槍と剣。二本の武器が地中から同時に引き抜かれる。

ウィリスの槍には何もなく、タツマの短剣には、大物のサンドワームがズルリと地中から引き抜かれ、ぶら下がっていた。

「うぁあああああーッ!!」

その叫び声はウィリスのものだった。地に槍を突き刺し下を向いて叫んでいた。バーンと金太が目を剝いた。ウィリスが声を出すこと自体あまりない。ましてや感情を表に出して叫び出すなど、今まで一度も見たことがなかったのだから。

「うぉおおおおーっ‼」

短剣を持った手を高く突き上げ、勝利の雄叫びを上げたのはタツマだった。

彼に続いて、イクアラとカヤも犬が同調するように吠えた。残り時間は二十秒。島にはもはや一匹のサンドワームも残っていない。

「やったわ！　タツマ君！　カヤさん！　イクアラ君！　2と2と2で6ポイントのリードよ！　これであなた達も甲子園よ！」

厳島の拡声器から、気の早すぎる祝辞がとんだ。まだ地方大会の予選すら始まっていないというのに。それでも厳島がそう言ったのは、バーンやウィリスといった現在の一軍メンバーに、タツマ達三人が加われば甲子園へは必ず行けると確信したからだ。

甲子園という言葉に、タツマ達は喜びの咆哮を空へ届けと打ち上げる。同じ青い空の下に、ここから真っ直ぐ東の方向に、甲子園はあるはずだから。

その、甲子園へと繋がっているはずの青い空の下。三人の咆哮よりもさらによく通る金敷の声が響いた。羊族特有の、楽器のように大きな声が、拡声器も通していないというのに、ダンジョン中に響いてしまった。

「み、緑色のジュエリーフィッシュぅッ⁉」

「なんじゃとおおおおっ⁉」

誰よりも速くその声に反応したのが金太だった。金太は金敷の方を凄まじい形相で振り向いた。他の面々も、全員が一斉に金敷の方を見た。

金敷はハッとなって口を押さえたが、金太の喰らいつくような圧力に負けて、おそるおそると、ある方向を指差した。そこはタツマとウィリスに一番近い海の中、岩場から続く深い海の中に、エメラルド色のジュエリーフィッシュがのんびりとたゆたっていた。

「エメラルド・ジュエリーフィッシュじゃあ！」

金太は歌い出しそうな声音で叫ぶと、菅笠をぽーんと空に放り投げた。

金敷のことは責められない。緑色のジュエリーフィッシュ。つまりエメラルド・ジュエリーフィッシュは、金敷以外の誰が見つけても同じ反応を示したであろうから。

エメラルド・ジュエリーフィッシュ。ダイヤモンド・ジュエリーフィッシュや、ルビー・ジュエリーフィッシュよりは価値はずっと低いものの、その魔石の価値は数千万円。そこまで育つには、最低でも数千回は融合を繰り返さねばならないと言われている。

冒険者だけでなく、同じモンスターからも良質な餌として狙われるジュエリーフィッシュの変異体。それがここまで生き残って育ってきたのは、臆病故か、あるいは持って生まれた幸運なのか。

その幸運は、既に勝ちを諦めていたウィリスにとっても幸運だった。エメラルド・ジユエリーフィッシュの魔石の価値がどのくらいのものかは分からないが、少なくとも、琥珀色のジュエリーフィッシュよりもポイントが低いなどということはありえない。数十ポイント、あるいは数百ポイントを数えてもおかしくはない。

うなだれていたはずのウィリスは顔を上げ、火がついたように走り出した。タツマも僅かに遅れてウィリスを追いかける。続いて、全員が一斉に走り出す。

冒険者用の装備だろうが、水着だろうが関係ない。皆、海の中に飛び込むつもりだった。勝ちを握るために、あるいは莫大な価値を持つ魔石を握るために。

試合時間は残り十秒。これまでの全ての勝負を上書きにして塗り潰す、残酷なかけっこが始まった。

「ワシの魔石じゃあああああっ‼」

金太は今、一番速かった。生涯で一番速かった。魔石への妄執が金太の潜在能力を限界以上に引き出していた。

しかし悔やむべくは、金太はジュエリーフィッシュから一番遠い位置にいたことだ。そして緑の魔石に目を取られるあまり、赤い少女のことを彼はまた、失念していた。

「はぁああッ！」

小柄なカヤの、しかし全力のショルダータックルが金太を阻む。金太が足を取られ体勢を崩すが、審判の笛はならなかった。

一つの魔石を取り合う上での身体的接触はクロスプレイとして認められている。最後の勝負は、ただのかけっこではない。選手達の意地と意地がぶつかり合う肉弾戦である。

ベンチで見ていた選手達が沸いた。クロスプレイは、ダンジョン競技の華である。フイールドの他の選手達も皆、足を止めて、互いのチームメートに向けて、声援を送る。

立ち上がり再び走り出そうとした金太を、カヤが振り返って進路を塞ぐ。

「どかんかぁあああっ！　この女天狗があぁあ！」

「タツマは追わせない！」

そしてカヤが選んだのは自己犠牲(じこぎせい)。魔石の絡んだ金太は超常的な能力を発揮(はっき)する。タツマに全てを託(たく)し、カヤは金太を釘付けにした。

タツマのフォローに回る為にイクアラは走る。イクアラが視界に捉えているのはウィリス・野呂柿ただ一人。常に冷静な彼は、魔石の価値には惑わされない。得るべきものは魔石ではなく勝利なのだから。ウィリスの進路を塞ぎ、タツマを先に行かせることが、今の自分の役割だと理解していた。

その彼の耳元を荒い息遣(いきづか)いが追いかけてくる。「まずい！」そう思った時には、ほとんど倒れかかるようなタックルがイクアラを吹き飛ばしていた。

「まだ動けるというのですか⁉　貴方はっ‼」

「もう少しだけオレと遊ぼうやぁ！　イクアラァァッ！」

チーム一のポイントゲッターであるはずのバーンが、ウィリスに後を託し、イクアラを抑えることだけに専念していた。チームの主砲の自己犠牲。バーンにとっては初めての経験ではあったが、自然とそれができていた。

この紅白戦、バーンもまた、精神的な意味で一皮剝けていた。タツマのフォローに回るつもりだったイクアラは、バーンに抑えられ、ウィリスを追うことができなかった。


ウィリスとタツマが先頭を駆けるその場所は、海へと続く堅い岩場である。フジツボや小振りの牡蠣(かき)に覆われたその場所を駆けるウィリスは、にわかに走る速度を緩めた。ウィリスの足からは血が滲(にじ)んでいた。白く柔らかで綺麗だった足裏が、荒い岩肌に切り裂かれズタズタになっていた。それでも足を止めないのは、ウィリスの勝利への執念であろう。しかし目に見えて緩んだ速度は、タツマに追いつくチャンスを与えた。

タツマはこれまで誰よりも長い距離を走ってきた。足場の悪い場所だろうが、夏のアスファルトの上だろうが、ペラペラにすり減った靴底で、誰よりもたくさん走ってきた。タツマの面の皮は分厚いが、足の皮はもっと分厚い。走りすぎてタコが何度も潰れた足は、天然のゴム底のようになっている。粗い岩肌の上を駆けても、無傷とはいかぬが耐え切れぬ痛みではない。岩場に入って二人の差はみるみる縮まっていった。海までの距離は十五メートル。

（追いつける！）

確信した。ウィリスとの本当に最後の勝負、タツマの勝利が、チームの勝利がそこにあるはずだった。

タツマはウィリスしか見ていなかった。だからその男のことはすっかり忘れていた。しかし忘れられていた男は、タツマから受けた屈辱を、決して忘れてはいなかった。

「魔石拾いだけじゃあ、終われないんだよォオッ！」

コール・スクワルト。鹿族の獣人である彼は、このような堅い足場でこそ本領を発揮する。タツマに追いついたコールは、稲妻のようなショルダータックルで、ウィリスを追うタツマを弾き飛ばした。

審判(アンパイア)が一瞬笛を吹きかけて、やめた。反則ギリギリのラフプレイは、コールの今日、唯一最後の意地だった。

「ぐぅ……っ」

前を駆けていたタツマが、岩肌をナナメ方向に転がっていく。二度、三度反転し、頬が破け、背中の皮がベロリと剝ける。タツマは回転しながら立ち上がると、すぐにウィリスの後を追いかける。しかしウィリスとの距離は、既に七メートルほど開いていた。

時計の針の残りは三秒。ウィリスは海に向かって高く跳んだ。

（やられた！）

タツマは走りながら、心で叫んだ。思わず右手を伸ばしていた。決して届かぬヒトの手を、前に向けて伸ばしていた。軌道でわかってしまった。ウィリスの槍は確実にエメラルド・ジュエリーフィッシュの核を貫くだろう。

タツマの手は、ジュエリーフィッシュには届かない。勝利と甲子園は、タツマのヒトの手では届かない。ウィリスの槍がジュエリーフィッシュの核を、タツマの夢を貫くのを見ていることしかできなかった。

彼はまた、忘れていた。今日のタツマは一人で戦っているわけではないということを。タツマにとっての勝利の女神オルタ。タツマが負けたと思った瞬間に、オルタの髪が、海へと伸びた。

「オルタ様ッ！」

すがりつくような声をタツマは上げる。救われたと、そう思った。

オルタには意志がある。意志あるが故に、オルタは自分が最良だと思った行動を取る。時にはタツマがまったく想像をしない動きを。

なぜなら彼女には、彼女だけの心があるのだから。自分で考えて、行動することができるのだから。

だから本当は、タツマはソレをオルタに教えておくべきだったのだろう。オルタと出会って一週間。オルタが何も喋らないことをいいことに、タツマは会話を十分してこなかった。オルタが何も尋ねてこなかったから、タツマはソレすら教えようとも思わなかった。そもそも今回の紅白戦、オルタと共に戦うつもりなど彼にはなかったのだから。

オルタとタツマは急造チームであり、オルタはあくまでも素人である。そのツケを、ここに来てタツマは払うこととなる。

今日、もっとも速いスピードで伸びたオルタの髪は、海に飛び込む寸前だったウィリスの体に絡みついた。

そしてウィリスの体を岩場に向けて引き寄せると、優しく彼女を地に下ろした。それはタツマの意志ではなく、オルタが自ら考えて、行動した結果だった。

ダンジョン競技はスポーツである。スポーツにはルールがある。タツマはオルタに、一度もルールを教えたことはなかった。ルールを破った者には、制裁(せいさい)が与えられる。


審判の笛が、鳴った。


「白組・ゼッケン18番、攻撃妨害により20ポイントのペナルティー！　悪質行為とみなして退場！」

退場のコールは必要なかった。試合終了を告げるサイレンが、それより先に鳴り響いたのだから。

**紅白戦試合結果**
**一軍　２４６ポイント（二軍のペナルティーにより20ポイントの加算）**
**二軍　２３２ポイント**

# 第五章　敗北と勝利

Uosato High School Dungeon Club

（一）

「なん……で……」

サイレンの音の余韻が消えた時。タツマはようやくそれだけを言った。

固まった姿勢のまま、身じろぎもせず、自分の右手の辺りを大きく開いた目で見つめていた。瞬きを忘れた黒い瞳は、オルタを捉えたまま動かなかった。

タツマのすぐ隣では、地面に下ろされたウィリスが腿を内に折る形で、座り込んでタツマを見上げていた。呆然と、ただ呆然と。

イクアラも、カヤも、バーンも、コールも、金敷も、皆その場から動けなかった。

勝ったはずの一軍も、負けてしまった二軍も、固まったまま誰も声を上げなかった。

ただ一人、試合よりも、自分の趣味を優先する男を除いては……。

「魔石ぃいいいい！　エメラルドの魔石ぃいいいい！」

試合の結果など関係ない。金太はマントを脱ぎ捨てると、ぴょーんと海に向かって飛び込んだ。純粋な物欲が生んだ恐ろしいほどの跳躍力で。

しかし金太が海に飛び込む寸前に、オルタの髪が再び凄まじいスピードでその体を絡め取った。金太は自分に絡みつく髪に、その持ち主のタツマに、怒り、荒れた。

「おい、一年！　お前はもう負けたじゃろがぁあッ！　ワシの邪魔を……」

その言葉は最後まで続けられなかった。金太が飛び込もうとした海。つまり、エメラルド・ジュエリーフィッシュがいたその場所から、巨大な白い三角形が生えてきたのだ。

その三角形にパックリと大きな穴があくと、エメラルド・ジュエリーフィッシュは、まるで枝豆か何かのように一口で飲み込まれた。大きな大きな、ピンク色の穴に。

三角形はそのまま弧を描くように横向きに倒れると、自分の体の半分ほどを陸の小さな人間達に見せつけた。

それはサメに似ていた。中型船ほどのサイズはある巨大なサメだ。しかしサメではないとハッキリと言えた。なぜならそのサメからは足と手が生えていたのだから。

巨大な水音と飛沫をまき散らしながら、サメのような何かは再び海へと沈んでいった。

海面が白く、不吉に泡立つ。

「変異体だわ……」

双眼鏡を覗く厳島が掠れた声で呟いた。間をおかずダンジョン全体に最大音量でサイレンの音が鳴り響く。それは試合の開始でも終了でもない、緊急事態を告げる警報音。

問答無用のダンジョンからの全員退去を指示するサイレンの音だ。

　モンスターの突然変異種である変異体。それはダンジョンで起こりうる最悪の事件である。災害と言ってもよいだろう。変異体の出現が確認されると、ダンジョンは即刻閉鎖され、一流の冒険者達数グループによる討伐隊か、場合によっては軍隊が組織され、対処されるほどの事態である。

　仮にの話ではあるが、もしもオノミチ水道迷宮が通常のダンジョンであれば、タツマ達が変異体に出会うことなどなかったはずだ。いたるところがカメラで監視されている商業用のダンジョンであれば、発生と同時にその存在に気付き、ダンジョンは即刻封鎖されていただろう。しかし、海中に潜んでいたバケモノの存在には、今、この瞬間まで誰も気付くことができなかった。ただ一人、河の女神を除いては。

　オルタだけは海から近付いてくる異常な気配にいち早く気が付いていた。水の流れを澱ませる何者かの存在に。

　オルタには意志がある。自分で考えて行動もする。オルタは最善の行動をとっていた。彼女の思う最善を。

　海に飛び込んだウィリスを変異体から救うことが、彼女の選んだ最善の行動だったのだ。オルタにとっての最善は、競技にとっての最悪で、ウィリスにとっての最善だった。

　タツマは手元のオルタを見る。オルタは自分を見捨てたのではなく、ウィリスを救ってくれたのだと、気が付いた。

「全員！　今すぐ逃げなさい！」

審判の声に、タツマ達島にいた全員の時間がようやく動き出す。変異体の出現は災害である。試合の結果などもはや関係ない。戦うなどもっての外だ。

今は一刻も早くダンジョンから避難しなければならない。全員が一斉に島を出ようと、元来た道を振り向いて、絶望する。

「道が、どこにもない」

潮は、満ちきっていた。

タツマが通ったあの道も、カヤとイクアラが通った他の道も、全て海に沈んでいた。

「冗談じゃねえぜ……」

「まさか、このタイミングを、狙っとったんか……？」

金太とバーン、二人の声が震えていた。変異体は桁外れの強さと、魔物らしからぬ高い知能を持つという。潮が満ちきるこの時間、獲物達が孤立するタイミングまで、身を潜めていたとしても、何もおかしくはない。

「……審判殿、この満ち潮はいつ、終わるのでしょうか」

「一時間で満ち、一時間の潮どまり、そして一時間で引く。……それがここの、オノミチ水道迷宮の満ち潮だよ……」

優男風の審判は、顔を険しくしながらも、こう続けた。

「大丈夫だ！　他の審判達がすぐに冒険者協会に連絡してくれる。救助が来るまでここで待っていれば……」

「待っては、くれないみたいですよ」

タツマが海を睨んで言った。勇猛なバーンもイクアラも、口を一文字に結んで、海の方を見る。ウィリスの無表情から汗が流れ落ちる。カヤが右手で棍を、左手でタツマの手をぎゅっと握る。金敷が泣き出しそうな声で、言葉にならぬ何かを言った。

それがただのサメならばどれだけ良かっただろうか。いつか来る救助か、引き潮を待ってさえいればやり過ごすことができたのだから。

タツマの持つ黒い短剣から、オルタの髪が海に向かって広がっていく。オルタの髪の先。海へと続く岩場から、べたりと巨大な腕が這い出してきた。それは腕だけで、タツマの体の倍はあった。

ダンジョン学についての二十世紀の権威であったある人物は、興隆するダンジョン競技に警鐘をならしていた。既に巨大な商業ビジネスとなったダンジョン競技は、その教授を大学から追い出すことで、口を封じ込めた。職も権威も失った彼は、それでも人々にこう訴え続けた。

「人はダンジョンを管理して、全てを理解した気になっているが、それはただの驕りに過ぎない。いつか必ず、ダンジョンの未知は驕った人間にその牙を剝くだろう」

ダンジョンがスポーツになった現代において、その言葉の真の意味を理解している者はほとんどいない。中世の昔、冒険者とダンジョンが命がけで向き合ってきた頃には、当たり前のことであったにもかかわらずだ。

海から這い出てきたその生き物は、皆が知っているある生き物に似ていた。もっともその生き物は、映画やドキュメントフィルムでしか見たことはないだろう。タツマも図鑑でならば見たことはあった。

「ホオジロザメの……サハギンだ……」

海からぬらりと這い出て立ち上がったサハギンは、全長八メートルにも及ぶ、バケモノだった。

◇　◇　◇

「な……、なんだあれは⁉　あのバケモノは⁉」

五井は恐怖に引き攣り固まっていた。ベンチにいる選手達も恐慌に支配されていた。

武器を持つ者、逃げ出す者、わめく者。彼らがいるセーフティーゾーンは、変異体のいる島までは遥か遠くに離れているというのに、その異様な存在感と空気は、セーフティーゾーンまでありありと伝わってきた。

「ストップ！　一度動きを止めなさい！　皆！」

拡声器ごしの鋭い声がベンチに響く。厳島の一喝で、騒がしかったセーフティーゾーンが、にわかに静けさを取り戻す。

「一年、二年は全員退避。三年生は武器を持って、万が一の事態に備えなさい！　但し絶対にセーフティーゾーンの外へ出ないこと！　レナーデさん、三年生の中から救急要員を選んで怪我人の治療の準備を！　ミツヤ君は警察に電話を、カリンさんは冒険者協会に応援の要請を！　変異体が出たと知らせなさい！　五井監督、フィールドの審判の皆さんに協力して、生徒の避難を手伝ってください！　みんな落ち着いて、緊急訓練の通りに動きなさい！」

厳島は混乱した場を一息で収めると、自らはセーフティーゾーンのガラスケースの中で緊急時用に設置されている大型のライフルを取り出した。

「コ、コーチは何をなさるつもりですか？」

ミツヤが厳島に尋ねる。厳島は、ライフルを片手に、リリーフカーの扉を開けた。

「助けにいくわ！　島にいる皆を！」

リリーフカーとは、本来は選手交替時に使われる乗用車のことだ。ダンジョンは広い。選手交代を行う時は、リリーフカーで交替選手を送り届けてもよいとルールで定められている。その為、リリーフカーは一つのダンジョンに最低でも二台は用意されている。

オノミチ水道迷宮のリリーフカーは四台。通常時に使われるジープタイプが二台に、今のような満ち潮時使われる八輪駆動の水陸両用車が二台だ。

「これって、船舶免許も必要なのかしら……」

他愛のない一人言で心を鎮(しず)めると、巌島はアクセルを思い切り踏み込んだ。

ホオジロザメのサハギンは異質だった。

二本の足で立ち上がったサハギンは、前傾姿勢で長い両手をブラリと下げている。足はその巨体を支えるために醜(みにく)くアンバランスに肥大しており、長い尾を左右に振ると、鮫肌(さめはだ)がジャリジャリと砂浜との不快な摩擦音(まさつおん)を立てる。サメの頭部は異常に大きく、サハギンというよりも、まるでティラノザウルスのような風体をしている。サメの黒目だけの目が、不気味(ぶきみ)に昏(くら)く澱んでいた。

島に残されているのは、八人の生徒と一人の審判(アンパイア)。九人のちっぽけな人間達へ、ジャリジャリ、ジャリジャリという不気味な音と共に、バケモノがゆっくりと近付いてくる。

「君達、下がっていなさい！」

審判(アンパイア)はプロテクターの下からリボルバーを取り出した。ダンジョン競技の審判(アンパイア)達は、自らも熟練(じゅくれん)の冒険者である。もちろん武装もしている。審判(アンパイア)とて、魔物に襲(おそ)われる可能性があるからだ。

魔物に注意しながらも、競技に公正な判断を下す。生半可な冒険者では審判(アンパイア)の仕事は務まらない。学生達が危険だと判断した時には銃器の使用も許可されている。

審判(アンパイア)は変異体の無防備な腹部に狙いを定めて銃弾を連続で発射する。真っ白い腹部に黒い弾丸が飛んで、弾(はじ)かれた。

「く……ッ⁉　まるで効いてない⁉」

サメの肌は硬い。それが変異体のサハギンとなれば尚更だ。リボルバーから放たれた銃弾は腹部に弾かれるだけで、何の傷もつけることはなかった。

そしてサメとは、群れからはぐれた者から襲う習性がある。勇敢にも一人だけ前に飛び出していた審判（アンパイア）は、変異体の格好の獲物となる。

首をゆっくりと動かし狙いをつけると、その巨体からは想像もつかないスピードで審判（アンパイア）へと襲いかかった。飛びかかるその瞬間に、サメの黒い目が、白目へとぐるりと裏返る。瞼（まぶた）を持たぬサメは獲物を襲うとき、黒目を傷つけぬために白目と黒目を裏返す。黒い肌に突然生まれた白目は、両手両足を持ち人の形にも近いその魔物が、知性も感情も持たぬ、ただの残酷（ざんこく）なバケモノでしかないことを、タツマ達に教えた。

死の一撃が迫る。審判（アンパイア）は暴風に吹かれる木の葉のように、それでもどうにかソレを躱（かわ）すと、素早く腰の短刀を引き抜いた。彼の目の前には、剝き出しの巨大な白目があった。

「皮膚（ひふ）は硬くとも、目ならば……！」

その瞬間、白目が再び黒に裏返る。巨大な黒いだけの目が、淵（ふち）のように澱んだサメの目が、審判（アンパイア）の心を、喰った。

「う、うぁあああッ！」

審判（アンパイア）は恐怖に呑（の）まれながら剣を振り下ろす。恐れで視界が狭くなった審判（アンパイア）には、変異体の頭部しか見えていなかった。彼は根本的なことを忘れていたのだ。自分が相手にしているソレは、サメではなく、サハギンだということを。

——ドンッ！——と大きな音がした。

巨人のような手の甲が、彼を弾き飛ばしていた。プロテクターがぐしゃりとへしゃげ、人の体がまるでボーリングのピンのように砂浜を縦に転がっていった。気絶したのか、それとも命の灯（ともしび）が消えたのか、彼はピクリとも動かなくなった。

変異体は一度だけふりかえって、審判（アンパイア）の方を見たが、あれはもういつでも喰えると判断したのだろう。その尖（とが）った鼻先を、今度はタツマ達の方へと向ける。

笑いも、鳴き声も上げぬ殺戮者は、その無言が何よりも不気味だった。


「おぉあっ！」

沈黙を破り、小さな八人の群れの中から一人の少年が抜け出した。気合の声を上げ、自分を叱咤（しった）しながら変異体へと向かっていったのはタツマだった。刃渡りわずか二十センチの短剣を握りしめ、タツマは全員の先頭を駆けた。

勝てると思ったわけではない。怖くなかったわけでもない。やらねばやられると思った。ただそれだけに過ぎない。死への恐怖が、彼を無謀（むぼう）な特攻に走らせたのだ。

たとえ自分がやられても隙が生まれるかもしれない。仲間がそれで助かるかもしれない。そんなヒロイックで都合（つごう）のよい期待も、タツマの中にあったかもしれない。しかし、そんな無謀な自己犠牲（じこぎせい）を、彼の女神は決して許さなかった。

「オルタ様⁉」

タツマの手に持つ短剣から、オルタの髪が伸びる。オルタの長い髪が、まるで鎖鎌のようにぐるぐると変異体の体中に巻き付いていく。腕を封じ、足を封じ、変異体の最大の武器である口に髪の猿轡をかませると、そのままギリギリと締めつけ始める。

オルタの髪は変異体の動きを完全に封じ込めたかのように見えたが、短剣越しに伝わってくるプップッという音が、それが長くは持たぬであろうことを、タツマに知らせた。

「みんな頼む！　早く！」

タツマの声に全員がハッとなる。変異体だから、まだ学生だから、そんなことは関係ない。死にたくなければ自分達の手でどうにかするしかないのだ。これは命と命をかけた、原始的な狩るものと狩られるものの戦いなのだから。

狩られているのは自分達。動かぬ獲物はやられるのみだ。

「おっらぁあああっ！」

真っ先に駆け出したのはバーンであった。たとえ体力が尽きていようが関係ない。魚里高校最強のアタッカーである三年の自分が恐怖で動けず、一年のルーキーを代わりに前に出しているなど、自分の不甲斐なさが許せなかった。

怯えていた自分への怒りを気迫に変えて、バーンは一番槍で駆けて行く。バーンの気迫に導かれ、全員が武器を構えて、変異体へと襲いかかる。

しかしその時、変異体は身動きがとれぬまま、口をバクリと大きく開けた。頭を捩り、

オルタの髪をその鋭い牙で挟み込むと、ぐるりと体を捻り始める。地面に倒れ込みながら、バケモノの巨体が鋭く回転を始めた。

「ローリングだと⁉」

イクアラが叫ぶ。ローリング。それはサメのもっとも恐ろしい攻撃である。噛み付いた相手を体を捻ることで骨ごと引きちぎるのだ。

オルタはその動きに全力で耐える。オルタの髪は丈夫である。神気を纏った髪は生半可なことでは切れることはない。そのはずだった。

――バツン――

炸裂音にも似た音をたてながら、オルタの髪が、美しく長い緑の黒髪が、中ほどでぶちりと千切れた。

（二）

「オルタ様ッ⁉」

オルタの髪が、短剣の中へと巻き戻っていく。ローリングによって引き千切られたオルタは、およそ半分ほどの長さを失っていた。

オルタが失った半身。しかしその犠牲は無駄ではなかった。変異体のローリングは、間抜けにも仰向けに地に転がる形で止まっていた。そしてバーンは、変異体のローリングにも怯むことなく前へと進んでいた。

「サメに襲われた時の対処法は知ってるかぁ！」

助走をつけ、右足を大きく後ろへと振りかぶる。

「鼻をおもいっきり蹴飛ばしてやるんだとよおッ！」

バーンはサメの鼻先を渾身の振り抜きで蹴り上げた。二台の車が正面から衝突したような凄まじい音が辺りに響く。サメの鼻頭がぐしゃりと潰れる。物言わぬサメが、まるで悲鳴でも上げるように、身を捩り大きく口を開けた。

しかし、蹴ったバーンもその表情を痛みに歪めていた。軟骨であるはずのサメの頭が、恐ろしく硬かった。

「ヌォオオッ‼」

間をおかず、バーンの左から回り込んだイクアラがバスタードソードを振り下ろす。口から鼻先にかけて頭部をナナメに真っ二つにするつもりで振り抜いた大剣は、バーンの蹴りで跳ね上がった魔物の頭部を、今度は地面に叩きつけた。イクアラの戦神の加護と全体重を載せた一撃が、変異体の頭部をベコリと凹ませる。刃先が一メートル以上ある特大のバスタードソードと、サメの牙がぶつかり合う。

――ギイン――という、高い耳鳴りのような音が響くと、一本の大剣と一本の巨大な歯が折れた。

「クッ！　カヤ！　目だ！」

イクアラの言葉を受けたカヤが、地を這うような低い姿勢から、加速をつけた棍の刺突でサメの左目を貫いた。さしもの変異体も、目だけは鍛えようがない。

変異体は無音の咆哮をあげながら、痛みに悶えるように、仰向けの状態から体を捻り反転する。遠心運動により、カヤは棍ごと空に放り投げられた。空を舞うカヤは、ぐにゃりという棍が曲がる感覚とともに、眼球を潰した感触も得た。

そして今、仰向けからうつ伏せへと変わった魔物が反撃を始める。猛り狂った右手を近くにいたバーンに向けて振り上げた。

「ぼーっとすんなやぁ！　バーン！」

バケモノの右手の動きは、金太によって予測されていた。金太はバーンの襟首を摑み後ろへと引きずり飛ばすと、自分とバーンの位置をぐるりと入れ替えた。

巨大な手の平が金太に横薙ぎに襲いかかる。それはまさしく、先ほどの審判の焼き直しだった。金太は今、無残にも体と命を弾き飛ばされるのだと、誰もが思った。

しかし金太は、自分を犠牲に仲間を救うような殊勝な男ではない。特注の匕首を迫り来る手の方向に垂直に立てると、相手の力を利用して、硬い皮膚と骨を一気に貫いた。

手の甲から血を纏った刃が生える。バケモノの手を貫いた金太は、力の方向を真逆に変えて後ろへと飛んだ。自分を襲う右手の勢いを、今度は逃げる為に利用したのだ。

太った体にもかかわらず、金太は軽業師のように宙でくるりと回って着地した。怒り狂ったバケモノは両手で上半身を支え、エビ反りのような頭をもたげると、歯を剝き出しにして威嚇した。

大きな白い、巨大な歯が並ぶ変異体の顎。そこに僅かな隙間があった。イクアラが剣と引き換えに叩き折った一本の牙。それだけで、彼女には十分だった。

――シッ――

息を浅く吸い込んだ音がした。まるで引き絞った弓のようにウィリスの体が反り返っていた。しなやかで強い肉体の弓から放たれる矢は蒼き魔槍。ヴァルキューレの槍を、彼女は躊躇いもなく投げた。

アビリティーによって神に与えられた武器というものは、そのほとんどが何かしらの特殊能力を持っている。魔法使いウィリスの最大の武器であるコントロールは、魔槍においても健在だった。魔物の口にあった僅かな隙間へと、ウィリスの魔槍が進んでいく。僅かに逸れたその進路は、まるで霧が揺らめくように自然に、不可思議に修正されると、化け物の口内に飛び込んだ。硬い皮に覆われた魔物も、口内はむき出しである。深く深く、ウィリスの魔槍は突き刺さった。

バケモノは再び仰向けとなり、地を這いながらのたうち暴れた。口の中の槍を抜こうと両手で柄を握る。この瞬間、魔物は完全に無防備となった。

「俺だって、魚里の一軍なんだよッ！」

出遅れていたコールが、右回りでバケモノの左側面へと突進した。コールの得物は日本刀。二尺二寸の刃先が、サメのエラの穴の部分に狂うことなく突き刺さる。

コールは突きを終えた姿勢のまま、両足で砂浜を踏み込み、刃をさらに深く奥へと突き刺そうとする。バケモノはさらに大きく暴れ、頭部を激しく左右に揺さぶった。コールの刀はまだ三寸も刺さっていないというのに、刃が根本からパキンと折れた。

武器を失ったコールは、これ以上の追撃は不可能と判断し離脱した。

「このぉ、サメめぇー！」

皆の闘志に引きずられた金敷が、勇気をふりしぼり、コールの折れた刃をウォーハンマーで思い切り叩きつけた。まるで金槌で釘を打つように。

エラに刺さっていた刃が深く魔物の肉の奥へと潜っていく。刃が肉を割り、血が噴き出す。自身の為した想像以上の成果に、金敷が顔に一瞬だけ喜色を浮かべた。しかしその顔が、刹那の間もなく恐怖に塗り潰された。

金敷の頭部を影がよぎる。槍を外そうとしていたはずのバケモノの手は、気が付けば金敷に向かって振り下ろされていた。

未だ、仰向けの変異体は、寝転がってダダをこねる子供のような格好で、それでも確実に金敷の命を奪うに違いない巨人の槌のような一撃を放ったのだ。

「金敷ぃい！」

死を前に固まっていた金敷は、思わぬ方向から衝撃を受ける。タツマが捨身のタックルを金敷にぶつけていた。二人はもつれ合いながら死の淵からギリギリで離脱する。

僅かに遅れた轟音。金敷がいたその場所で鉄製のウォーハンマーが粘土細工のように潰されていた。あと僅かに遅れれば、金敷も同じ運命を辿っていたはずだ。

　金敷の命がけの一撃は、ウィリスに起死回生の一手を閃かせた。

「氷結！」

　サメのエラから大量に吹き出す血に向かって、ウィリスは最後の魔力を使い、氷の魔法を唱えた。ソレは水を凍らせるだけの小規模な魔法。しかし、何よりも効果的だった。

　サメのエラが血の氷で固まり、呼吸器の半分を潰したのだ。

　八人全員による怒濤の連続攻撃を受けた後、ようやく立ち上がったバケモノは、タツマ達に背を向けて走り出した。最後に巨大な水飛沫と共に、サハギンの変異体は再び海の中へと帰っていった。


　そして海は、ゆっくりと静けさを取り戻していく。

「退けた……のか？」

　タツマはキツネに摘まれたような表情で、変異体の消えた海を眺めていた。

「逃げた……みたいね」

　カヤも信じられぬというように、タツマの言葉に続いた。しばらくの沈黙の後、羊属の獣人が、飛び上がりながら大きな声を上げた。

「やった！　やったよ！　変異体に勝ったんだよ！」

　金敷の声でようやくその事実を理解すると、その場にペタリと尻をついた。

圧倒的な死の運命から逃れ、タツマは今、生きていた。幸運という言葉も生ぬるい。何かがほんの少しでも狂っていれば、誰一人生き残ってはいなかっただろう。

体中に残る緊張と恐怖を吐き出すように、タツマは長い息を吐いた。

そのタツマの目に、無残に浜辺に散らばったオルタの髪の毛が映った。喜んでいる場合ではないのだと、気が付いた。

「オルタ様！　オルタ様！　大丈夫ですか⁉　オルタ様‼」

タツマがオルタに呼びかける。オルタはするるっと剣から現れると、髪の毛でぐっと丸を作った。本当に大丈夫かどうなのかは、タツマには分からない。それでも取り敢(と)(あ)えずの無事が確認できたことに、タツマはひとまず、安堵(あんど)した。

「ごめんなさいオルタ様、俺、オルタ様の大切な髪の毛を……」

気にしないでいい。そういうことなのだろうか。オルタは短くなった髪の毛でタツマの頭を二度、三度撫でた。まるで母親のように自分を優しく撫でてくるオルタに、タツマはなされるがままだった。

その後、オルタはすぐにタツマの元を離れると、髪の毛で砂浜をカサカサカサっと這いながら、ある場所へと向かって行った。

「審判(アンパイア)さん……」

そこには変異体の犠牲となった審判(アンパイア)が倒れていた。血を吐き、痙攣(けいれん)する審判(アンパイア)は、誰がどう見ても危険な状態だ。ひと通りの救急訓練を受けているとはいえ、タツマ達は医者ではない。いや、たとえここに医者がいたとしても手の施しようはないだろう。

その審判に向けて、オルタが髪を触手のように伸ばしていく。黒い髪が青く、白く光りを放つ。

「回復魔法……、無詠唱で、超級の……」

魔法に明るいウィリスが、信じられないものを見たと目を瞬かせる。回復魔法の使い手は少ない。それも上級以上となると、世界にも十人といない。おそらくは、世界中の誰よりも高度な回復魔法が、タツマ達の目の前で披露されていた。

ゴフッ、ゴフッと気道に絡まる血を吐いたあと、審判は息を吹き返した。気絶したままではあったが、呼吸が穏やかなものに変わっていく。治療を終えたオルタは、ふたたびカサカサカサっと浜辺を這って、短剣と共にタツマの元へと戻ってきた。

「最高だ、オルタ様！　最高だよ！」

タツマがオルタに駆け寄ると、オルタを短剣ごと抱きしめた。感極まったタツマの抱擁の中、オルタは恥ずかしげに髪の毛を縮ませた。

浜辺は喜びに沸いていた。誰一人死ぬことなく、変異体を退けたのだから。

彼らには喜ぶ権利がある。そのはずだった。海を見ていた金敷が初夏だというのに、冬の風のように震えた乾いた声をあげるまでは。

「……ねえ、私達勝ったんだよね？　なんでアレがまだ、あそこにいるの？」

金敷の指差す先には、島を周回するように、ゆっくりと泳ぐサメの背びれが見えていた。逃げたはずの変異体は、島から離れず、島の周りを泳いでいた。いや、離れずではない。まるで外から内へと渦巻き(うずまき)を描くように、変異体は少しずつ島へと近づいていた。

「あんにゃろう……、逃げたんじゃ、なかったのかよ」

バーンがギリッと歯噛みする。海を注視していたウィリスがハッとなって声を上げた。

「海で氷を溶かしてる……」

ウィリスが凍らせたエラ部分の血液。血液でできた氷の固まりが、夏の海の中でゆっくりと溶けて、海面の赤い筋に変わっていく。

ウィリスの言葉を肯定するかのように、まずはエラに突き刺さっていたはずのコールの刀の刃の部分が、高く遠くへと放り投げられた。タツマ達には手の届かぬ別の島の砂浜に、刃の切っ先が軽い音と共に突き刺さる。さらには、バケモノの口内を貫いていたはずのウィリスの槍、右手に刺さっていた金太の匕首までもが、同じ砂浜へと放り投げられていく。海を渡れぬタツマ達を、あざ笑うかのような所業だった。

「逃げたんじゃない……、体勢を整えていただけなんだ……」

サメは執念深い(しゅうねんぶかい)生き物である。一度狙った獲物は執拗(しつよう)に追いかける。獲物が諦める(あきらめる)その時まで、サメの狩りは終わらない。

（三）

「ハァッ……、ハァッ……、カハッ……」

呼吸は乱れて止まらない。恐怖が胸を叩き続ける。生の実感は鉛のように重かった。

「ハァッ、ハァッ、……、だってあんなの……、絶対に無理だし……」

セーフティーゾーンに真っ先に飛び込んだハチネは、言い訳するように呟いた。

ハチネや幾背、タツマ達以外の一軍二軍の選手達は、拡声器から飛ぶ厳島の指示の下に、ここまで走って逃げてきた。彼女達には退路が残されていたのだから。

生死の分かれ目は紙一重だった。もしもあの満ち潮の時、自分も金敷やタツマのように迷宮の奥に進んでいたならば……。それを思うと、背筋の毛が逆立った。

「……でも、逃げろって言われたし……、これしかなかったし……」

罪悪感はある。見捨てたという事実も拭えない。それでもこれがベストの選択なのだ。

あの距離では間に合うわけなどないし、間に合ったところでアレが相手ではどうにもならない。だから自分は、いや、自分達は皆、逃げるしかなかったのじゃないか。

同意を求めるように周りを見渡して、誰かが足りないことに気が付いた。

「どうして動かないのよ！」

握った拳でハンドルを強く叩きつける。リリーフカーで、タツマ達の元へと向かっていたはずの厳島は途中の島で立ち往生していた。

死角になっていた岩の突起に車体の腹を完全に乗り上げてしまっていた。唸るだけのエンジン音と、タイヤが回る虚しい音だけが辺りに響く。

「お願いだから！　動いてよ‼」

その時、ガコンという音と共に、車が斜めに傾いた。空回っていたタイヤの溝が、しっかりと砂を噛む。

「アイアン君！」

振り返れば、全身鉄の大男が車体の尻を持ち上げていた。数百キロはある水陸両用車を、まるで手押し車か何かのように軽々と前方へと運んでいく。

「ありがとう！　あなたも早くセーフティーゾーンまで避難……」

今度はズドンという音と共に、車体が沈んだ。後ろを向いた厳島が「はあ？」と声をもらした。リリーフカーの後部座席に、鉄巨人が居座っていた。

「オレも、行く」

「な、な、……っ、何を言ってるの、アイアン君！　相手は変異体よ！　どれだけ危険だと思っているの⁉」

「だから、オレも行く！」

アイアンは後部座席を占有し、真っ直ぐに厳島を見返している。

「お願いだ！」

梃子でも動きそうにないという言葉があるが、実際に梃子でも動かないだろう。厳島は、ふうーっと、溜息を吐いた。

「……分かったわ。正直、アイアン君がいてくれるとこちらも助かるもの。でも、無茶は絶対にだめよ」

白旗を上げたのは厳島だった。アクセルを全開で踏み込む。厳島の運転する水陸両用車は、正面に広がる海に向かって走り出す。

「よかった。オレ、泳げないから」

体の表面が全て鉄で覆われている鉄の鉱石族のアイアンが、カナヅチなのも仕方はない。そこでふと、疑問が浮かんだ。

「……そういえば、アイアン君って、体重いくつだっけ?」

「五百五十キロ……ぐらい……」

運転席に貼ってあるステッカーを見る。水上最大積載量６００ｋｇと書いてある。厳島の体重が○○キロだから、ライフルは何キロぐらいあるのだろうか。靴や服は一キロぐらいだろうか。

「ダイエット……、しとけばよかったわ」

二人の乗る水陸両用車は、飛沫を上げながら海の中へと突っ込んだ。

「……おい一年。お前、オレの足も診てくれるように頼んじゃくれねえか?」

サメの背びれを歯ぎしりしながら見つめていたバーンが、タツマの方を振り返った。

「先輩、その足⁉」

バーンの道着、その脛の部分が異様に膨らんでいた。

「バーン先輩、失礼！」

イクアラがバーンを素早く地に横たえ、道着の裾を膝までたくしあげた。バーンの脛のちょうど中頃は、まるで木の瘤のように肥大しており、そこからぐにゃりと、ありえない曲がり方をしていた。

「オルタ様！　お願いします！」

既にオルタはタツマの腰元から抜け出し、バーンの元へと走り寄っていた。

「バーン先輩、歯を食いしばって下さい！」

イクアラが両手でガッチリとバーンの足を握ると、曲がった足を、力ずくで正位置に戻す。バーンは狼の牙を剥き出しにしながら歯ぎしりする。歯の隙間から唾が噴き出るが、声は決して上げなかった。

イクアラが両手で固定したバーンの脛に、オルタの髪が伸ばされる。青い光が、バーンの足に染み込んでいく様子が、真昼の太陽の下でもよく見えた。青い光が収束すると、バーンは「よっしゃ！」と言って立ち上がった。

両足を地につけた瞬間、バーンはもう一度、奥歯を噛んだ。

「……オルタ様だっけか、すげえなこりゃ！　ありがてえ！　これでまた動けるぜ！」

『また動ける』、そう言い切ったバーンに、オルタはふるふると髪の毛を横に振った。

「バーン先輩！　たとえどんな高度な回復魔法であろうとも、破壊された組織と骨を完全に元に戻すことなど不可能です！　無茶はおやめ下さい！」

　イクアラの言葉に、オルタは今度は髪を縦に振った。

「これだけ動けりゃ十分なんだよイクアラァ。それによぉ、アイツは足の回復なんざ悠長に待っちゃあくれねえぜ」

　バーンの目の先には、先ほどよりもさらに近い位置で島を回る変異体の姿があった。変異体から海へと流れる血液の赤い筋が徐々に細くなっていく。驚異的な回復力だった。

　変異体が恐れられる理由の一つがここにある。変異体が現れた場合は、プロの最強の冒険者チームが編成され、その討伐に向かうのが常であるが、その折、彼らは必ず一度の襲撃で変異体を滅ぼすよう、入念な準備をしてから変異体に挑むのだ。回復し、学習した変異体は、一度逃せばより強くなって帰ってくると言われている為だ。

　一度目の攻撃で変異体を殺しきれなかったタツマ達。髪が千切れ、骨が折れ、剣が砕け、棍がまがり、匕首を手放し、槍と魔力を失い、刀を折られ、槌を潰された八人に、二度目の攻撃を凌ぎきるビジョンなど思い浮かびはしなかった。彼らにはもう、戦う術が残されていないのだから。

　ゆったりと泳ぐサメの三角形のひれは死神の鎌の切っ先である。死神の鎌の全身が海中から姿を現した時に、自分達の生が終わってしまうのだろう。血の気が引いて、ぼうっとした頭でタツマはそんなことを考えていた。

――ぺしぺしぺし――

まるで死に魅入られたように変異体を見つめていたタツマは、オルタに頭を優しく叩かれることで我に返る。オルタはタツマの注意を引くと、今度は自分の依代である短剣をぺしぺしと叩いた。その後、変異体のいる方角を髪で指し示した。

「……オルタ様？」

訝しむタツマに、オルタは再び同じ行動を繰り返した。短剣を叩き、変異体を指差す。ただ、それだけを繰り返すのだ。

「ひょっとして、この短剣でアイツと戦えってことなのかしら？」

カヤの言葉にオルタはぐっと丸を作った。

「オルタ様……、いくらなんでもこれでアイツとやりあうのは厳しいですよ。イクアラの剣だって折れちゃったんですから」

タツマの持つ黒い短剣は刃渡り僅か二十センチ。刃は薄く、包丁並みの長さしかない。そもそも、オルタ自身も包丁として使っている。割りとよく切れる包丁ではあるが、あのバケモノの皮膚を貫けるとは思えなかった。カヤもイクアラも、オルタの意図が読めずに首を捻る。

そんな中一人だけ、タツマの持つ短剣を見て取り乱すほどに驚く者がいた。

「お、おい！　タツマじゃったか？　お前ソレ、どこで手に入れてきたんじゃ⁉」

金太がタツマの方へと駆け寄ると、食い入るように短剣を見つめ始めた。

「あ、いえ、オルタ様と出会った迷宮で石に刺さっていたんです。オルタ様と一緒に」

金太の異様な迫力に、タツマは体をのけぞらせながらそう答えた。見知らぬ人間にマジマジと見つめられたオルタは、その身をするるっと短剣の中に隠す。

「……おいタツマ、ちょいとこの剣、貸してもろてもええか？」

「えっ？　あっ、はい。どうぞ」

断る理由もない。タツマは刃の側を手に持ち金太に短剣を手渡そうとした。しかし、金太の手は、何かの壁に阻まれるように、剣の柄を握ることはできなかった。

「……あれ？　なんで？」

要領を得ないタツマに対し、金太は「まさか、ホンモンか？」と呟くと、背を向けて、浜辺から大きな石を拾ってきた。金太は両手で抱えたそれを、タツマの前に突き出した。

「おいタツマ。お前ちょいとその剣でこの石斬ってみい」

「は……？」

今度はタツマが驚く番だった。石など剣でそうそう斬れるものではない。タツマは首と手を全力で左右に振る。

「いやいやいや無理ですよ！　こんな薄い刃じゃ折れちゃいますって！　俺、剣の達人でもなんでもないですから！」

「四の五の言わずにやってみんかい！　ええか？　斬れると思うて斬ってみい。瓜でも切るつもりで斬ってみいや。タヌキに化かされたと思うてのお」

金太がぬたりと不敵な笑みを浮かべる。金太の細い目を見ていると、タツマはなぜか試してみようという気になってきた。

「ええか？　タツマ。これは瓜みたいなもんじゃあ。いや、瓜そのものじゃあ。よお熟した瓜じゃからのお、その短剣でもスッパリと切れるぞお」

金太の不思議な声音に、タツマは本当にその石が瓜に見えてきた。いや、もはや瓜にしか見えなかった。おいしそうな瓜だからみんなで分けて食べようと、タツマは思った。

「ほれ、切ってみい」

金太に導かれ、タツマは黒い短剣を何の力も込めずに振るう。それこそ、熟しきった柔らかい瓜を切るつもりで。よく熟れた瓜が真っ二つに分かれて落ちる。

——ドスン——という音で、タツマは我に返った。

下を見ると、ラグビーボールほどの石塊が、墓石のようなつるりとした断面を残し真っ二つに分かれていた。

「………ええっと、これは一体、どういうことでしょう？」

自分はタヌキに化かされていたのだろうか、今でも化かされているのだろうか。タツマだけではない、その場にいた全員が何が起こっているのか解らず、ただ呆けていた。

そんな中、一人だけ得心し、ぬたりと笑ったのが金太である。

「ウチはのお、骨董品屋やっとるんじゃ。一割のホンモンに九割のニセモン混ぜた由緒正しき骨董屋よぉ」

「は……、はぁ？」

「そんな骨董業界にのぉ、百二十パーセント紛い(まが)モンじゃから、絶対に買い取るなと言われとるモンがあるのよ。神剣っつうてなあ、鍛冶神(かじしん)ヘーパイストスの銘(めい)が彫(ほ)られた武器の数々よ。まあ、骨董屋の店先に並ぶようなモンは、神剣どころか魔剣ですらない、ただのナマクラのニセモンじゃがのお」

「……ええっと、その話と、この剣と、何が関係あるのでしょうか」

金太はもう一度、ぬたりと笑う。

「お前、コレ神剣じゃあ。鍛冶神ヘーパイストスの打った、ホンマモンの神剣じゃあ」

（四）

空が高い。

夏の入道雲がモクモクと湧(わ)き始める。青い空の下、白い砂浜の上で、八人の戦士達が輪になって円陣を組んでいる。

「ええか？　あのバケモンのアホみたいに硬い骨と皮膚を貫けるんはタツマの神剣だけじゃ」

「それはもうわかったんだがよぉ、あの剣じゃいくらなんでも短すぎやしねえか？」

「ふむ……、急所をつければあるいは、といったところか」

「魚の急所なんてわかんねえよ。おいカヤ、知ってるか？」

「後頭部から背中への繋ぎ目よ。どの魚も同じだから、多分サメでもイケるはず」

「……問題は、どうやってツンツン頭君が、そこに剣を突き立てるか」

「全長八メートルのバケモノだからな、さっきみたいに転んでくれたらいいんだが……」

「だったら、魔物が走ってくる所にこう、綱をピーンと引っ張るとか、どうかな？」

八人で一回りした作戦会議、最後の発案者に向けてギロリと七人の視線が集まった。

金敷が「ご、ごめんなさい……」と涙まじりの声をあげた。

「……いや、ひょっとして悪くはない案かもしれんぞ？」

「頭沸いてんのかイクアラぁ？　だいたい綱なんてどこにあんだよ？」

「綱なんかよりも丈夫なものが有りますよ、ほら、あそこに」

イクアラが指差したその先には、変異体に食い千切られたオルタの長い髪の毛が、浜辺に残されていた。長さ十五メートルの神気を纏った丈夫な髪の毛が。

「……よしっ！　作戦はこうじゃ！　まずは囮役が奴を誘導する」

「で、オレら綱の引き役が、六人であのデカブツを転ばせる！」

「あの巨体を支える足だ。とんでもない綱引きにはなるだろうが、……やるしかないな」

「ああ。そしてヤツが倒れたところに、俺がどうにか飛び乗って、後頭部の急所にこの剣を突き立てる！」

「バケモノが囮役ではなく、綱の引き手に襲いかかる可能性はないのかしら？」

「……ないとは言えない。でも、サメは群れから逸(か)れたものを優先的に狙うはず……」

「引き手に襲いかかればアウトか……、ハハッ、賭け事(ごと)は苦手なんだけどな」

「い、祈れば大丈夫ですよ！　だって私達には、本物の女神様がついてますから！」

金敷の言葉に、八人の視線がタツマの鞘(さや)に収まっているオルタへと集まった。オルタの髪の一房が、するるっと伸びて丸を作った。

作戦は、決まった。

◇　◇　◇

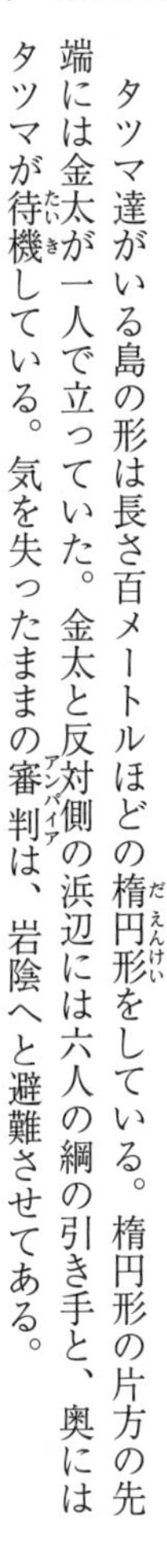

タツマ達がいる島の形は長さ百メートルほどの楕円形(だえんけい)をしている。楕円形の片方の先端には金太が一人で立っていた。金太と反対側の浜辺には六人の綱の引き手と、奥にはタツマが待機(たいき)している。気を失ったままの審判(アンパイア)は、岩陰へと避難させてある。

島の先端。金太の足を、つま先からぶるりと何かが駆け巡った。恐怖か、武者震いか、その両足に、チームメート達の全ての命を背負っていた。

「…………問題はこの作戦、誰が囮役をやるか？　ということですが……」

イクアラはそこで口ごもる。チラリとカヤに目線を送る。足の速さを要求されるこの役目、イクアラには不向きである。チラリとカヤに目線を送る。最も危険な役目だ。やってくれとは言えない。


「ええ、私がや……」

「アホかぁ、足が速いだけじゃ囮役は務まらんわ。天狗の嬢ちゃんなんぞに命預けるんはごめんじゃな」

金太がカヤの言葉を遮り、鼻で笑った。

「なにを……ッ!!」

「じゃからその役目、ワシがもろたぞ」

全員の驚愕と視線を金太は集めた。魔石にしか興味のない男の発言だとは思えなかった。金太はすまし顔で、ボリボリと顎の下を掻いている。

「おう、金太」

「なんじゃあバーン」

「やれんのか？　本当に」

「あたりまえじゃあ。ワシがせんで、誰がやるんじゃ」

金太とバーンが睨むように見つめ合う。

「てめえはムカつく奴だけどよ、実力だけは認めてんだ。後で泣き言言うんじゃねえぞ、タヌキ野郎！」

「誰に物言うとるんじゃ、このサル頭が！」

バーンの突き出した手の平を、金太が力強く払い落とした。

手の痺れが、まだ残っている気がした。

（できる、できる、ワシならできる）

島の先端で金太は海を見ていた。バケモノがゆっくりと島を外周している。金太は自分の腕を、尖った犬歯で思い切り嚙み切った。血がぼたぼたと海へと流れる。

サメは血の匂いに敏感な生き物である。呼吸する必要のないサメの鼻が、大きく発達しているのは血の匂いを嗅ぎ分ける為なのだから。ゆっくりと泳いでいた変異体は、進路を変え、金太の方へと急スピードで近付いてくる。

無意識に匕首を握ろうとして、からぶった。武器は失っている。丸腰のまま、金太は化け物と一人で対峙する。

（できる！　できる！　できんことは絶対ない！）

海中からサメの頭部が水と共に隆起してくる。まるで陸に乗り上げる潜水艦のように、とんでもないバケモノが、波と砂を掻き分け上陸する。

「喰えるもんなら喰ってみいやぁあッ！　このサメ頭が！」

ぐるりと振り向くと、金太とサメの百メートルの追いかけっこが始まった。八人全員の、命をかけた追いかけっこが。

囮という役目は、ただ逃げるだけでは成立しない。重要なのは決して魔物から離れすぎないこと。魔物の爪が届きそうで届かない、ギリギリの場所を見極めて逃げつづける。

後ろを振り返る余裕もない。変異体を相手に、それは目隠のまま高層ビルから綱渡りをやるようなものだ。変異体のプレッシャーと死を背中に感じ、それでも金太は逃げない、振りきらない。タヌキの玉袋がぎゅっとちぢみあがる。

「できる！　できる！　これはワシにしかできんのじゃあ！」

よく利く鼻を持つ金太にしか、この役目は務まらない。チームの中でただ一人、これができるのは自分だけだ。

ジグザグに動き、変異体の視線を自分だけに釘付けにする。後に控(ひか)えているトラップを、バケモノに悟らせるわけにはいかない。

長い長い百メートル走。魔物の牙が届けば一撃で終わり、死の淵をギリギリで踊るような金太の走りは、六人が待つその場所のど真ん中へと正しく後続の獲物を導いた。

金太はバケモノに綱の引き手の存在を気に留めさせることなく、最高の位置でゴールテープを飛び越した。

「今じゃぁッ」

高く飛びながら金太は叫ぶ。僅かに遅れてゴールへと足を踏み入れたバケモノ。そこには、砂の中に隠されていた特製のゴールテープがあった。

「「「ぉおおおお！！！」」」

「「「ええええす！！！」」」

　気合いの声と共に、三人と三人が全力で髪の綱を引っ張った。大声を出すと身体能力が一時的に増すという研究結果がある。綱引きの掛け声というのも決して馬鹿にはできないものだ。ましてやそれが、命のかかった場面であれば。

　砂の中からピンと飛び出した黒い綱が、バケモノの右足首を絡めとる。変異体の右足一本に対して、六人の人間が挑む綱引き勝負が始まった。

　作戦の二段階目。この場の主役はバーンとイクアラの二人である。体重数トンのバケモノの蹴り上げに、二人は耐えねばならない。引きずられぬよう、足で地面に杭を打つように、深く強く両足を踏ん張る。

「らぁああああああ！」

「ぬぉおおおおおお！」

　二人の体が、前方へと流される。砂に突き刺した足が、引き抜かれていく。魔物の右足に絡んだ髪の綱が、くの字に歪む。綱は真っ直ぐに張り続けなければならない。引きずられては終わりなのだ。

「倒れろぉお！」

　魔物の向かう先、タツマが祈るような咆哮を上げた。バケモノのダンプカーのような突進にも、タツマはそこから一歩も引かず立ち尽くす。歯を食いしばってバケモノを見上げている。その姿が、イクアラの視界の隅に映る。

（本当に、大した奴だよオマエは！）

　イクアラはリザードマンだ。さまざまな種族が入り乱れるこの世界においても、彼らは一線を画す存在である。まずはその見た目の異様さ。長く伸びた口に鋭く尖った歯と、全身を覆う鱗という容姿の為に、確固たる知能と文化を持ちながら、中世にはモンスターと見做されて虐げられた時代もあった。

　また、数多いる亜人族の中でも殊更に成長が速い種族でもある。リザードマンは十二歳で成人を迎えると言われている。中学に入学した時点で、肉体も精神も既に大人であったイクアラに、周りの人間は好んで接することもなかった。中学でダンジョン部に入ったのも、将来の為に過ぎない。リザードマンがつける職業など限られている。冒険者なら何不自由なく暮らせるはずだ。その為の、ダンジョン部のはずだった。

『お前もダンジョン部か？　やっぱ甲子園目指してんのか？　よろしくな！』

　ヒト族の中でも特に小柄だった少年が、空に掲げるように手を伸ばした。自分にぶら下がるように握手してきたヒト族の少年の温かい手を、イクアラは今でも覚えている。

「……おおおッ!!」

　この手を離すわけにはいかない。イクアラの極端に長い指が、ぎゅっとオルタの綱を摑む。全身の血管が破裂しそうなほどに膨れ上がる。体を無理やり後ろへと反り返らせる。

　守護神の戦神に加護を求める。肉が千切れようが、骨が砕けようが構わない。

「初めての友達を、ぽっと出の貴様なんぞに奪われてたまるかぁあッ！」

足が砂浜に深く埋まる。膝の辺りまで砂に埋まる。

「ケッ、後輩共に任せッきりなんざぁッ、後で九児に笑われちまうんだよォッ‼」

イクアラの全力の綱引きに、対面のバーンも全力で応える。守護などなくとも、種族特性も関係ない。それは意地、人狼の火事場の馬鹿力は計り知れない。

二人の握る綱がグンと互いに引っ張られる。六人の力を限界まで引き出した綱引きが、縄を真っ直ぐに張りきった。バケモノの体がグラリと前へと揺れる。

命の綱引きは小さな人間達に軍配があがった。


空が隠れる。それは影だけでも人を喰らいかねない。迫りくる暴力的な圧力と質量にむけて、タツマは叫ぶ。

「来い‼」

恐怖はない。金太から始まった命のリレーは、爆発しそうな熱だけを、タツマの心に伝えていた。

（見極めろ！）

しかし頭は氷のように透き通り、冷えている。鼻先を風が横切っていく。バケモノの頭が倒れていく。そのギリギリの場所とタイミングを、冷たい瞳で見届ける。

この一瞬、一度きり、タツマはウィリスの域に肩を並べた。

――トン――

自然に体が動いた。熱い心と冷たい思考に、肉体の動きが柔らかく応えた。魔物が地に伏せるその寸前、サメの鼻先にタツマの素足が乗った。

轟音。

魔物の巨体が地面を揺らす。縦揺れの地震のような反動を勢いに変えて、タツマは空へと飛んだ。両手に握りしめるのはオルタの短剣。まるで海の中に飛び込むように、両手をそこに向かって突き出した。

ヒトの可能性と神の想いを乗せた一撃は、変異体の硬い皮を貫いた。

「□□□□□□□□□□□□□!!」

声なき咆哮を化け物が上げる。自分を滅ぼさんとする異物を振り落とそうと、化け物は激しく身を捩る。巨大な尾びれを振り回すと、天まで打ち上げられた砂がバラバラと雨のように降り注いだ。

タツマは股座(またぐら)で魔物の背をしっかりと挟み込み、突き刺した剣を両手で強く握りしめる。ヤスリのようなサメ肌で太腿の皮膚が破れる。ほんのひと時でも気を抜けば、タツマの小さな体など、天に放り投げられてしまうであろう。

(このまま、押し込む!)

もっと深く、もっと奥へ、魔物の体内へと潜り込むように、タツマは短剣を突き刺していく。皮を裂(さ)き、肉を穿(うが)ち、短剣はついに、動脈へと届く。

魔物の血が鯨の潮のように吹き出し始める。ドロリとした血が顔に降りかかり、視界が奪われる。口も、耳も、粘性の強い血液に覆われ、全身がどす黒い赤に染まっていく。ただ、彼の背中だけは綺麗だった。それはタツマが、一歩も逃げなかった証だった。真っ直ぐな剣が、変異体の急所を貫き、進んでいく。

「オイッ！　コイツ、海に逃げる気じゃぞ！」

金太の警告は、ふさがったタツマの耳には届かなかった。

綱を握るバーンとイクアラが呻き声を上げた。

バケモノは、強者にして、狡猾だった。

劣勢を悟った魔物は目の前の海へと全力で逃げた。海中こそがバケモノのフィールドである。先ほどのようにもう一度、海の中で体勢を整えるつもりなのだろう。

バケモノを地上へと縫いとめているのは黒い綱ただ一本。綱の引き手である六人にかかる負荷が一気に最大となり、そしてゼロに振りきれる。

綱を引っ張っていたはずの六人。彼らの体が宙に舞っていた。命の危機を感じたバケモノの肉体が、追いつめられた変異体の底力が、六人の想いと力をねじ伏せた。

空に放り出され視界がぐるぐるとまわる。イクアラとカヤ、二人の視界に、変異体と共に海の中へと引きずられる彼の姿が見えた。

「「タツマァー！！！」」

二人の叫び声は、巨大な水柱と水音にかき消された。

水圧と気泡がタツマの体を通り過ぎていく。小さな体は嵐の中の旗のように煽られる。水の中、呼吸する術を失った中、タツマはそれでも引かなかった。いや、引けなかった。短剣と共に、肘の辺りまで変異体の肉の中へ潜り込んだ両腕は、タツマの力ではもはや引き抜くことができなかった。

それはタツマにとっての不運であり、ほんのわずかな幸運でもあった。

海の中、そこは魔物の力が最大となるフィールドだ。もしも手を放してしまえば、次の瞬間には、身を翻した変異体の顎に、タツマは容易く噛み砕かれていたことだろう。

しかしその幸運も、僅か十数秒、命が少し伸びただけだ。疲労の極限で、酸素すらも取り込めぬ体は、限界だった。

――ごぼり――と、肺に残っていた最後の空気が逃げていく。

周りに広がるのは、冷たく重い迷宮の海。タツマを押し潰す死の液体。

全ての空気を吐き出した少年の体は、痙攣しながら、制御を失う。

意志に逆らい、口が反射的に動いて、失った酸素の代わりに死の海水を補充する。

飲んではならぬ死の液体が、喉の奥へと流れていく。

最後に飲んだ死の味は、生を断つはずの苦しみの味は……、なぜかうまかった。

目を開ける。魔物の血で塞がれていた視界がようやく晴れた。辺りに広がるのは、海の中の藻のように揺蕩う一面の黒い髪と、そこから染み出る金色の液体だ。

藻の女神の最後の助けがそこにあった。

タツマを襲っていた疲労と死の気配が一瞬だけ足を止める。酸素を失ったタツマの体に、最後の力が湧いてくる。

剣を握る。柄から伸びるオルタの髪が一房だけ、タツマの手首に控え目に絡まったのを、タツマは感じた。

タツマの持つ神剣は、オルタの父がオルタとその夫となる者に、花嫁道具として与えた物である。これが神剣の本当の力だったのだろう。これ以上奥に進むことはないと思っていた神剣が、スッと肉を切り裂いていく。

二の腕が埋まり、もうこれ以上は無理だというところで、剣の切っ先がカチリと何かにぶつかった。それはサメの軟骨か、あるいは魔物の核だったのか。

人と神、タツマとオルタの二人の共同作業が目に見えぬ何かを貫いた時。バケモノは迷宮の海に溶けて消えた。

（五）

光が遠い。

空気も気力も全て吐き出してしまった体は、水の底へと落ちていく。

そこは冷たく暗い水の中。沈んでいくタツマには、もはや水を掻く力も残っていない。果てもなく、重たい海が、小さな体にのしかかる。冷く硬い水圧が、タツマの体を押し潰していく。

(柔らかい……)

だから気づいた。右手に宿る柔らかさを。子供の頃、母に手を引かれた時のような温かい柔らかさを。

誰かがタツマの手を引いていた。光の方へと手を引いていた。自分と共に歩んでくれる誰かが確かにそこにいる。長くて黒い髪の毛がその顔を隠してはいるけれど、綺麗な髪の隙間から、確かに微笑みかけられた気がした。

『行きましょう』

優しくて、控えめな笑みを見た気がした。いつか夢で見たいと思った笑顔だった。音の聞こえぬ水の中で、タツマは確かに、誰かの声を聴いた。

手を握り返す。そこへ一緒に行こうと、行きたいと思うから。

足を蹴る。誰かがぐんぐんと、タツマの手を引いてくれている。優しくも、力強い存在が、タツマの手を引いている。

冷たい水のトンネルを潜り抜ける。光を感じた瞬間に、自分の手を引いてくれていた存在に、強く強く抱きしめられた。二度、三度、咳をして、空気をむさぼる。瞼から海水が零れ落ちる。目を開く。酸素不足の脳が、タツマを抱きしめる者の存在をゆっくり

と認識していく。タツマはその、名前を呼ぶ。

「……アイアン、先輩？」

タツマを抱きしめていた無口な鉄巨人は、優しくて控えめな笑みで、頷（うなず）いた。


「本当に、無事でよかったわ、タツマ君」

泣き出しそうに湿った声が、アイアンの背中から聞こえた。

「厳島コーチ？　……一体？」

「アイアン君が見つけてくれたのよ。水面に浮かぶあなたの黒い短剣をね。……本当に、間に合ってよかったわ」

厳島が運転席から振り向いた。厳島の運転する水陸両用車、タツマはその後部座席で未（いま）だアイアンに強く抱きしめられていた。オルタの短剣が座席に転がっている。水に浮いたという短剣、やはり不思議な剣だった。

「短剣とタツマ君をオルタ様が繋いでくれていたの。オルタ様に感謝しなきゃね」

「オルタ様が……」

タツマの右手に絡みついていたオルタの髪の一房が、するるっと黒い短剣に収納されていった。今も手に残る柔らかさが、自分の命を繋いでくれたものが、それなのだと教えてくれた。

「ありがとうございます。オルタ様」

それ以外の言葉は、タツマには思いつかなかった。厳島がふっと笑うと、前を向く。

「さぁ、凱旋よ！　出迎えのみんなが待っているわ」

「タツマぁー!!」

「タツマ!!」

待ちきれなかったのだろう。カヤとイクアラがバシャバシャ波をかき分けて、水陸両用車へと飛び込んだ。すべすべとした柔らかな肌と、鱗だらけの厚い胸板を、タツマは両の頬に感じた。

「ツンツン頭君！」

「てめぇこの一年が！　やりやがったじゃねえかよ！」

続いてウィリスにバーン、そして金敷やコールに金太までもが、タツマに次々とのしかかっていった。手荒すぎる歓迎がタツマの体を押し潰す。

「ちょっと待ちなさいみんな！　もうギリギリなのよ！　ああー、沈む沈む沈むー!!」

重量制限を六百キログラムほどオーバーした水陸両用車は、陸地を目の前にしてぶくぶくと水の中へと沈んでいった。

◇　◇　◇

歓声と笑い声が耳をくすぐる。真っ白い太陽が瞼を通り過ぎて輝いている。彼が、審判が目を覚ました時には、一人の女性が心配そうに自分の顔を覗き込んでいた。

「よかった。お気づきになられたのですね」

確か彼女は厳島という名前だったはずだ。自分が今審判をしている魚里高校の職員の……、そして彼は、審判としての、プロの冒険者としての、自分の責務を思い出す。

「変異体は！　あれはどうなりました？　学生達は⁉」

厳島は柔らかい笑顔である場所を指差した。そこでは紅白戦で戦いを繰り広げていた一軍・二軍の選手達がひとところに集まって、歓声を上げていた。変異体の恐怖など、全てが夢であったのかと疑うような、明るさと喜びがそこにあった。

ここで何が起こったのか、厳島の口から全てを聞いた彼は、

「魚里高校の審判は、もう二度と引き受けることはできないですね」

と呟いた。厳島が「大変なことに巻き込んでしまい、申し訳ありませんでした」と頭を下げると、彼は「そういうことではなく」慌てて否定し、

「きっと彼らに肩入れしてしまいますから。私はもう、審判失格なのですよ」

そういうと、未だ団子になって固まる九人を眩しそうに見つめた。もみくちゃになって喜ぶ彼らは、まるで甲子園に優勝したチームそのものに見えた。

「甲子園、行ってくださいね。彼らにはその権利がありますよ」

「はい。道は始まったばかりですけど、あの子達なら必ずやってくれます」

魚里高校の審判は二度としない。そう宣言した彼は、「私も応援に行きますから」と

付け加えて、笑った。

「道だ！　道が続くぞ！」

タツマが叫ぶ。

満ち潮により、離れ小島となっていたタツマ達のいる島に、道が再び浮かび上がっていた。引き潮が始まったのだ。ダンジョンは引き潮も凄まじい。ただの浅瀬がみるみると道へと変わっていく。

「みんなー！　早く帰ってきてよー！　そっちだけ盛り上がってずるいぞー！」

拡声器からカリンの声が聞こえた。一軍・二軍の選手達が、セーフティーゾーンから、タツマ達を呼んでいる。そこにはもう、一軍・二軍の垣根などどこにもない。

タツマやウィリス達が並んで駆けていく。生まれたばかりの道に足を伸ばす。この道はきっと、甲子園に続いているはずなのだから。

しかし、その道を踏みしめる前に、タツマの足がぴたりと止まった。

セーフティーゾーンへと続く道、まだ道幅の狭いその場所を、一台の車が塞いでいた。

厳島に遅れること三十分。平穏を取り戻したダンジョンを、もう一台のリリーフカーがタツマ達の元へと走って来る。

勝利に酔っていたせいだろう。厳島もタツマもその男の存在を忘れていた。

「全くヒヤヒヤさせおって！　なんだあの体たらくは！　勝ったはいいが、ギリギリだぞ！　明日から鍛えなおしだ！　鍛えなおし！」

魚里高校の一軍監督が、リリーフカーから降車した。

熊族の大男が、のけぞるように胸を張っている。威圧と罵声を振りまきながら、悠々とこちらに向かって歩いてくる。

「全く、こんな相手にてこずりおって！　本当に貴様等は九児がいなければなんもできんな！　今年こそ甲子園にいかねばワシのクビも危ういんだ！」

「こんな相手って……、何を言ってんすか？　監督？」

バーンが呆気にとられながら言った。バーンだけではない。その場にいる全員が、ぽかんとなって五井を見た。変異体があんな相手とでも言うのだろうか。ズレた五井の発言に、誰もついていけなかった。

五井はバーンの問いには答えず、焦点のズレた目で、タツマを見下ろした。

「ハンッ！　ヒト族の身の程知らずが！　色々と小賢しい真似をしおって。それで最後にアレとは、笑わせてくれるわ！」

「だから何を言ってるんっすか‼　意味がわかんねえって言ってるんですよ！」

五井はタツマから目を離すと、バーンの方を向いた。

「だから紅白戦の話に決まっとるだろうが！　二軍相手なんぞにてこずりおって、危うく負けるところだったろうが！」

五井の回答は、誰も予想していないほどにズレていた。

「おおっと、まずは集計が先だったな。おい審判(アンパイア)。魔石の集計を頼むぞ！　コイツのペナルティーも含めてしっかりとな！」

五井はタツマを指差しながら、鼻をならす。

「勝ち負け(そんなもん)より、見るべきものがあるじゃねえかよッ！　変異体っすよ！　変異体！　オレ達は……、いや、コイツは変異体に勝ったんすよ！」

「変異体だと……？」

五井はぐるりと首を回す。

「どこにもおらんだろうが、そんなモン」

五井は静かな砂浜を見て、そう言った。

「変異体のサハギンならあなたも見たでしょう！　監督」

惚(とぼ)けたことを言う五井に向かい、今度は厳島が前に出た。

「変異体？　ただのでかいサハギンだろうが。まったく、大げさにサイレンなんぞ鳴らしおって」

「トラックより大きなサハギンがただのサハギンなわけないでしょう！」

「変異体だというのなら、魔石の一個でもあるんだろうな？　変異体の魔石ならば相当な大きさになるはずだぞ！」

「魔石は、海の底ですが……」

　厳島は思う。「この男、もみ消すつもりなのか」と。変異体を倒した証の魔石は、滅んだ変異体と共に海の底に消えた。厳島は訝しむ。五井に何かの狙いがあって、変異体の出現をなかったことにしようとしているのかと。

「第一あれが変異体なら、ヒト族のガキなんぞが勝てるわけがないだろうが！　コイツが倒した時点で、あれが変異体でないと証明されたわけだ！」

　しかしすぐに違うと思った。五井の目の光には理性がない。五井という男は、心の底からそう思っているようだった。

「まったく、退部だと言ったにもかかわらず、知らぬ間に潜り込みおって、誰の許可を得て、帰ってきおった！　ええっ⁉」

「何を言っているのです監督！　彼は守護を手に入れました。守護持ちならばヒト族でも入部を認めると、そう監督はおっしゃったではないですか」

「ハンッ！　どんなトリックを使って守護を手に入れたのかは知らんが、所詮はヒト族だ！　反則でしかウィリスを止められんかったんだからな！」

　タツマ達と変異体との戦いは、変異体の存在と共に五井の頭からすっぽりと抜け落ちているとしか思えなかった。最後の反則、あれがなければウィリスがこの世に存在していないであろうことも、理解しているように見えなかった。

「狂ってるわね……」

厳島がぼそりと呟いた。五井という男は、確かに歪な男ではあった。しかしここまで話が通じない人物だとは、厳島は認識していなかった。

「守護を手に入れたところでヒトはヒトだ！　ダンジョン競技で、亜人がヒト族に負けるなぞありえんのだ！　ワシは絶対に負けとらんのだ」

五井の亜人優位主義、それは厳島も知らぬことではあるが、彼の過去に由来するものだ。高校時代、五井のチームメートに、強力な守護を持ったヒト族がいた。五井よりも体が小さく、身体能力も低かったはずの彼は、自分を差し置いてキャプテンになり、自分を差し置いてプロへ行き、今では自分を遥かに置き去りにして、プロの冒険者チームで監督を務めている。

自分も守護を受けていればヒト族などに負けなかったはずだ。その妬みが彼を歪めてしまった。五井がキャプテンになれなかったのは、実力よりも二人の心根に違いがあったというのに。そのことを五井は、決して理解しようとはしなかった。

そして今日、五井の歪みが初めて見た変異体への恐怖と、それに打ち勝ったヒト族の少年の存在で、もはや取り返しのつかぬところまで大きくなって、崩壊した。

五井とて元々は冒険者である。自分が恐怖のあまりセーフティーゾーンから一歩も動けなかったバケモノに対し、小さなナイフで立ち向かったヒト族の少年。どちらが冒険者として優れているか明らかだった。それを認めたくなかったが故に、五井の脳は変異体の出現と、それに打ち勝った少年の存在を決して認識しようとしなかった。

「試合はワシの勝ちだ。ワシが監督だ！　全てはワシが決めるんだ！」

五井がタツマを見下ろす。いや、五井はタツマを見ていなかった。タツマを通して自分の昔のチームメートを見ていた。過去に囚われた、焦点のズレた瞳で、五井は何かを見下ろしていた。

「あんな初歩的な反則を犯すような無能などワシのチームにはいらん！　今度こそ貴様は退部だ！」

そしてタツマが受けたのは、再びの退部宣告だった。二か月前、それを受けたタツマは喚きながら走り去った。

しかし今回はそうはならない。タツマより先に、逃げ出すものが現れたのだから。

「オルタ様⁉」

タツマの腰元から、するりとそれは抜け出すと、短剣と共に凄まじいスピードで走り出した。カサカサカサっと、黒い塊が五井の横を通り抜けて、別の島へと駆けていく。

「オルタ様ー！」

タツマは全力でオルタを追いかける。タツマの足よりも、オルタの髪はなお速かった。

二人はチームメート達を残して島から消えていった。走り去っていくタツマの後ろ姿を見ながら、五井は満足そうに、笑った。

「てんっめえぇぇ‼」

その叫びはバーンのものだった。あまりの剣幕に、イクアラとカヤが出遅れた。牙を剝き、髪を逆立て、五井に殴りかかろうとした。

　許せなかった。変異体との全員の戦いを、後輩の命がけの戦いも、オルタという名の女神の献身も、全てをなかったことにしようとしている男の存在が。

　この男が何を考えているのか、どんな事情があるのかはバーンには知ったことではない。退部も退学もどうでもよかった、一発でもこの男を思い切り殴っておきたかった。

　五井に突進するバーンの襟が、後ろから掴まれ、止められなければ。

「離せやぁウィリスゥ!!　甲子園なんざどうでもいい！　こいつをぶっ飛ばす！」

　バーンの剣幕を浴びた五井が震えた。とうに現役を退いた五井が、魚里高校最強の拳を喰らって無事で済むはずはない。タツマに対するメッキがけの強気など、あっさりと吹き飛んでいた。バーンの訳の分からぬ反抗に、ただ怯えていた。

　ウィリスはバーンの後ろ襟をぎりりと締め上げたまま、恐ろしく冷たい無表情で五井に尋ねた。

「……変異体のことは、今はいいです。……要するに、紅白戦で二軍が勝っていれば、彼は退部する必要はなかったと……？」

「そう！　そうだ！　アイツが負けたのが悪いんだ！」

　ウィリスの助け舟に五井はすかさず飛び乗った。バーンの怒りから逃れる為に、自分の主張を正当なものにする為に。勝者こそが正しいという古来からの真実を持ち出した。

「バーン、一軍はまだ、勝ってないよ」

氷のように冷たい顔をしていたウィリスが、僅かに笑ったように、バーンには見えた。

タツマはオルタを見失っていた。岩場の上を走っていたオルタは、突然どこかへと消えてしまっていた。

「オルタ様ー！」

タツマがどれだけ呼んでも、オルタは姿を現さない。すすり泣きすら聞こえない。毛先も短剣の柄も、どこにも見当たらない。まるで出会ったこと自体がなかったように、世界から突然消えてしまったかのように。

なぜ、オルタが逃げ出してしまったのか、そのくらいならタツマにも分かる。試合に負けたことを自分のせいだと思っているのだろう。タツマが甲子園に行けなくなったことを、自分の責任に感じているのだろう。だからタツマは、

「オルタ様、ごめんなさい！」

オルタがどこにいてもいいように、大きな声で、謝った

「俺、守護神様って、よく分かっていませんでした。オルタ様のことも、勝手に住み着いた変な同居人みたいに思ってたんです！」

オルタがどこにいても聞こえるよう、大きな声をタツマは届ける。

「オルタ様が何を思っているのか、俺、考えようともしてませんでした。俺、自分のことしか考えてませんでした。甲子園に行きたいって、それだけしか考えていませんでした。こんな俺に、この言葉を言える資格なんて、ないのかもしれないですけど」

それはタツマの素直な言葉。

「ありがとうございました。オルタ様」

タツマはそう言うと、深く頭を下げた。

「いつもおいしいご飯を作ってくれて、ありがとうございました。俺を、何度も助けてくれて、ありがとうございました。ウィリス先輩を助けてくれてありがとうございました。金太先輩を助けてくれてありがとうございました。審判（アンパイア）さんを助けてくれてありがとうございました。髪の毛が千切れてもみんなを助けてくれてありがとうございました」

タツマには、感謝以外の言葉は思いつかない。

「……そして、俺と出会ってくれて、ありがとうございました」

まだ、手に残っている柔らかい感触。そこにオルタがいると感じている。守護するものとされるもの、そこには母と子のような繋がりがある。

「甲子園には行けなくなっちゃったけど……、これからも、俺の守護神様でいてくれませんか？」

タツマの言葉は心からのもの。本当の願い。

「これからは、こっくりさんでいっぱいお話ししましょう。作ってくれた料理も、もう残しません」

出会った時のような勘違いではなく、タツマは心から、オルタを求めていた。

「だから……、一緒に帰ろう、オルタ様」

──シクシクシクシクシクシクシクシクシクシクシクシクシク──

すすり泣きと共に、オルタが岩の亀裂（きれつ）から飛び出してきた。両手を伸ばしたタツマの腕の中に、バレーボールほどの黒い塊が飛び込んできた。

──シクシクシクシクシクシクシクシクシクシクシクシクシクシクシクシクシク──

「ありがとうございます。オルタ様」

両手で抱きしめたオルタの髪は、やっぱり、柔らかかった。

「……バーン、一軍（わたしたち）はまだ、勝ってないよ」
「あぁん？　どういうことだ？　ウィリス」
ウィリスの言葉は、バーンにはやはり意味が解らない。ウィリスはバーンの襟から手を放すと、ぐいっと自分の胸の水着を引っ張った。水着とふくよかな双丘によって作られていた天然物のポケット。その中から、ウィリスは小さな魔石を取り出した。

それはジュエリーフィッシュの魔石、タツマとの競り合いの中で、偶然にウィリスの胸の中へと落ちてきた魔石だった。

ウィリスは魔石を摑んで振りかぶった後、綺麗なフォームで海に向かって放り投げる。しばらくして、小さな小さな水音がバーン達に聞こえた。

投げ終わった後にすっと姿勢を正すと、ウィリスはいつもの無表情でこう言った。

「圧倒的大差のコールド負けを除き、試合の結果は獲得した魔石が審判の天秤に載せられた時に決定される……」

「……ヘッ、ハハァッ！　そういうことかよ！　三年一緒にやって、初めてお前の言葉の意味が解ったぜッ！　ウィリス！」

バーンが毛むくじゃらの手をポケットに突っ込む。そこにあるのは一個の魔石。試合開始早々、リュックではなくポケットに突っ込んでいた魔石は、魔石拾いのコールに渡し忘れていたものだ。バーンは魔石を摑むと、豪快なフォームで、それを海へと放り投げる。

「サンドワームの魔石だぁ！　ウィリスと合わせてマイナス三点！」

百メートルを軽く超える遠投は、水音すら聞こえなかった。

「はぁっ⁉　おい、ウィリス！　バーン！　貴様ら何を考えている⁉」

慌てる五井には視線もよこさず、ウィリスとバーンはコールの方を見る。二人の魔石を預かったコールのリュックには、百点近い魔石が詰め込まれているはずだ。

コールは無言で頷くと、リュックを肩から外す。

「おい！　待て！　コール！　貴様そんなことをしてみろ！　あのヒト族と一緒に退部させるぞ！」

コールは一瞬だけ五井に目をやると、魔石が詰まったリュックを持って、ハンマー投げの要領でぐるぐると回り始める。

「退部にでも何でもッ……、すればいいだろおッ!!」

コールのリュックは高く高く空へと舞って、海へと落ちていった。

「退部だ！　退部だコール！　監督への命令違反だ！　貴様の代わりなどいくらでもいるんだからな！」

五井がコールを指差して叫ぶ。厳島との約束などすっかり忘れていた。いつまでもモナーキーの君主を気取っていた。クーデターを起こされたことにも気付いていなかった。

「だったらオレ達も退部だなぁ。おう、ウィリス！　三年間、世話になったな」

「……うん、最後の試合、とっても楽しかったよね、バーン」

「おい！　貴様ら何を言っとるか⁉　甲子園に行きたくないのか⁉　優勝したくないのか⁉」

ウィリスとバーンが抜けてしまえば、甲子園どころか、県大会も突破できないだろう。高校で冒険者をする人間なら誰もが夢に見ていることを、五井は餌にして二人を引き留めようとした。

「たとえ優勝してもなぁ、てめぇを胴上げしたくねぇんだよ！」

「……右におなじ」

チームの主力の退部宣言はウィリスとバーンだけでは終わらない。アイアン・マンが無言で進み出ると、自分の魔石入れを取り出して、ブンッと大きく海へと投げた。

「オレも、退部だ！」

魔石を放り投げた一軍のメンバーは、五井とはもはや目線すら交わさない。そして最後に、全員の視線が金太へと集まる。

「た、退部は望むところじゃがぁ……、魔石ぃ……、ワシの魔石ぃぃ……」

魔石を捨てることに余程抵抗があるのだろう、金太の手はぶるぶると震えていた。それでも無言のプレッシャーに負け、金太は一歩一歩浜辺に向かって歩いていった。

瓢箪（ひょうたん）型の魔石入れから、まるでバケツの水のように、金太が魔石を撒（ま）いた。

「ええい！　さよならじゃぁあ！　ワシの魔石ぃいっ‼」

弧を描いて広がった魔石が、キラキラと輝き海の中へと落ちていった。

一軍選手達五人の造反は、ざっと見積もっても百五十ポイント近い魔石を失った計算になる。

「バカな！　バカな！　おい、審判（アンパイア）！　こんなものは無効だろう！　こんなデタラメな結果、審判の天秤で量るまでもないわい！」

全てを見ていた審判（アンパイア）は、こう言った。

「ええ、これは審判の天秤に載せるまでもないですね。この勝負、二軍のコールド勝ちですよ」

勝った二軍と、負けたはずの一軍が、揃って勝利の叫びを上げた。

——シクシクシクシクシクシクシクシクシクシク——

オルタはいつまでも泣き止まない。タツマも無理に止めるつもりもない。

オルタの髪を手櫛でゆっくりとすいていく。オルタが泣き止むまで、タツマはいつまでもそうしているつもりだった。

拡声器から、カヤの歓喜の声が聞こえるまでは。

「タツマー！　オルタ様ー！　勝ったよ！　勝ったんだよ！　私達が勝ったんだよ！　甲子園に、行けるんだよ！」

「へ……？」

——シク？——

やはりオルタは、タツマにとっての勝利の女神なのかもしれなかった。

# エピローグ



――トントントントントントントントントン――

朝、包丁の音でタツマは目を覚ます。タツマにとっては、もはやこの一週間お馴染みとなった目覚ましの音だ。着替えて、キッチンへと向かうと、オルタが踏み台の上に乗って、朝食を準備していた。

あの日、髪の毛を半分ほど失ってしまったオルタの姿は、人型になると少女のように小柄になってしまっていた。包丁のリズムに合わせてツインテールが揺れている。

「おはようございます、オルタ様」

オルタは包丁の手をとめて、タツマの方を振り向きペコリとお辞儀する。やはり全身髪で、喋ることもないのだが、不気味とも怖いとも、もうタツマは思わなかった。

変異体との死闘から二日が経った。昨日、一昨日は、タツマにとって人生でもっともめまぐるしい二日間となった。紅白戦と変異体の出現に端を発した一連の事件の顛末は、予想外の大騒動となったのだから。

◇　◇　◇

「……コールド負けだなどと、そんなバカな話があるか！　おい審判！　貴様のふざけたジャッジについては、審判協会にキッチリ報告させてもらうからな！」

「ご自由に。変異体の出現に対するあなたの言動と偽証は、私も全国高校冒険者協会と、魚里高校に物申すべきだと思っていたところです」

「ハンッ！　勝手にしろ、このペテン師共が！　ガキだけで変異体を倒したなどと、そんな世迷言誰も信じはしないのだからな！」

五井は一人、リリーフカーに乗り込むと、

「貴様らは全員退部だ！　貴様らなどいなくとも、甲子園に行ってやるわ！」

そう捨て台詞を残し、一人でダンジョンの出口へと向かっていった。

「……あっきれた、あれだけの人間が見てたのに、一人だけ変異体なんていなかったって言い張るつもりなのかしら」

遠ざかるリリーフカーを見ながらカヤが言った。

「あの方が何を言い張っても何の力もありませんよ。ダンジョンでの出来事については、我々審判の証言が何よりも優先されるのですから」

審判は自分のへしゃげたプロテクターを指差すと、

「あれは確かに変異体でしたよ。私では相手にもなりませんでしたからね」

と、苦笑いを浮かべた。

「それはまあええんじゃが……、魔石ぃ……、魔石ぃ……、ワシの魔石がぁ……」

「金太、おめぇどれだけ未練たらしいのよ。てめえでスッパリ捨てたじゃねえか」

「アホかバーン！　それも惜しいがワシの言うとるのは変異体の魔石じゃあ！　あれだけの魔物じゃぞ！　そらあもうでっかい魔石だったんじゃろうなあ！　でかかったんじゃろうなあ、触ってみたかったのぉ、頰ずりしてみたかったのぉ」

魔石というものは、ダンジョンの地面に放置された状態では三十分も経てば、ダンジョンに再び吸収される。あのランクの変異体の魔石ともなれば、それこそエメラルド・ジュエリーフィッシュの魔石よりも価値あるものとなっただろう。すでにダンジョンの海に溶けたであろう何千万円の価値があった魔石。逃がした魚は大きかった。

「……あれ、なにかな？」

海を見ていた金敷がポツリと言った。潮はみるみると引き、浜辺が姿を現している。波打ち際に、岩でも魔物でもない、不思議な形の何かが取り残されていた。そこはタツマが魔物にトドメを刺した場所の、ちょうど真下に存在した。

「ドロップアイテムだわ……、それも複数」

厳島は「信じられない」と付け加えた。ドロップアイテム、それはダンジョンでしか手に入らぬ、魔物から生まれた素材である。

本来、魔物が滅びるときは、魔石以外は肉も骨も全て消え去り、迷宮へと還元される。それがダンジョンの魔物というものだ。ただし例外的に、ドロップアイテムという形で魔物の肉体の一部が冒険者の手元に残ることが極々稀に存在する。ドロップアイテムは魔法の武具や魔法薬の材料となる為に、非常に高額で取引される。それが変異体のドロップアイテムとなれば、とんでもない値打ちとなるだろう。

イクアラとカヤとバーンが波打ち際からドロップアイテムを回収する。牙と軟骨と皮。変異体が残した大型の三つのドロップアイテムは、質も量も破格だった。

「ドロップアイテムは、ダンジョンで勇敢に戦った者にだけ与えられると言われています。私などの証言よりも、これが何よりの証になってくれるでしょう」

ドロップアイテムは、『迷宮の粋な計らい』とも呼ばれている。迷宮からの最後の後押しは、タツマ達にとって、確かに粋な計らいとなった。

変異体を倒した高校生冒険者達。それがニュースにならぬわけがない。

勝利の証をその手に掲げた彼らの姿は、その日のうちにニュースで取り上げられることとなる。証拠品として一時的にドロップアイテムを預かることとなった冒険者協会は、それらがまさしく変異体のものであると、太鼓判を押した。

『現代の英雄』『勇敢な高校生達』それらの見出しが躍る中、ニュースは別の広がりを見せた。それは、監督五井が主役となった。

変異体に対する不適切な対処と、学生達に対する言動が、審判達によってはっきりと証言される。ワイドショーやスポーツ新聞の記事としては、恰好のネタとなった。

五井は、元々が傷の多い男だ。これまでもみ消されてきた暴力行為や不祥事。亜人優位主義者達との繋がりなどまで取り上げられ、あっという間に丸裸にされた。

学生達の英雄騒ぎから一転して、ＰＴＡやＯＢにＯＧ達、全国各地の視聴者達から魚里高校に大量の抗議が寄せられることとなる。

事態を重く見た理事長と校長は、日曜の朝には五井監督の解雇を決定し、厳島を後任とすることを発表した。冒険者協会でも、前監督五井の追放を決定した。魚里高校はもちろんのこと、五井がダンジョン競技の世界に関わることは、もう二度とないだろう。

トドメは五井自らが刺した。自宅を取り囲む新聞記者達に、苛立ちを堪えられなかったのだろう。絡みつくカメラマン達を乱暴に振り払った。元とは言え、熊族の冒険者である。記者の二人が骨折を負い、五井は傷害容疑で連れられて行った。

「少し……、可哀想な気がしますね……」

テレビのチャンネルを天気予報に変えると、タツマは言った。

タツマとて、五井に思うところはある。それでも、五井も昔は高校生で、甲子園を目指していたこともあったのだろうと思うと、ザマを見ろとも、やってやったとも、思えなかった。

オルタもこくりと、頷いた。

「ごちそうさまでした。今日もおいしかったです。オルタ様」

箸をおき、手を合わせる。食器は綺麗に空になっている。オルタはぺこりと頭を下げると、流し台に食器を運んで行った。

「タツマー、起きてるー？」

「ああ、カヤ！　すぐに行く！」

合鍵を持った少女が玄関を開く。朝焼けの光を浴びて、赤い髪はいっそう赤く燃え上がっている。少女の隣には、先に待ち合わせていたのだろう、黄鱗のリザードマンの姿もあった。

月曜日の今日は、チームメート達と朝練の約束をしている。イクアラとカヤはもちろん、ウィリス、バーン、金太や金敷といった面々とも。

「では、行きましょうか、オルタ様！」

洗い物を終えたオルタは、既に剣の中に納まってテーブルの上で待っていた。オルタの短剣を腰元の鞘に入れる。柄から伸びた一房の髪の毛が、タツマの手首に撫でるように絡みつく。言葉などなくとも、何を伝えたいのか今なら分かる。

「はい！」

頷いて、顔を上げる。

扉は開いている。ヒロシマから向かえば、朝日の方向にそれはある。

「一緒に、甲子園へ行きましょう」

本当の意味でのパートナーとなった二人は、東に向かって真っ直ぐに歩み始めた。

# あとがき

最終選考の連絡は唐突でした。

当時私はベルリンに住んでおり、電話を受けた時は地下鉄の車内にいました。慌てて電車を乗り捨てて、プラットフォームを駆けあがり、地上のアレキサンダー広場へと飛び出すと、空には一面の夏空が広がっていました。何かを始めたくなるような、ワクワクすることが起こりそうな、そんな青空と雲と太陽でした。

『魚里高校ダンジョン部！　藻女神様と行く迷宮甲子園』（以降、『迷宮甲子園』と省略させていただきます）は、タイトル通り『夏』をテーマとした作品です。

夏は特別な季節だと思います。暑いし、蚊は湧くし、色々と面倒くさい季節ではありますが、想い出がことさらに多い季節でもあります。アルバムの写真に夏が一番多いのは、日が長いせいだけではないのでしょう。

この本が発売されるのは真冬の一月の三十日ではありますが、本を開けばしっかりと夏の詰まった作品になればいいなと、そう願っています。

さて、この『迷宮甲子園』ではありますが、二〇一四年、えんため大賞第16回において、特別賞を頂きました。そして書籍、あるいは電子書籍という形で、読者の皆様にお届けできる幸運に恵まれました。

実はこの作品、『小説家になろう』様という小説投稿(とうこう)サイトで『ダンジョンでスポコンやってて何が悪い～藻女神様と行く、迷宮甲子園～』という題名ですでに公開してあった作品なのですが、そちらも読んでくださったならば、大幅な改稿に驚(おどろ)かれたかもしれません。

特別賞という賞は、作品の可能性に与えられる賞だと思うのです。『迷宮甲子園』という作品の可能性を最大限に引き出すために、いっそ新作をもう一本書く気持ちで、新しく書き直したのが、今、お手にとって頂いている『迷宮甲子園』です。

その過程で、ある主要人物の登場を思い切って削(けず)りました。しかし彼女が『迷宮甲子園』の世界からいなくなったわけではありません。二巻は彼女をメインに据(す)えたエピソードになります。シェイクスピアの『真夏の夜の夢』を下敷(したじ)きにした、ウェブ版にはない完全新作の話となる予定です。ダンジョンあり、スポーツあり、そして『夏』の詰まった作品をお届けしたいと考えております。

最後になりましたが、この作品を共に作り上げて下さった編集様、十名以上にも及ぶキャラデザインにもかかわらず、全てを個性的で素晴(すば)らしい挿絵に描いて下さったイラストレーターの冬空実(ふゆぞらみのり)様、この作品を手に取って下さった全ての皆様へ。

ありがとうございました！

二〇一四年一二月一九日　　安歩(あぶ)みつる

書籍化おめでとう
ございます！
髪は女の命と言いますが
まさかの髪だけ！
すごいインパクトのヒロイン
ばかりが登場して 絵も大変でしたが
とても楽しかったです
ありがとうございました！

この作品は、第16回エンターブレインえんため大賞小説部門
特別賞受賞作品『魚里高校ダンジョン部！　藻女神様と行く、
迷宮甲子園』を改稿・改題したものです。

■ご意見、ご感想をお寄せください。
ファンレターの宛て先
〒104-8441　東京都中央区築地1-13-1　銀座松竹スクエア　エンターブレイン ファミ通文庫編集部
安歩みつる先生　　冬空 実先生

■ファミ通文庫の最新情報はこちらで。
FBonline　http://www.enterbrain.co.jp/fb/

■本書の内容・不良交換についてのお問い合わせ。
エンターブレイン カスタマーサポート　0570-060-555
(受付時間 土日祝日を除く 12:00～17:00)
メールアドレス:support@ml.enterbrain.co.jp　※メールの場合は、商品名をご明記ください。

FBファミ通文庫

# 魚里高校ダンジョン部！
## 藻女神様と行く迷宮甲子園

あ16
1-1
1390

2015年2月10日　初版発行

著　者　安歩みつる
発行人　青柳昌行
編集人　三谷 光
発　行　株式会社KADOKAWA
〒102-8177 東京都千代田区富士見2-13-3
電話 0570-060-555(ナビダイヤル)
URL:http://www.kadokawa.co.jp/
企画・制作　エンターブレイン
〒104-8441　東京都中央区築地1-13-1　銀座松竹スクエア
編　集　ファミ通文庫編集部
担　当　荒川友希子
デザイン　伸童舎
写植・製版　株式会社ワイズファクトリー
印　刷　凸版印刷株式会社

定価はカバーに表示してあります。


ISBN978-4-04-730173-3 C0193